그대 다시는 고향에 가지 못하리 I

일러두기

- 이 책은 Thomas Wolfe, 『*You Can't Go Home Again*』(A Distributed Proofreaders Canada E-Book)을 참고했습니다.

You Can't Go Home Again

그대 다시는 고향에 가지 못하리 I

토머스 울프 지음

살림

1937년도의 토머스 울프 사진

토머스 울프는 1900년 10월 3일 미국 노스캐롤라이나주(州) 시골 애슈빌에서 8남매의 막내로 태어났다. 어머니의 경제적 뒷받침으로 하버드 대학에 입학해서 극작 연구를 계속한 그는 무엇보다 엄청난 독서광이었다. 대학 시절로부터 그 후 약 10년간 그가 독파한 책은 무려 2만 권에 달했다고 알려져 있다.

그는 거의 모든 작품을 자신의 삶을 소재로 썼다. 생애 전체가 그의 작품의 소재가 된 것이다. 그의 소설은 끊임없이 탈바꿈을 추구한 작가가 새롭게 변한 눈으로 새롭게 세상을 보고 배우는 과정에 대한 기록이다. 그는 『거미줄과 바위』, 『그대 다시는 고향에 가지 못하리』, 두 권의 장편소설을 편집자에게 맡긴 상태로 38세 생일을 18일 앞둔 1938년 9월 폐렴으로 세상을 떠났다.

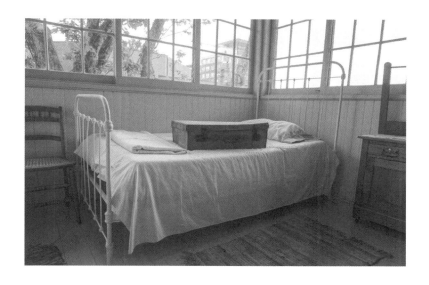

'토머스 울프 하우스'에 보존되어 있는 고풍의 철제 침대

그는 이 작고 초라한 방에서 그야말로 죽기 살기로 작품을 썼다. 자신의 삶과 경험을 소재로 작품을 쓰는 그로서는 자기 스스로 갱신을 거듭하지 않는 한 새로운 작품을 쓸 수 없다고 생각했다. 그런 의미에서 『그대 다시는 고향에 가지 못하리』는 조지 웨버라는 한 인물이 한 명의 작가로서 재탄생하는 과정에 대한 이야기임과 동시에 끊임없이 자기 갱신을 하면서 살다 죽어간 한 개인의 이야기이기도 하다.

윌리엄 포크너는 '토머스 울프가 좀 더 오래 살았더라면 미국 문단의 일인자가 되었을 것이다'라고 말했다. 아니, 그는 울프가 남긴 작품들만으로도 그를 미국 문단의 일인자로 꼽았다. 그리고 누구나 토머스 울프라는 작가에게 '천재'라는 수식어를 붙인다. 그러나 그는 타고난 천재라기보다는 치열함으로 천재가 된 작가이다.

소설『그대 다시는 고향에 가지 못하리』의 편집자 맥스 퍼킨스와 주인공 토머스 울프의 관계를 중심으로 2017년 제작된 영화〈지니어스〉의 한 장면과 영화 포스터. 콜린 퍼스가 맥스 퍼킨스 역을 주드 로가 토머스 울프 역을 맡았다. 맥스 퍼킨스는 토머스 울프에게 스승이자 정신적 아버지였다. 울프는 퍼킨스의 안목과 인도에 의해 작가로 태어날 수 있었으며, 동시에 그에게 저항하고 갈등하면서 큰 작가로 성장했다.

그대 다시는 고향에 가지 못하리 I **차례**

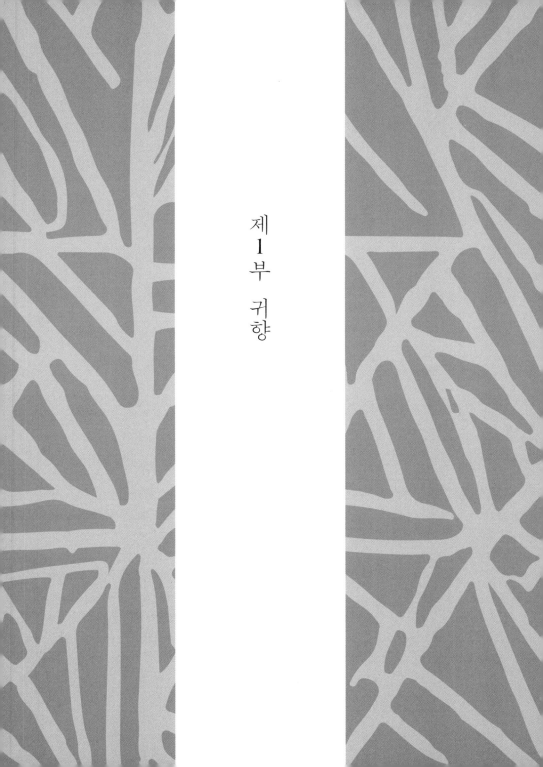

제1부 귀향

그에게 인간의 지상에서의 전 생애의 이미지가 떠올랐다. 그에게 모든 인간의 삶은 끝없는 무시무시한 암흑 속에서 짧게 반짝이다 꺼지는 작은 불꽃 같은 것이었다. 그리고 모든 인간의 위대함, 비극적 존엄성, 영웅적 영광은 이 불꽃이 찰나적이고 작다는 데서 오는 것 같았다. 그는 자신의 삶이 하찮고 곧 꺼져버리리라는 것, 오로지 어둠만이 거대하며 불멸이라는 것을 알았다. 그는 또한 자신이 죽는 순간에도 반항의 말을 입술에 떠올리리라는 것, 그의 거부의 외침이 그의 마지막 심장 고동과 함께, 모든 것을 삼켜버리는 어둠의 심연 속에서 울려 퍼지리라는 것을 알았다.

제1장 말에 올라탄 술 취한 거지

1929년 4월 말경 어느 따뜻한 봄날 황혼 무렵이었다. 조지 웨버는 뒤쪽 창문 문턱에 팔꿈치를 괴고 창밖의 뉴욕 풍경을 바라보고 있었다. 그의 눈길이 그 거리 끝에 높이 솟아 있는 신축 병원 건물에 머물렀다. 병원 높은 층마다 테라스가 있었으며 높이 치솟은 벽들은 석양빛에 주황색으로 물들어 있었다. 병원 본관 맞은편에는 간호사들과 여종업원들이 기거하고 있는 낮은 부속 건물이 있었다. 그 거리에는 병원 외에도 대여섯 채의 낡은 벽돌 건물이 조지에게 등을 보이며 피곤한 듯 서로 기대어 한 줄로 늘어서 있었다.

분위기는 이상하리만치 조용했다. 도시의 소음이 이곳에서는 멀리서 들리는 허밍 소리처럼 잦아들었으며 끊임없이 들려오는 그 소음은 마치 침묵의 일부분인 것 같았다.

뒤쪽 창문에 기대어 밖을 내다보고 있자니 조지의 가슴에는 뭐라 형언하기 어려운 행복이 넘쳐흘렀다. 거리에서 희미하게 들려오는 아이들 노는 소리도 정겨웠고 창문 밖에 내다보이는 정원의 모습도 그 무언가 추억을 되살려주고 있었다.

조용한 분위기와 서녘 하늘을 물들인 노을, 공기 중에 감도는 사월의 내음에 취한 조지는 주변에 보이는 모든 것, 모든 사람이 친근하게 여겨졌다. 그는 12번가의 이 낡은 집이 마음에 들었다. 붉은 벽돌담, 높고 널찍한 방, 어두침침한 빛깔의 낡은 나무 기둥들, 금이 가 있는 마룻바닥들이 모두 정겨웠다. 마치 무슨 순간적인 마술의 힘으로 지난 90년간 이 집에 살았던 모든 사람에 의해서 이 집이 풍요로워지고 그윽하면서도 고독한 위엄을 지니게 된 것 같았다. 이 집은 마치 살아 있는 생명체가 된 것 같았다. 벽, 방, 의자, 탁자, 심지어 샤워 꼭지에 걸려 있는 축축한 수건, 걸상에 걸쳐 둔 외투, 신문과 원고들, 방안에 아무렇게나 흩어져 있는 책들 등 이 방의 모든 물건이 생생한 생명력을 지닌 것 같았다.

그가 친근한 것들과 다시 일부분이 된 듯한 기분을 느끼며 맛보는 그런 단순한 기쁨에는 뭔가 기묘하고 비현실적인 면도

포함되어 있었다. 그는 지난 몇 주 동안 수백 번에 걸쳐 자신이 정말로 고향으로 돌아왔다는 것, 북적북적한 맨해튼섬으로, 사랑하는 고향으로 진짜로 돌아왔다는 것을 마치 비수처럼 콕콕 찌르는 의혹과 함께 되새겨야만 했다. 그리고 그가 느끼는 행복감 언저리에는 일종의 죄의식이 어렴풋이 얼룩져 있었다. 그는 불과 1년 전에 자신이 돌아온 바로 이곳에서 벗어나기 위해 분노와 절망에 빠진 채 해외로 도피했다는 사실을 상기하지 않을 수 없었다.

일 년 전 봄, 해외로 도망가겠다는 비장한 결심을 하며 그는 무엇보다도 사랑하는 여인에게서 멀어지기를 원했다. 에스터 잭은 그보다 연상이었고 유부녀였으며 딸이 있었다. 하지만 그녀는 조지에게 사랑을 바쳤다. 그녀가 그를 너무나 깊이 사랑했기에 조지는 마치 덫에라도 걸린 듯한 기분이 들 지경이었다. 그가 도피하고자 한 것은 바로 그녀의 그 물불 가리지 않는 사랑이었다. 둘 사이에 툭하면 벌어졌던 격렬한 말다툼에 대한 부끄러운 기억으로부터, 그녀가 자신에게 매달리면 매달릴수록 점점 더 자신의 내부에서 격렬해지는 광기로부터 도망가고 싶었던 것이다. 그는 결국 그녀를 버리고 유럽으로 날아갔다.

그녀는 그를 잊기 위해 멀리 도망갔다. 하지만 결코 그녀를 잊을 수 없다는 사실만 확인했을 뿐이었다. 그는 내내 그녀 생각에만 사로잡혀 있었다. 그녀의 장밋빛 쾌활한 얼굴, 그녀의 선량함, 그녀가 지닌 확실한 재능, 그리고 무엇보다 그녀와 함께 지냈던 시간에 대한 기억이 그를 괴롭혔으며 그녀를 향한 새로운 욕망과 그리움을 낳게 했다.

그렇게 그는 여전히 그를 뒤쫓는 사랑으로부터 도피하여 낯선 이국땅에서 방랑자가 되었다. 그는 영국과 프랑스, 독일을 두루 여행했으며 헤아릴 수 없이 수많은 새로운 경치를 구경했고 사람들을 만났다. 그는 욕설과 말다툼, 주색잡기를 일삼으며 대륙을 방황했고 맥줏집에서 벌어진 싸움에 머리통이 터지고 이가 부러졌으며 코가 깨졌다. 그는 엉망이 된 얼굴로 독일 뮌헨의 요양 병원에 홀로 누워 천장을 바라보며 생각에 잠길 수밖에 없었다. 마침내 그는 병원에 누워 있으면서 약간의 분별력을 갖게 되었다. 그곳에서 그의 광기가 사라졌으며 몇 년 만에 처음으로 그는 마음의 평화를 느꼈다.

그는 모든 사람이 스스로 발견해내야 하는 것들을 배운 셈이었다. 그는 모든 사람이 으레 그렇듯이 과실과 시련, 환상과 착각과 기만을 통해, 또한 자신의 어리석음, 실수, 비행(非行), 이기심, 열망, 희망, 믿음, 혼란 등을 통해 그것들을 배운 것이다. 그는 병원 침대에 누워 자신의 삶을 되돌아보았다. 그리고 경험으로부터 얻은 힘든 교훈을 조금씩 추려냈다. 일단 그 교훈을 터득하고 나면 그것들은 너무나 단순하고 명확해서 어떻게 지금까지 그런 것을 모르고 있었는지 의심이 들 정도였다. 마음속 깊은 곳에서 앞으로 영위해나갈 삶의 방향이 제대로 정해진 듯 느꼈으며 이제부터는 자신의 의지로 삶을 이끌 수 있을 것 같았다. 하지만 그 방향이 어디가 될 것인지는 그 자신도 알 수 없었다.

그렇다면 그가 배운 것은 무엇인가? 철학자라면 대수롭지 않게 생각할지 모르겠지만 평범한 인간에게는 매우 중요한 것이었다. 그는 자신의 사소한 일상적인 행동과 선택이 아무런 의식 없이 행해지면 안 된다는 것을 배웠다. 케이크 한 조각도 함부로 먹거나 취하면 안 된다는 것을 배웠다. 자신의 몸집이 유별나게 크기 때문에 남들과는 다른 존재인 것으로 착각했지만 자신 역시 모든 살아 있는 사람의 아들이요 형제라는 것을 그는 배웠다. 그는 자신이 결코 지구를 삼킬 수 없으며 자신의 한계를 알고 받아들여야 한다는 것을 배웠다. 그는 지난날 자신의 고통이 스스로 자초(自招)한 것임을 깨달았으며 한 인간이 성장하는 데 불가피한 것임도 깨달았다. 하지만 누구보다 성장기가 긴 그가 깨달은 것 중 가장 중요한 것은 결코 감정의 노예가 되면 안 된다는 것이었다.

그가 겪은 대부분의 말썽거리는 무엇보다 벌컥 감정을 앞세운 데서 비롯되었음을 그는 알았다. 그래, 감정을 앞세우기 전에 미리 잘 살펴보리라. 이성과 감정이 서로 반대 방향에서 자신을 찢게 만들지 말고 둘이 나란히 달리게 하리라. 그는 자신의 머리에 주도권을 주고 어찌 되는지 두고 보겠다고 결심했다. 만일 자신의 머리가 "뛰어!"라고 명령한다면 온 마음을 다해서 뛰어내리리라.

그가 그런 상황에 처해 있을 때 에스터가 다시 그의 삶 속으로 들어왔다. 사실 뉴욕으로 돌아오면서 그는 그녀에게로 돌아간다는 생각은 전혀 하지 않았다. 그의 머리는 그에게 끝난 일은 끝난 대로 내버려 두는 것이 좋다고 명령했다. 하지만 뉴욕에 도착한 지 얼마 되지 않아 그의 마음이 그녀에게 전화를 걸라고 속삭였다. 그는 마음이 시키는 대로 했다. 그리하여 그들은 다시 만났고 이후 일은 정해진 코스를 따라 흘러갔다.

그렇게 그는 다시 에스터와 함께 이곳에 있게 되었다. 그가 절대로 다시는 일어나지 않으리라고 확신했던 일이 일어난 것이다. 그리고 그는 행복했다. 이상한 일이었다. 이성이 금한 짓을 했으니 불행해야 마땅했다. 그런데 그렇지 않았다. 마지막 햇살이 스러지고 4월의 밤이 다가오는 동안 그가 창가에 기대어 생각에 잠긴 채 뭔가 보이지 않는 벌레가 자신의 양심을 갉아먹는 듯한 기분에 젖은 것은 그 때문이었다. 그는 아연한 채 자신의 생각과 행동 사이에 대체 그 얼마나 큰 간격이 존재하는지 곱씹고 있었다.

그는 이제 스물여덟 살이었다. 그는 이 세상에는 이성으로는 알아낼 수 없는 이치들이 존재한다는 것, 살아오는 동안 형성되어 자리 잡은 정서적 경향을 헐어빠진 모자나 떨어진 신짝처럼 내팽개칠 수 없다는 것을 알 만큼은 현명했다. 그래, 이런 딜레마에 사로잡힌 것이 내가 처음은 아닐 거야. 철학자들까지도 비슷한 딜레마에 빠진 적이 있지 않은가? 맞아, 그에 대한 슬기로운 말을 남긴 사람도 있지 않은가?

"어리석은 언행일치는 소심한 인간이나 저지르는 장난 같은 짓이다"라고 에머슨(미국 19세기 시인─옮긴이 주)은 말하지 않았는가.

그리고 위대한 괴테는 인간의 성장은 목표를 향해 일직선으로 나아가는 게 아니라는 불가피한 진리를 받아들였고, 인류의 성장과 발전을 술에 취한 거지가 말을 타고 비틀거리며 걸어가는 것에 비유하지 않았는가.

아마도 중요한 것은 거지가 술에 취해 비틀거린다는 데 있는 것이 아니라 그가 말을 타고 있다는 것, 어떤 식으로건 어디론가 향해 가고 있다는 데 있을 것이다.

그 생각이 조지에게 위안이 되었다. 그는 잠시 곰곰 생각에 잠겼다. 하지만 그의 만족감 속에 옅게 물들어 있는 죄의식을 완전히 지워버릴 수는 없었다. 그 논리에는 아직 흠결이 있었으며 논란의 여지가 있었다.

에스터에게로 다시 돌아왔다는 그 언행 불일치, 그것은 현명한 행동이었을까, 아니면 바보 같은 행동이었을까……? 말에 올라탄 거지는 영원히 비틀거릴 수밖에 없는 것일까?

에스터는 마치 새처럼 재빠르게 눈을 떴다. 그녀는 침대에 누워 똑바로 천장을 쳐다보았다. 그녀가 의식하고 있는 것은 자신의 육체이며 살이었다. 그녀는 살아 있었고 당장에 준비가 되어있었다.

그녀는 동시에 조지를 생각했다. 둘이 다시 결합하면서 그녀는 즐거운 사랑을 재발견했고 모든 것이 새로웠다. 둘은 그가 유럽으로 떠나기 전에 이룩했던 아름답고 진한 사랑을 다시 즐겼다. 게다가 조지는 달라져 있었다. 둘을 파멸 상태 가까이 몰 아넣었던 그의 광기는 씻은 듯 사라졌다. 그는 여전히 예측 불 가능한 기분과 공상에 가득 차 있었지만 분노에 사로잡혀 닥 치는 대로 욕설을 퍼붓고 피가 흐르도록 주먹으로 벽을 쳐대 던 모습은 흔적조차 찾을 수 없었다. 고국으로 돌아온 이후 그 는 한결 차분해지고 확신에 차 있었으며 자신을 억제할 수 있 는 것 같았다. 그는 매사에 자신이 그녀를 사랑한다는 것을 보 여주고 싶어 하는 듯 행동했다. 그녀는 전에 결코 그런 완전한 행복을 맛본 적이 없었다. 인생은 즐거웠다.

바깥 파크애비뉴에서 사람들의 발걸음 소리가 들리기 시작 했고 도시의 거리 전체가 사람들로 북적이기 시작했다. 그녀는 마음속으로 이제 일어나야지, 라고 생각했다.

하녀 노라가 커피와 따끈한 롤빵을 가져왔다. 에스터는 신문 을 읽었다. 그녀는 연극에 대한 가십난을 읽었다. 그녀는 '컴뮤 니티 길드' 극단이 가을에 무대에 올릴 예정인 새로운 독일 작 품의 배역에 관한 기사를 읽었다. 이어서 그녀는 '무대 연출, 미 스 에스터 잭 담당'이라는 제목의 기사를 읽었다. 그녀는 웃었 다. 미스라는 호칭 때문이었다. 그녀는 그 기사를 읽고 놀라는 표정을 짓고 있을 조지의 모습을 떠올렸다. 기사에서는 그녀를 현대 감각을 지닌 최고의 무대 감독이라고 칭찬하고 있었다.

어쨌든 그녀는 기분이 좋았고 행복했으며 자신이 만족스러웠다. 그녀는 미리 오려두었던 자신에 관한 다른 신문 기사들과 함께 그 신문을 백에 넣고 매일 조지를 만나는 12번가로 갔다.

그녀는 조지에게 기사들을 전해주고 그가 그것들을 읽는 동안 맞은편에 앉아 그의 표정을 살폈다. 신문 기사들을 읽으면서 조지의 입술이 아니꼬운 듯 장난스럽게 일그러지는 모습을 보면서 그녀는 웃음을 참을 수 없었다. 조지는 조롱 섞인 말투로 말했다.

"'요정처럼 교활하다?' 거참 기분 좋군, 뭐야? '나의 늙은 눈을 빛나게 했다?' 가관이로군. '오묘하고 탐구적이다?' 허, 더할 말이 없군. 당신이 이런 허튼소리에 취해 있는 동안 내가 굶어 죽어야 하겠어?"

"그게 뭐 내가 쓴 건가? 그 사람들이 그렇게 써놓은 걸 난들 어떡해. 정말 흉하지?" 말은 그렇게 하면서도 그녀는 기쁜 마음을 훤하게 드러내고 있었다.

"당신은 그런 걸 핥아먹으면서 입맛을 다시고 앉아 있군. 나는 배고파 죽겠는데! 이보세요, 내가 이제까지 아무것도 먹지 않았다는 걸 모르시나요? 먹여줄 거요, 말 거요? 당신의 그 능란하고 기발한 솜씨를 스테이크에 발휘해볼 생각은 없소?"

"좋아." 그녀가 말했다. "스테이크 먹을래?"

"양파가 들어간 맛있는 소스를 만들어서 이 '늙은 눈'을 즐겁게 해줄 수 없겠소?"

그는 그녀에게 다가가 그녀를 끌어안고 사랑에 허기진 표정으로 그녀를 바라보았다.

"'오묘하고 탐구적인 소스'를 만들어줄 수 없겠소?"

"왜 못 해? 당신만 좋다면 뭔들 못 만들어주겠어?"

"그런데 왜 내게 그걸 만들어준다는 거지?"

그것은 둘만이 알고 있는 일종의 의식(儀式) 같은 것이었다. 그들은 그런 하찮은 말과 대답에 집착했다. 서로에게서 그런 말을 듣고 싶었기 때문이었다.

"당신을 사랑하기 때문이지. 당신에게 맛있는 음식을 주고 싶고 당신을 사랑하고 싶으니까."

"그 사랑이 당신이 만드는 음식에 담길까?"

"당신이 먹는 음식 한 입 한 입마다 담길 거야. 당신이 이전에 먹었던 그 어떤 음식보다도 당신의 허기를 달래줄 거야. 당신은 영원히 그걸 잊지 못할 거야. 그건 영광이고 승리야."

"그렇다면 그 누구도 먹어본 적이 없는 음식이겠군." 그가 말했다.

"물론이지. 분명 그럴 거야."

사실이었다. 이 세상에 그와 같은 것은 결코 없었다. 다시 4월이 온 것이다.

그렇게 그들은 함께 했다. 하지만 그들 간의 관계는 전과 똑같지는 않았다. 표면상으로도 달랐다. 조지가 유럽으로 떠나기 전 둘은 별도로 집을 하나 얻어 그곳에서 함께 생활하고 사랑을 나누었다. 하지만 조지는 돌아온 첫날부터 그곳으로 돌아가기를 거부했다. 그는 12번가에 있는 커다란 방 두 개를 얻었다. 이 집의 2층 전체를 통째로 빌린 것으로서 가운데 미닫이 칸막이를 떼어내면 아주 커다란 하나의 방으로 바꿀 수도 있었다. 사람이 겨우 들어갈 만한 크기의 부엌도 딸려 있었다. 널찍한 데다 사람들 눈에 잘 띄지도 않는 곳이라서 조지에게는 안성맞춤이었다. 에스터도 이 집을 마음 놓고 드나들 수 있었다. 그들은 원하기만 하면 언제고 이곳에 단둘이 있을 수 있었다. 이곳에서 그들은 그들의 사랑을 속속들이 맛볼 수 있었다.

하지만 무엇보다 중요한 것은 이곳이 '그들'의 장소가 아니라 '그'의 장소라는 사실이었다. 그리고 바로 그 사실로 인해 그들 간의 관계가 서로 다른 차원에서 맺어지게 되었다. 조지는 이제부터 자신의 삶과 사랑을 별개로 생각하겠다고 결심했다. 그녀에게는 연극이라는 세계, 그녀의 부유한 친구들과의 세계가 있었다. 그는 그 세계에 속하기를 원치 않았다. 그에게는 문필 세계가 있었고 그 세계는 오직 그 홀로 영위해 가는 세계였다. 그는 사랑은 사랑대로 별도로 누리면서 자신의 생활과 독립적인 영혼, 자신의 본모습을 우선시하고 보호하려 했다.

그녀가 그런 타협을 받아들일 것인가? 그의 사랑을 받아들이면서도 그가 자유롭게 자신의 삶과 일에 충실하도록 내버려 둘 것인가? 그는 그래야만 한다고 그녀에게 말했고 그녀는 좋다고 대답했으며 그를 이해한다고 말했다. 하지만 그녀가 과연 실천할 수 있을까? 한 남자가 여자에게 줄 수 있는 것에만 만족하고 그가 줄 수 없는 것을 영원히 탐내지 않는 천성이 과연 여자에게 존재할 수 있을까? 조지의 눈에 이미 그런 것을 의심할 수밖에 없는 조짐이 보이기 시작했다.

어느 날 아침 조지를 찾아온 그녀가 거리에서 보았던 우스꽝스러운 광경에 대해 쾌활하고 익살맞게 이야기하던 도중에 말을 끊고 그를 바라보았다. 표정에 검은 구름이 스쳐 지나갔고 두 눈은 불안한 기색을 띠고 있었다.

그녀가 말했다.

"조지, 나를 정말 사랑해?"

"물론이지. 당신도 잘 알잖아."

"다시는 내 곁을 떠나지 않을 거지?" 그녀가 숨 가쁘게 물었다. "나를 영원히 사랑할 거지?"

그녀의 기분이 갑자기 돌변한 사실도 그랬지만, 한 인간이 그 어떤 사람, 혹은 그 무엇에 대하여 솔직하게 맹세할 수 있다고 믿는 그녀의 태도에 어이가 없어서 그는 웃어버렸다.

그녀는 안타까운 듯 손짓을 했다.

"웃지 말아. 꼭 알아야겠어. 말해줘. 나를 영원히 사랑할 거야?"

그녀가 정색하고 묻는데도 대답해줄 말이 없다는 사실에 마음이 상해서 그는 의자에서 일어나 방안을 오락가락하기 시작했다. 그는 한두 번인가 걸음을 멈추고 그녀를 바라보며 뭔가 말을 할 듯했으나 이내 하고 싶은 말을 꺼내기가 거북하다는 것을 깨닫고 다시 방안을 서성였다.

흥분했을 때 조지의 모습은 원숭이와 비슷했으며 옛 친구들은 그에게 멍크(원숭이-옮긴이 주)라는 별명을 붙였다. 둥근 가슴에 넓고 묵직한 어깨를 가진 그는 거의 무릎까지 오는 긴 팔을 늘 어뜨린 채 허리를 굽히고 걸었다. 큰 손과 안으로 굽은 손가락은 마치 원숭이 앞발 같았다. 게다가 180센티미터가 넘는 그는 보통 사람들보다 3~5센티미터 키가 컸지만 다리가 짧아서 실제보다 작아 보였다.

조지가 대답을 해주지 않자 에스터는 실망해서 잠시 그를 바라보았다. 조지는 창문 앞으로 걸어가서 밖을 내다보았다. 그녀는 그의 곁으로 가서 그를 가만히 포옹했다. 그의 관자놀이 핏줄이 불끈 솟아 있는 것을 보고 에스터는 더 이상 아무 말도 해서는 안 된다는 것을 깨달았다.

거리에서 두 사람이 서로를 죽일 듯 격렬하게 싸우고 있었고 사람들이 주변에 몰려 있었다. 곧이어 경찰이 나타나서 사태를 수습했다. 모인 사람 중에는 조지와 에스터에게 생면부지의 사람들도 있었고 어디에선가 늘 보던 얼굴들도 있었다. 그들은 늘 달랐지만 결코 변하지 않았다. 마르지 않고 끝없이 풍요롭게 솟아나는 생명의 샘물, 한없이 다양하고 끊임없이 움직이면서 영원한 반복을 이어가는 단조로운 모습들.

거리에서는 아이들이 뛰놀고 있었다. 아이들은 검고 강인했으며 거칠었다. 아이들은 어른들의 말투와 거친 행동을 흉내 냈다. 아이들은 서로 엉켜 뒹굴었으며 약한 아이들은 밑에 깔리고 내동댕이쳐졌다. 경관들이 싸우고 있던 두 사람을 연행해

갔다. 하늘은 푸르고 젊었으며 생명이 넘치고 있었고 구름 한 점 없었다. 나무는 싹을 틔우고 잎을 피우고 있었으며 태양은 순박하게 두려움 없는 삶을 살아가는, 그곳 거리의 모든 사람 위로 빛을 내려주었다.

에스터는 조지를 바라보았다. 그녀를 바라보는 그의 얼굴이 일그러졌다. 그는 그녀에게 우리는 모두 야만적이고 바보이며 난폭하다고, 우리는 모두 실수를 저지르고 있다고 말하고 싶었다. 우리는 공포와 혼란에 사로잡혀, 젊고 생동하는 공기를 마시고 아침 햇살에 몸을 담그고 있으면서도 그 모든 것을 알지 못한 채 이 살아 있는 아름다운 땅 위를 걸어가고 있다고…… 우리들의 마음속에 살인을 품고 있기에 그 모든 것을 보지 못하는 것이라고……

하지만 그는 그 말을 하지 않았다. 그는 지친 듯 창가로부터 몸을 돌렸다.

"저기에 영원이 있어." 그가 말했다. "저기에 당신이 바라는 영원이 있어."

제2장 처음으로 찾아온 명성의 구애

　조지의 밝은 기분에 가끔 죄의식의 그늘이 깃들긴 했으나 그는 그 어느 때보다 행복했다. 그 사실은 의심의 여지가 없었다. 그는 그 사실에 고무되었다. 그는 이제 자신의 운명을 스스로 좌지우지할 수 있다는 자신감에 넘치고 있었다. 어느 모로 보건 새로운 감정이라고 할 수는 없었지만 지금 그가 느끼는 확신은 그 어느 때보다도 강했다. 외가 쪽인 조이너 집안사람들 사이에서 고아처럼 지내던 리비아 힐 시절부터 그는 언젠가 뉴욕으로 가서 사랑과 명성과 부를 획득하리라고 꿈꾸었다. 그후 수년간 뉴욕은 그가 고향이라고 부르는 곳이 되었다. 그는 이미 사랑은 획득했다. 그리고 명성과 부(富)도 눈앞에 와 있음을 확실히 느끼고 있었다.

자신의 높은 꿈이 실현되리라고 확신하고 기다리는 사람은 행복하다. 그런 의미에서 조지는 행복했다. 그리고 모든 일이 잘 풀릴 때면 누구나 그렇듯 조지는 자신을 전적으로 신뢰하고 있었다. 그의 정신에 변화를 가져온 것은 우연도 아니었고 행운도 아니었으며 일이 어쩌다 잘 풀려서 그렇게 된 것도 아니었다. 그가 그렇게 만족할 수 있었으며 자신감을 갖게 된 것은 그가 지닌 그만의 장점에서 비롯된 것이었고 당연히 올 것이 온 것이었다. 그럼에도 불구하고 그의 변모에 행운이 큰 역할을 했다는 것은 부인할 수 없다. 도저히 믿을 수 없는 일이 벌어진 것이다.

그가 뉴욕으로 돌아온 지 겨우 며칠 지났을 무렵 문학 출판 에이전트인 미스 루루 스커더가 매우 흥분해서 그에게 전화를 걸었다. 제임스 로드니 출판사에서 그의 원고에 관심을 갖고 있으며 그 대형 출판사의 저명한 편집자인 폭스홀 에드워즈가 그와 작품에 대해 이야기를 나누고 싶어 한다는 것이었다. 상황이 어떻게 진행될지는 모르겠지만 쇠뿔은 단김에 빼는 게 좋지 않겠어요? 곧바로 에드워즈 씨를 만나러 갈 수 있겠어요? 라고 그녀는 전화로 말했다.

출판사를 향해 걸어가면서 조지는 별일이 아닐 수도 있는데 지레 흥분하는 건 어리석은 짓이라고 생각했다. 전에 이미 출판사 한 곳에서 이런 건 소설이 아니라며 퇴짜를 놓지 않았는가? 출판을 거절하면서 사장이 보낸 편지의 한 구절은 아직 조지의 뇌리에 생생하게 남아 있었다.

'이런 소설 형식은 당신이 지닌 재능에는 어울리지 않습니다.'

이번에 반응이 온 것도 같은 원고였다. 에스터와 미스 스커더가 소설이 너무 길어서 어느 출판사건 다루기 힘들 것이라고 넌지시 암시했지만 조지는 단 한 줄도 고치지 않았고 단어 하나도 빼지 않았다. 그는 있는 그대로 출판하지 않는다면 차라리 출판을 포기하겠다고 완강하게 고집을 부렸다. 그런 후 그는 원고를 미스 스커더에게 맡기고 유럽으로 갔다. 그는 미스 스커더가 절대로 출판사를 찾지 못할 것이라고 내심 확신하고 있었다.

외국에 가 있는 동안 그는 자신의 원고에 대해 생각할 때마다 욕지기가 났다. 몇 해에 걸친 그 불면의 밤들, 그럼에도 불구하고 그를 지탱해준 드높은 희망들을 다시 떠올린다는 건 그에게는 고문과 같았다. 그는 그 원고에 대해서는 더 이상 생각하지 않으려고 애썼다. 그리고 이제는 자신의 작품이 형편없으며 자기 자신도 보잘것없는 존재라고 확신했다. 그는 명성을 향한 자신의 야망과 꿈이 모두 재능이라곤 없는 싸구려 탐미주의자의 허세에 불과하다고 확신했다. 그는 자신이 '실업 교양 대학'의 보잘것없는 강사에 적합한 인물이며 잠시 도피했던 그 자리로 다시 돌아가 영작문을 가르쳐야 하리라고 생각했다. 그는 거의 아홉 달이나 유럽에 있었지만 미스 스커더로부터는 아무 연락이 없었으며 그의 암담한 예언이 들어맞는다고 생각하고 있었다.

그런데 로드니 출판사에서 그의 원고에 흥미를 느낀다는 것이었다. 흥미를 느낀다는 게 무슨 뜻일까? 원고를 검토해보니 잘 키우기만 하면 언젠가 출판이 가능한 책을 쓸 수 있을 만한 재능이 엿보인다는 뜻일까? 그런 격려는 수없이 들어오지 않았는가? 그렇다면 좋다. 내가 그들의 노리개가 아님을 보여주자. 눈곱만큼도 실망한 기색을 보이지 않으리라. 아무런 약속도 그들에게 하지 않으리라.

그날 아침 거리 모퉁이의 교통경찰이 제임스 로드니 출판사 앞에서 서성이는 한 젊은이의 모습을 보았더라도 그 젊은이가 눈앞에 닥쳐온 인터뷰에 대비해서 결의를 다지고 있다고는 짐작하지 못했을 것이다. 하지만 그 경찰이 그를 유심히 살펴보았다면 무서운 범죄를 미연에 방지하기 위해서 무슨 조치라도 취해야 하지 않을까, 망설였을 것이다.

오만상을 잔뜩 찌푸린 그 젊은이는 입술을 꽉 다문 채 잰걸음으로 출판사 건물을 향해 길을 건너더니 건물 앞에서 갑자기 걸음을 멈추고 어찌할 바를 모르겠다는 듯 주위를 둘러보았다. 잠시 멈춰 서 있던 젊은이는 마지못한 듯 다시 걸음을 옮겼지만 발걸음에는 힘이 전혀 없었다. 그는 걷다가 멈추고 다시 걷기를 반복하더니 문 앞에 이르자 주먹을 쥐었다 폈다 하면서 혹시 누구 보는 사람이나 없는지 주변을 살펴보았다. 이어서 그는 마치 결심이라도 선 듯 주머니에 두 손을 찌르고는 몸을 홱 돌려서 그 문을 지나쳐버렸다.

그는 그 블록 끝까지 걸어갔다가 되돌아섰다. 그의 발걸음은 다시 출판사를 향했지만 정작 출판사 앞에 이르자 고개를 정면으로 향한 채 누가 볼 새라 곁눈질을 하면서 출판사 앞을 지나쳤다. 그는 15분 내지 20분가량 이 수상한 행동을 반복했다. 건물 문 앞에 도착할 때마다 그는 들어갈까 말까 망설이다가는 그대로 황급히 지나쳐버리곤 했다.

출판사 문 앞을 50번 정도는 지나친 다음이었을 것이다. 마침내 그는 출판사 건물 손잡이를 움켜잡았다. 하지만 마치 전기 충격이라도 받은 듯 홱 손을 뿌리치더니 뒤로 물러섰다. 그는 고개를 들어 출판사 건물을 바라보며 한참을 서 있었다. 그는 불안한 듯 서성거리며 들어오라는 신호라도 찾는 듯 건물 창문들을 바라보았다. 그는 몇 분간 그렇게 서 있었다. 그런데 홀연 그의 턱 근육이 팽팽해지더니 비장한 결심이라도 한 듯 아랫입술이 삐죽 나왔다. 그는 문을 홱 열고 안으로 사라졌다.

한 시간 후 그 교통경찰이 여전히 근무하고 있었다면 건물에서 나온 젊은이의 행동을 보고 좀 전과 마찬가지로 의아하게 생각했을 것이다. 그는 천천히 기계적인 걸음걸이로 밖으로 나왔다. 얼떨떨한 표정이었으며 축 늘어뜨린 한 손에는 꾸겨진 노란 쪽지 한 장을 들고 있었다. 그는 마치 자동인형처럼 느릿느릿 아무 생각 없이 주택가를 향해 걸음을 옮겼다. 그는 여전히 얼빠진 표정을 한 채 북쪽을 향해 걸어가더니 군중 속으로 모습을 감췄다.

조지 웨버는 그림자들이 동쪽으로 빠르게 기울기 시작한 늦은 오후가 되어서야 제정신을 차렸다. 그는 브롱크스 북부의 황량한 지역을 걷고 있었다. 어떻게 해서 그곳에 오게 되었는지도 알 수 없었다. 다만 갑자기 배가 고파서 주위를 둘러보고 나서야 자신이 어디에 있는지 알게 되었다는 사실만 확인할 수 있었을 뿐이었다. 멍한 그의 표정이 놀랍고 믿을 수 없다는 표정으로 바뀌었으며 그의 입에 흐뭇한 미소가 떠올랐다. 그의 손에는 여전히 꾸겨진 노란 종이쪽지가 들려 있었다. 그는 천천히 종이를 펴서 조심스럽게 들여다보았다.

500달러짜리 수표였다. 그의 책이 채택되었고 선인세를 받은 것이었다. 살아오면서 이보다 더 행복했던 적은 없었다. 마침내 명성이라는 놈이 그의 방문을 두드리고 달콤하게 속삭이며 그에게 구애(求愛)의 손길을 내민 것이다.

이후 그는 일종의 황홀한 환각 상태에 빠져 있었다. 그로부터 몇 주, 몇 달간 그는 눈앞에 닥쳐온 일들로 인해 계속 흥분된 상태에서 보냈다. 책은 가을이 되어서야 출간될 예정이었지만 그동안에 해야 할 일이 무척 많았다. 폭스홀 에드워즈는 조지에게 원고의 일부분을 수정하고 삭제할 것을 제의했다. 조지는 처음에는 거부했지만 결국 에드워즈의 의견에 동의했다. 스스로도 놀랄 일이었다. 그는 에드워즈가 원하는 대로 작업을 했다.

조지는 자신의 소설에 『산골 마을로의 귀향』이라는 제목을 붙였다. 그는 소설 속에 그의 고향 마을 올드카토바와 그곳에 살고 있는 사람들에 대해 자신이 알고 있는 것을 모두 수록했다. 소설의 한 줄 한 줄은 모두 그의 실제 경험에서 추출한 것이었다. 책의 출간이 결정되자 불과 몇 달 후면 세상 사람들이 이제 모두 자신이 쓴 작품에 대해 알게 되리라는 생각에 그는 시도 때도 없이 흥분했다. 그는 자신의 책이 누군가에게 고통을 주리라는 생각은 하기 싫었다. 아니, 아예 그런 생각조차 해본 적이 없었다. 하지만 막상 자신의 작품이 자신의 손을 떠난다는 생각이 들자 마음이 약간 불편해지기 시작했다. 물론 그의 작품은 픽션이었다. 하지만 그 픽션은 모든 정직한 픽션이 그렇듯이 구체적 생활을 소재로 한 것이었다. 누군가 소설 속의 인물에서 자신의 모습을 알아보고 화를 내는 일이 벌어진다면 어찌할 것인가? 색안경을 쓰고 가짜 수염을 붙인 채 돌아다녀야 할 것인가? 그는 작품 속의 인물 묘사가 자신이 바라던 대로 생생하지 못하기에 아무도 눈치채지 못하리라고 생각하고 자위했다.

로드니 사에서 출간하는 잡지에서도 이 젊은 작가에게 관심을 보이며 소설 한 장(章)을 다음 호에 게재할 예정이었다. 그 소식에 그는 한결 더 흥분했다. 그는 자신의 이름이 활자화되는 것을 보고 싶어 견디기 어려울 지경이었다. 기대감에 잔뜩 부풀어 있던 그 기간 동안 그는 마치 자신이 만인의 돈주앙이 된 기분이었다. 문자 그대로 모든 사람, 즉 학교 동료 교사들, 멍청한 학생들, 보잘것없는 상점의 점원들, 거리를 오가는 이름 없는 군중이 모두 사랑스러웠다.

로드니 사는 전 세계에서 가장 크고 훌륭한 출판사였으며 폭스홀 에드워즈는 가장 위대하고 훌륭한 편집자였다. 조지는 그를 보자마자 본능적으로 호감을 느꼈다. 그리고 이제는 마치 친한 친지라도 된 듯 그를 폭스라고 불렀다. 조지는 폭스가 자신을 믿는다는 것을 알고 있었다. 모든 것을 포기한 순간에 나타난 그 위대한 편집자의 신뢰는 그의 자존심을 회복시켜 주었으며 새로운 일을 할 수 있는 활력을 부여해 주었다.

조지는 다음 소설을 구상했고 이미 구도가 잡혔다. 아마 머지않아 작품을 쓰기 시작할 것이다. 그러나 그는 소설을 열심히 써 내려가는 동안 쏟아야 할 정성을 생각하고 미리 두려움에 사로잡혔다. 그 고통을 잘 알고 있었기 때문이었다. 그것은 마치 악마에 사로잡혀 자신이 지닌 힘보다 훨씬 큰 힘을 발휘해야 하는 것과 같았다. 광포한 창작욕에 사로잡혀 있다는 것은 하루 예순 개비의 담배와 스무 잔의 커피를 피우고 마시는 것을 뜻했고, 어쩌다 배가 고프다는 것을 느끼게 되면 아무 때

건 아무 음식이나 입에 집어넣는다는 것을 의미했다. 그것은 불면증을 의미했고 몸이 녹초가 되도록 몇 킬로미터를 걷지 않으면 잠을 이룰 수 없다는 것을 의미했으며 악몽과 신경 쇠약에 사로잡혀 아침이면 기진맥진해 있는 것을 의미했다. 그는 폭스에게 말했다.

"아마 더 좋은 방법이 있겠지요. 하지만 이게 바로 제 방식이니 어쩌겠습니까."

조지의 소설이 실린 잡지가 나오자 조지는 경천동지의 대사건을 기대했다. 지구가 진동하고 유성이 떨어지고 거리의 교통이 마비되고 총파업이 일어나는 사건 같은 것을 기대했다. 하지만 아무 일도 일어나지 않았다. 몇몇 친구가 소설에 대해 짧게 언급했을 뿐이었으며 그것이 전부였다. 며칠간 그는 의기소침해 있었다. 하지만 잡지에 실린 짧은 한 편의 소설 때문에 사람들이 요란을 떨지 않는 게 당연하다고 그는 생각했다. 책으로 나오면 자신의 진가와 능력을 보여줄 수 있으리라. 그때는 모든 것이 달라지리라. 그러자 머지않아 자신의 것이 될 게 분명할 명성을 좀 더 차분하게 기다릴 수 있게 되었다.

최초의 흥분이 가라앉고 출간을 기다리고 있는 저자라는 새로운 경험에 익숙해지고 나서야 조지는 출판이라는 미지의 세계와 그 일에 종사하고 있는 사람들에 대하여 약간이나마 알 수 있게 되었다. 그리고 그제야 비로소 폭스홀 에드워즈의 진가를 이해하고 높이 평가하게 되었다. 또한 그는 오토 하우저라는 인물을 통하여 폭스홀이라는 인물의 성격을 더욱 정확히 파악할 수 있었다. 로드니 출판사에서 원고 검토와 교정 일을 보면서 일종의 고문 역을 맡고 있는 오토 하우저는 성실하다는 점에서는 폭스홀과 비슷했으나 다른 점들은 그와 뚜렷이 대조를 보였다.

오토는 교정 일에 있어서, 또한 편집 고문으로서의 자질 면에서는 미국 내에서 손꼽힐 만했다. 하지만 그에게는 뛰어난 작품을 발굴하겠다는 열의와 포부, 정열, 모험심, 강인한 결단성이 부족했고 그 때문에 뛰어난 편집인이 되지 못하고 원고 검토와 교정에 머물러 있었다. 그래도 조지는 그를 좋아했고 그의 초대를 받아 그의 집에도 여러 번 찾아갔다. 오토는 아주 깔끔한 사람이었으며 불가사의한 면이 있는 인물이기도 했다. 그는 분명 뛰어난 재능을 지닌 인물이었다. 하지만 어느 모로 보나 출세에 필요한 자질은 결여되어 있었다. 그는 출세라는 단어 자체에 대해 질색했다. 그는 이미 진출해 있는 곳 너머로 나아간다는 것은 꿈도 꾸지 않았다. 그는 출판인의 고문 정도 역할에 만족했으며 그 이상을 원치 않았다. 그는 맡은 일을 성실히 수행하면서 자신의 의견을 정확히 개진했지만 결코 주어진 선을 넘지 않았다.

오토 하우저의 그 고요한 영혼 깊은 곳에 강렬한 불꽃이 꾸준히 타오르던 때가 있었을 것이다. 하지만 그것은 위대한 편집인이 된다는 것이 무엇을 의미하는지 그가 아직 모르고 있었을 때였다. 그것을 알게 되자 그는 편집인이 되기를 원치 않았다. 10년 가까이 폭스홀을 곁에서 지켜보면서 그는 편집인에게 필요한 자질이 무엇인지를 알았다. 한마디로 어둠 속에서 타오르는 순수한 불꽃이 필요했다. 그 순수한 불꽃이 지향하는 것, 자신의 정신이 알고 있는 것을 완수하기 위한 고요하고 부단한 노력, 불굴의 노력이 필요했고 불굴의 의지가 필요했다. 그 부단한 노력은 말 없는 고뇌를 동반하는 것이었다. 그 노력이란 이 세상을 지배하고 있는 맹목적이고 잔인한 무지(無知)의 힘, 적개심, 편견, 불관용과 싸워 이겨 그 뚜렷한 목적을 달성하려는 노력이었기 때문이었다. 그것은 이 세상에 존재하는 온갖 어리석음, 즉 나이에 따른 어리석음, 요조숙녀인 척하면서 보여주는 어리석음, 신분을 과시하며 보여주는 어리석음, 구태의연한 것에 집착하면서 보여주는 어리석음, 지나치게 겸손을 떨면서 보여주는 어리석음, 편협함에서 오는 어리석음, 속물근성과 질투와 시기에서 오는 어리석음, 그리고 무엇보다도 어리석음 중 최악의 어리석음인 천성적으로 타고 난 어리석음과의 싸움을 뜻했다.

그렇게 끊임없이 정열의 불꽃을 피우다가 결국 그 불꽃에 의해 타버리고 소진해버리는 것! 그런데 왜? 무엇을 위해 그래야 한단 말인가? 그것은 테네시 출신의 이름 없는 어느 소년, 조지아의 어느 소작인의 아들, 혹은 노스다코타의 어느 시골 의사의 아들이—바보들의 기준으로 보자면 직위도, 족보도 없으며 지저분하기까지 한 그런 소년들이—천부적 재능을 부여받아 이 세상 바보들과는 다른 길을 가는 일이 벌어지기 때문이다. 그들은 자신의 고독한 열정에 혀를 부여하려고, 갇혀 있는 자신의 영혼으로부터 나오는 자신만의 언어, 그 영혼의 언어를 손에 넣으려고 애쓴다. 그들은 이 맹목적이고 거친 광활한 땅에서 '창조'라는 새로운 수로(水路), 이제까지 갇혀 있던 그 수로를 발견하려 애쓰고 '삶'이라는 황량한 광야에서 자신만의 그 어떤 조각품과 거처를 마련하려고 애쓴다. 그리고 이 모든 것은 이 세상의 온갖 어리석은 편견, 무지, 비겁, 변덕, 조소, 형식

앞에서 행해지는 것이며 타락하지 않고 패배하지 않은 자를 향해 세상 사람들이 보내는 증오 앞에서 행해지는 것이다. 이 뜨겁게 타오르는 열정은 이 세상 어리석음이 보내는 조롱과 멸시와 거부와 망각에 의해 꺼지기도 한다. 혹은 성공이라는 어리석음에 오염되어 이 강한 의지가 타락해버리기도 한다. 바로 그 때문에 폭스홀은 그토록 자신을 불태우며 고민하고 있었다. 영감을 받은 소년의 번뇌하는 영혼의 불꽃을 살려내어 어리석은 세상이 그 불꽃을 가두어버리고 그것을 팔아버리지 않도록 보호하는 것!

오토 하우저는 이 모든 것을 잘 알고 있었다.

그렇다면 그 결과 폭스홀에게 돌아오는 보상이란 무엇인가? 고독하게, 기대조차 하기 어려운 승리를 하나씩 획득하는 것. 하지만 동시에 그 승리를 부정하던 바로 그 어리석은 자들이 그것들을 자기의 것이라고 주장하는 꼴을 보는 것. 어리석은 자들이 한 인간의 정신을 팔아서 생긴 돈을 자기 것인 양 탐욕스럽게 챙기는 동안, 다른 사람이 탐사해서 찾아낸 보물을 자기들이 발견한 것처럼 의기양양하게 외치는 동안, 다른 사람의 예언 능력에 의해 성취된 것을 마치 자기네들의 통찰의 결과인 양 큰 소리로 자축하는 동안 묵묵히 다시 탐구에 몰두하며 인내하고 기다리는 것. 오, 결국 심장이 터져버리고야 말리라. 천재의 심장, 그 길 잃은 소년의 심장뿐 아니라 폭스의 심장도 터지고 말리라. 그의 작고 약하디약한 심장은 팔딱거리다가 마침내 멈춰버리리라. 그러나 어리석은 자의 심장은 영원히 뛰리라.

오토 하우저는 그것을 모두 보았다. 그는 그것을 원치 않았다. 그는 그 어느 것에도 열정을 쏟으려 하지 않았다. 그는 스스로 진리를 찾으려 애썼지만 거기서 머물 뿐 단 한 발도 그 이상 내디디려 하지 않았다.

조지는 폭스 같은 인물이 자기 작품의 편집인이 되었다는 사실이 얼마나 큰 행운인지 알고 있었다. 시간의 흐름에 따라 그 노인을 향한 조지의 존경과 경탄은 깊은 애정으로 바뀌었다. 폭스는 조지에게 편집자나 지지자 이상의 존재가 되었다. 조지는 차츰차츰 폭스에게서 잃어버린 아버지의 모습, 그가 그토록 오랫동안 찾으려 했던 아버지의 모습을 발견한 것 같았다. 그리하여 폭스는 조지에게 두 번째 아버지, 정신적 아버지가 되었다.

제3장 변하지 않는 것들

조지가 살고 있는 집 앞 창문을 통해서는 오로지 길 건너편의 음침해 보이는 커다란 창고만이 보였다. 낡디낡은 건물로서 정면에는 퇴색한 갈색의 비상계단이 추한 모습으로 황량하게 붙어 있었으며 정면 전체에 낡은 나무 간판이 걸려 있었다. 간판에는 '안전 배달 회사'라는 글씨가 희미하게 쓰여 있었다. 조지는 안전 배달 회사라는 곳이 무엇을 하는 곳인지는 알 수 없었지만 그 거리에서 살게 된 이래로 매일 거대한 트럭이 그 건물에 뒤꽁무니를 갖다 대는 모습은 볼 수 있었다. 그러면 대기 중에 금세 고함이 울려 퍼졌다.

"백! 백! 오케이, 됐어! 야, 인마, 너 빨리 와서 돕지 못해!"

사람들이 몰려와 격앙된 목소리로 떠들며 능숙하고 재빠르게 일을 했다.

도시는 그들의 냉혹한 어머니였다. 그들은 그 가슴으로부터 쓸쓸한 자양분을 취했다. 그들은 벽돌과 아스팔트, 사람들이 우글거리는 셋방과 거리에서 태어나, 어린 시절 고가도로 위를 달리는 기차 굉음 아래에서 잠에 빠져들었으며 야만적인 폭력과 끊임없는 소음 속에서 싸우고 위협하고 투쟁하는 것을 배운 사람들이었다. 그들의 살(肉)과 동작 속에는 도시의 특질들이 그대로 각인되어 있었다. 그 특질들은 그들의 신체 조직을 통하여 증류되고 있었고 그들의 혀와 뇌와 눈은 도시의 산(酸)으로 부식되어 있었다. 그들의 표정과 피부는 거칠고 메말랐으며 그들의 맥박은 사나운 도시의 운율에 보조를 맞추고 있었다.

그들의 영혼 또한 도시의 아스팔트 거리와 비슷했다. 매일 험한 색깔의 수없이 많은 감정이 그들을 휩쓸고 지나갔으며 매일 온갖 소리와 광경, 분노 등이 그 굳은 표면에 나타났다 지워졌다. 광포한 날들이 수없이 지나갔어도 그들에게 기억이라고는 없었다. 그들은 마치 완전히 성장한 채 현재 속에 등장한 동물 같았다. 그들은 숨을 쉴 때마다 쌓이고 쌓여 있던 과거를 모두 털어버렸고 그들의 모든 삶은 지나가는 현재의 순간 속에만 기록되었다.

그들은 자신감과 확신에 가득 찬 존재들이었다. 그들은 주저하지 않았고 무지나 잘못을 고백하지도 않았으며 그 어떤 의혹도 갖지 않았다. 그들은 도시의 온갖 위험을 마치 호젓한 시골길을 혼자 걷듯 태연한 마음으로 대했다. 그들은 그 어떤 모험가라도 공포와 절망에 사로잡힐 만한 모험에 거리낌 없이 나섰다.

그들이 정확하고 힘 있게 일하는 모습을 바라보며 조지는 깊은 존경심을 느꼈으며 동시에 자신에 대한 경멸감을 맛보았다. 온갖 욕망이 갈등을 일으키고 있으며 불확실하기만 한 계획과 목표로 이루어진 자신의 삶, 희망으로 시작한 일이 대개 아무런 성취 없이 끝나버리는 자신의 삶에 비해 그들은 자신의 힘과 재능을 완벽하게 발휘하며 사는 것 같았기 때문이었다. 그들의 삶에 비해 자신의 삶은 비틀거리는 맹목적인 삶, 좌절한 삶처럼 보였기 때문이었다.

일주일에 다섯 번씩 한밤중에 거대한 트럭들이 마치 대상(隊商)처럼 한 길가에 줄지어 서 있곤 했다. 운전기사들은 거대한 트럭 그림자 속에서 담배를 피우며 조용히 이야기를 나누곤 했다. 언젠가 조지가 그들 중 한 명에게 이 한밤중 여정의 목적지를 물은 적이 있었다. 그러자 그 기사는 필라델피아로 갔다가 아침이면 다시 돌아올 예정이라고 대답했다.

한밤중의 이 거대한 트럭들의 침울하면서도 말 없는 모습은 조지에게 일종의 신비감과 기쁨을 안겨 주곤 했다. 그 트럭을 모는 기사들은 밤을 사랑하는 사람들이었다. 조지는 출발 신호가 떨어지기를 기다리고 있는 운전기사들에게 유대감을 느꼈다. 그 자신이 늘 낮보다는 밤을 사랑하기 때문이었다. 그의 삶은 밤이라는 은밀하면서도 의기양양한 가슴으로부터 가장 큰 에너지를 부여받고 있기 때문이었다.

조지는 그들이 밤에 목적지를 향해 트럭을 몰고 가는 모습을 충분히 그려볼 수 있었다. 대지에 내려있는 고독의 장막을 걷어내기 위해 시선을 길 위에 고정하고 있는 모습을 그려볼 수 있었으며 휴게소에 차를 세우고 밤참을 먹는 모습도 그려볼 수 있었다. 그들은 가지런히 놓인 걸상에 되는대로 걸터앉아 음식을 주문한다. 그들은 음식을 기다리는 동안 김이 모락모락 나는 커피를 마시며 담배를 피운다. 그들은 햄버거에 토마토케첩을 잔뜩 발라 밀림의 맹수처럼 아귀아귀 삼킨다.

오, 조지는 그들과 함께였고 그들 중 하나였으며 그들 편이었다. 그들의 기쁨, 그들의 배고픔과 포만감, 가슴 깊이 빨아들이는 담배 연기까지 함께하는 피를 나눈 형제였다. 마술 같은 여름밤에 보는 그들의 모습은 조지에게 찬란해 보였다. 그들은 밤을 깨끗이 쓸어버리고 첫 아침 햇살과 새의 지저귐을, 지상에 새로운 기쁨을 가져다주는 아침을 맞이한다. 그런 생각에 잠겨 있노라면 조지는 인간의 내밀하고 거칠면서도 외로운 마음이 그 어둠 속에서 젊게 생동하고 있으며 결코 죽지 않을 것처럼 느껴졌다.

1929년 여름 내내 그 창고의 넓은 창가에 한 남자가 책상에 앉아 거리를 내다보고 있었다. 언제나 똑같은 자세였다. 그는 늘 바깥을 골똘히 내다보고만 있을 뿐 무슨 일인가 하는 모습은 한 번도 보지 못했다. 마치 주변 환경의 일부인 듯 전혀 두드러지지 않는 모습이어서 조지는 그를 거의 주목하지 않았다. 그런데 어느 날인가 그 남자의 모습이 특별히 눈에 들어왔는지 에스터가 그를 가리키며 명랑하게 말했다.

"저 배달 회사에도 우리 친구가 있네. 저 사람이 뭘 배달하는 것 같아? 난 저 사람이 일하는 걸 본 적이 없어. 당신 저 사람 눈여겨본 적이 있어?" 그녀는 웃음을 터뜨리더니 다시 큰 소리로 말했다.

"정말 별일 다 보겠어."

내가 아무 말이 없자 그녀가 이번에는 정말 궁금하다는 듯 진지하게 다시 입을 열었다.

"정말 이상하지 않아? 저런 사람은 무슨 일을 할 수 있을까? 저 사람이 무슨 생각을 하고 있을까?"

"내가 어떻게 알아. 아무 생각도 없을지도 모르지." 조지가 시큰둥하게 대답했다.

그들은 곧 그 사내는 잊고 다른 이야기를 나누었다. 하지만 그 대화가 오간 이후 조지는 그 사내를 유심히 바라보기 시작했고 부동의 자세로 어딘가 응시하고 있는 그 사내의 괴이한 자세에 호기심을 느끼기 시작했다.

그런 일이 있은 뒤 에스터는 조지에게 찾아오기가 무섭게 길을 건너다보며 명랑한 목소리로 "배달 회사의 우리 친구가 창밖을 내다보고 있네! 오늘은 무슨 생각하는지 궁금해"라고 말하곤 했다. 뭔가 친근하고 기대하고 있던 것을 보았을 때처럼 애정 어린 만족감과 확신이 가득 찬 목소리였다.

이어서 그녀는 리듬을 넣어 마치 노래 부르듯 흥얼거렸다.

배달 회사, 배달 회사.
온종일 앉은 채 아무 일도 안 하네

조지가 노래에 아무 의미도 없다고 핀잔을 주었지만 그녀는 붉어진 얼굴을 돌리고 웃음을 터뜨렸다.

　하지만 잠시 후 두 사람은 더 이상 그 사내를 비웃지 않았다. 그가 무슨 일을 하는 사람인지는 여전히 알 수 없었다. 하지만 처음 보았을 때는 그의 게으른 모습이 이상하고 우스꽝스러웠으나 그의 고정된 시선에서 무언가 인상적이고 거대하며 만만찮은 것을 느꼈기 때문이었다. 매일 그 사람 앞의 거리에는 생활과 일 때문에 수많은 군중이 오가고 있었다. 매일 거대한 트럭들이 오갔고 운전기사들, 짐꾼들, 포장 인부들이 그의 눈앞에 몰려들었고 일을 하면서 고함과 욕설을 내뱉었다. 하지만 창가에 앉은 그 사내는 그들을 거들떠보지도 않았고 그들의 소리를 들은 체도 하지 않았으며 그들의 존재를 의식하는 것 같지도 않았다. 그는 그저 그곳에 앉아 내다보고 있을 뿐이었으며 그의 눈은 그 어떤 추상적인 것을 응시하는 것 같았다.

　조지 웨버가 살아오는 동안 그 자체 별로 중요하지 않은 일들이 그의 기억 속에 새겨져 마치 개 꼬리에 달라붙은 진드기처럼 따라다니곤 했다. 사소한 일임에도 불구하고 어느 순간 갑자기 눈에 확 띄면서 날카로운 섬광처럼 의미 있는 것으로 마음에 각인되는 것이었다. 에스터의 경우도 마찬가지였다. 어느 날 밤 타임스 스퀘어의 이름 없는 군중 사이에 불쑥 나타났다가 사라진 에스터의 진지하게 빛나던 얼굴을 문득 목격하고 그는 그녀를 잊을 수 없었다. 그리고 아마 영원히 그 모습을 잊을 수 없었을 것이다. 지하철 기차간에서 수화를 나누던 두 벙어리의 모습, 해 질 무렵 황량한 거리에서 낭랑하게 울려 퍼지던 아이들 웃음소리를 그는 잊지 못한다.

이제 하찮은 것들로 이루어진 그의 기억의 보물창고에 그 사내의 두툼하고 표정 없는 창백한 얼굴, 서글픈 눈으로 그 무언가를 응시하고 있는 모습이 덧붙여졌다. 언제나 변치 않는 그 모습, 조용하며 무감각한 그 얼굴이 이제 그에게는 모든 것을 휩쓸어가는 도시의 거친 혼돈 속에서, 모든 것이 급히 오가며 금세 잊히는 그 혼돈 속에서 하나의 영원의 상징처럼 여겨졌다. 매일 그 사내를 바라보며 그의 신비 속으로 파고들려고 노력한 결과 마침내 그는 답을 찾은 것처럼 느꼈다.

그 사내의 얼굴은 조지에게 어둠과 시간의 얼굴이었다. 그 얼굴은 결코 말을 하지 않았지만 거기에는 목소리가 있었다. 마치 그 안에 온 대지를 간직한 듯한 목소리……. 그것은 저녁과 밤의 목소리였으며 그 소리에는 낮 동안의 열기와 분노를

통과하고 이제 조용히 창가에 기대어 있는 사람들의 말이 뒤섞여 있었다.

그 목소리는 마치 이렇게 말하는 것 같았다.

"애야, 애야, 인내와 믿음을 가지려무나. 삶은 많은 날로 이루어져 있고 모든 현재는 흘러가는 법이란다. 아들아, 너는 미친 듯 무모했으며 술에 빠져 살았다. 사납고 거칠었으며 증오와 절망에 가득 차 있었다. 네 영혼은 온통 어두운 혼란에 빠져 있었다. 하지만 우리도 그러했다. 너는 네 한 몸이 감당하기에는 이 대지가 너무 넓고 너의 갈증과 욕망에 비해 네 두뇌와 근육이 너무 보잘것없다는 것을 알고 있지만 모든 사람이 다 그러했다. 너는 어둠 속에서 비틀거리며 넘어졌고 반대 방향으로 이끌려 길을 잃었지만, 하지만 애야, 그것이 바로 이 대지의 연대기(年代記)란다. 그리고 이제, 네가 이미 광기와 절망을 맛보았기에, 저녁이 오기 전에 다시 절망에 빠질 것이기에 이 사나운 지구의 성벽을 들이받다가 뒤로 나자빠진 우리, 도저히 알아낼 길 없는, 쓰디쓴 사랑의 신비에 미쳤던 우리, 명성에 굶주렸고 혼란, 고통, 광기를 모두 맛본 우리, 그리고 창가에 조용히 앉아 이제 다시는 우리를 건드리지 않을 모든 것을 바라보고 있는 우리는 네가 용기를 내기를 간절히 기원한다. 그 모든 것들은 결국 지나간다고 네게 맹세할 수 있기 때문이다.

우리는 수많은 유행이 반짝이며 변하는 것을 겪었고 수많은 것이 오고 가는 것을 보았다. 수많은 말이 잊히고 수많은 명성이 반짝이다가 스러졌다. 하지만 우리는 우리가 삶이라는 끝없는 거리에 발자국조차 남기지 못하는 이방인임을 알고 있다. 우리는 다시는 어둠으로 들어가지 않을 것이고 광기에 빠지지도 않을 것이며 절망을 받아들이지도 않을 것이다. 이제 우리는 우리 주변에 벽을 쌓았다. 우리는 낯선 공간에서 들려오는 시계 소리에 귀를 기울이지 않을 것이며 아침에 낯선 땅에서 깨어나 고향을 생각하지도 않을 것이다. 우리의 방랑은 끝났고 허기는 채워졌다. 오, 형제여, 아들이여, 친구여, 우리는 그토록 오래 살았고 그토록 많은 것을 보았기에 수많은 것들을 그냥 지나가게 내버려 두고 두세 가지만 내 것으로 취하며 만족하련다.

어떤 것들은 결코 변하지 않는다. 늘 마찬가지이다. 대지에 귀를 기울이고 들어보아라.

밤에 수풀 속을 흐르는 물소리, 어둠 속에서 들리는 여인의 웃음소리, 자갈을 긁어모을 때 나는 달그락거리는 소리, 무더운 한낮 목장에 울려 퍼지는 귀뚜라미 울음소리, 맑은 공기 속에 섬세한 거미줄처럼 얽히는 아이들 목소리, 이런 것들은 결코 변하지 않는다.

거친 수면 위에서 반짝이는 햇살, 별들의 반짝임, 아침의 순결함, 항구의 바다 내음, 어린 나뭇가지에 돋은 가볍고 연한 새싹, 분명히 오고 가지만 결코 잡을 수 없는 것들, 예컨대 날카로우면서도 귀에는 들리지 않는, 봄을 알리는 외침이나 고동 소리 같은 것들은 언제나 똑같을 것이다.

대지에 속한 것들은 영원히 변치 않을 것이다. 나뭇잎, 풀포기, 꽃, 울부짖었다가 잠들고 다시 깨어나는 바람, 어둠 속에서 뻣뻣한 팔을 맞부딪히며 떨고 있는 나무들, 오래전에 땅에 묻힌 연인들의 먼지, 계절 따라 대지에서 소생하는 모든 것들, 지나가고 변하고 다시 나타나는 이 모든 것들은 언제나 똑같다. 그것들은 영원히 변함없을 대지로부터 나와 영원히 이어질 대지로 돌아가기 때문이다. 오직 대지만이 지속하며, 그것도 영원히 지속한다.

독거미, 독사, 도마뱀들도 역시 변하지 않는다. 고통과 죽음도 늘 똑같을 것이다. 그러나 맥박처럼 진동하는 포도(鋪道) 아래에서, 울음처럼 떨고 있는 건물 아래에서, 시간의 흐름 아래에서, 파괴된 도시를 짓밟고 지나가는 야수의 발굽 아래에서, 꽃처럼 자라나는 그 무엇, 대지로부터 다시 싹을 틔워 영원

히 죽지 않고 충실하며 마치 4월처럼 소생할 그 무엇이 있으리
니……."

제4장 숨겨진 공포

　그는 노란 봉투를 호기심 어린 눈으로 바라보며 손으로 몇
번이고 뒤집어 보았다. 투명한 겉봉을 통해 보이는 자신의 이
름이 묘한 불안과 억제된 흥분을 불러일으켰다. 그는 전보를
받아보는 일이 드물었다. 그는 그 안에 무슨 불길한 사연이 들
어있지 않은가 해서 본능적으로 봉투 뜯기를 망설였다. 지금은
잊어버린 어린 시절의 어떤 사건 때문에 전보는 불길한 소식을
연상시켰다. 누가 보냈을까? 무슨 사연일까? 이 바보야, 뜯어
보면 될 것 아냐. 어서 뜯어봐.

　그는 겉봉을 뜯고 전보문을 꺼냈다. 그는 발신인의 서명을
흘낏 보고 나서 재빨리 내용을 읽었다. 외삼촌 마크 조이너에
게서 온 전보였다.

지난밤, 모 이모(姨母) 작고. 목요일 리비아 힐에서 장례
식. 귀향 바람.

그것이 전부였다. 사망 원인에 대해서는 아무 설명도 없었
다. 노환임이 분명했다. 모 이모가 죽을 이유는 그것밖에는 없
을 것 같았다. 이모는 분명 병을 앓지 않았다. 만일 그랬다면 이
미 그에게 소식이 전해졌을 것이다.

모 이모의 사망 소식에 그는 깊은 충격을 받았다. 하지만 그
것은 슬픔이라기보다는 상실감에 가까운 것이었다. 그 상실감
은 성격상 비인간적이었다. 그것은 그 어떤 자연의 위대한 힘
이 돌연 작동을 멈추었을 때 느낄 법한 상실감, 혹은 믿을 수
없다는 느낌과 비슷했다. 그는 그 사실을 받아들일 수 없었다.
조지가 겨우 여덟 살이었을 때 어머니가 돌아가신 이래 모 이
모는 소년 시절 그의 가장 믿음직스럽고 변함없는 정착지였다.
모 이모는 독신이었으며 조지의 어머니의 언니였고 마크 외삼
촌의 누나였다. 그녀는 조지를 떠맡아 청교도적인 열의를 갖고
온갖 정성을 다해 그를 키웠다. 그녀는 조지를 조이너 가의 일
원으로 키우기 위해 최선을 다했으며 그녀가 속해 있는 좁은
지방 산골 씨족의 자랑거리로 키우고 싶어 했다. 그녀는 그 점

에서 실패했다. 조지가 조이너 가의 대의(大義)에서 일탈한 사실은 그녀에게 깊은 상처를 주었다. 그는 오래전부터 그 사실을 알고 있었다. 하지만 지금 순간 조지는, 그 후로도 이모는 자신에 대해 의무로 생각하고 있던 것을 조금도 게을리하지 않았다는 사실을 분명히 깨달았다. 그는 이모의 생애를 반추해보고는 이루 표현할 수 없을 정도의 동정심을 느꼈으며 거의 숨이 막히는 듯한 애정과 온정의 파도가 마음속에 밀려오는 것을 느꼈다.

그의 기억이 가 닿는 한 모 이모는 그에게 하느님만큼이나 나이를 먹은, 늙지 않는 할머니였다. 그에게는 여전히 이모의 목소리가 들리는 것 같았다. 자신의 과거에 대해 끊임없이 이야기를 들려주던 단조로운 목소리……. 그 이야기 속에는 남북 전쟁 이전의 저 옛날 지불런 언덕에 묻힌 조이너 가문의 온갖 선조가 등장했다. 그리고 그녀가 들려주는 이야기들은 대개 질병, 죽음, 슬픔의 연대기였다. 그녀는 지난 백 년 동안의 모든 조이너 가문 사람들에 대해 알고 있었으며 그들이 늙어 죽었는지 티푸스나 폐렴, 혹은 뇌막염이나 피부병으로 죽었는지 훤히 꿰차고 있었다. 그녀의 이야기를 통해 조지는 불운과 급사(急死)로 인해 어두운 분위기에 휩싸인 산간 마을 친척들의 모습을 그릴 수 있었다. 그리고 그 이야기들 속에는 초자연적인 계시들이 늘 등장했기에 그들은 마치 유령처럼 여겨졌다. 그녀 생각에 조이너 가문 사람들은 하느님으로부터 신비스러운 힘을 부여받아 언제건 시골길에 불쑥 나타나 사람들에게 말을 걸 수 있었다. 하지만 나중에 알고 보면 그 사람들은 그 시각 그 장소로부터 100킬로미터가량 떨어진 곳에 있었다는 것이다. 마을의 누군가가 죽으면 조이너 가문의 사람들은 아무리 멀리 떨어진 곳이라도 함께 몰려가서 그런 일이 있기 일주일 전부터 죽음의 암시를 받았다고 이야기하곤 했다. 모 이모의 이야기를 들으면서 자란 조지는 다른 사람들은 제 명을 살다가 죽지만 조이너 가문 사람들은 그들과는 별도의 종족이라고, 사람은 한 번 죽게 되어있다는 자연의 법칙을 따르지 않는다고 느끼곤 했다. 이 가문 사람들은 죽음을 손아귀에 넣고 지배하며 영원히 살 수도 있다고 느꼈다. 그런데 바로 모 이모가, 조이너 가문의 그 누구보다 나이가 많고 죽음을 지배할 수 있을 것 같았던 모 이모가 죽은 것이다.

　장례식은 목요일에 치러질 예정이었다. 지금은 화요일이었다. 그는 오늘 기차를 타면 내일 도착할 수 있으리라고 생각했다. 산간 마을 조이너 가문 사람들이 죽음과 슬픔의 의식을 거행하기 위해 이미 모여있으리라고 그는 생각했다. 그곳에 일찍 모습을 보이면 그들의 음산한 대화로부터 도망갈 방법이 없을 것 같았다. 그는 하루 정도 몸을 숨겼다가 장례식 직전에 모습을 보이리라고 생각했다.

때는 9월 초순이었다. '실업 교양 대학'은 이달 말에야 개학할 것이다. 그는 벌써 몇 해 동안 고향 리비아 힐 마을에 가보지 않았다. 그는 약 1주일 정도 머물면서 마을을 다시 둘러보리라고 생각했다. 하지만 그는 친척들과 함께 머물고 싶지 않았다. 이런 일을 당한 후라면 더욱 그것이 두려웠다. 그러자 이웃에 사는 친구 랜디 셰퍼턴이 생각났다. 그의 부모는 이미 작고 했으며 그의 큰누이는 결혼해서 멀리 가고 없었다. 그는 마을에서 좋은 직장을 얻었으며 집안 살림을 보살펴주는 누이동생 마거릿과 함께 살고 있었다. 그들이라면 분명 자신을 받아주리라. 자신의 감정을 이해해 주리라. 그는 랜디에게 신세 좀 지겠다는 내용과 함께 도착 기차 편을 전보로 알려주었다.

다음 날 오후 조지는 펜실베이니아 역으로 가서 기차에 올랐다. 그제야 조지는 모 이모의 죽음이 준 충격에서 어느 정도 벗어날 수 있었다. 역으로 들어서자 그곳은 시간의 거대하고 희미한 소리로 웅성거리고 있었다. 먼지를 품은 광선이 비스듬히 비치는 가운데 그 큰 건물 벽과 천장에 울려 퍼지는 사람들의 목소리와 동작은 잔잔한 시간의 목소리였다. 그것은 마치 먼 바다의 속삭임, 해변에 들락거리는 권태로운 파도 같았다. 그것들은 인간이 내는 소리였지만 인간들의 삶과는 무관한 자연의 원소(元素) 같은 것이었다. 인간이란 도도히 흘러가는 깊은 강물에 덧붙여진 빗방울 같은 것이었다.

조지는 K19호 열차에 올라탔다. 매일 이 대도시 뉴욕과 여기로부터 1,300킬로미터 떨어진 그의 고향 리비아 힐을 이어주는 열차였다. 그 열차는 매일 오후 1시 35분에 뉴욕을 출발해서 다음 날 오전 11시 20분에 리비아 힐에 닿았다. 침대차에 올라타는 순간 그는 즉각적으로 온갖 종류의 사람이 북적이는 역 구내의 그 광활한 보편성으로부터 그의 고향이라는 친근한 지역으로 옮아간 셈이 되었다.

누군가는 수년 동안 고향을 떠나 있어서 친근한 얼굴들을 만나보지 못하고 지냈을 수도 있다. 고향을 떠나 지구 끝까지 여행한 사람일 수도 있다. 자식과 함께 독말풀 뿌리를 먹고 지내는 사람일 수도 있고 인어의 노래를 들은 사람일 수도 있으며 요정이 부르는 노래를 듣고 그 곡과 가사를 알게 된 사람일 수도 있다. 또한 맨해튼의 협곡에 묻혀 오랫동안 일에 묻혀 살면서 고향에 대한 기억이 마치 꿈속인 양 가물가물해진 사람일 수도 있다. 하지만 그가 누구이건 일단 K19호 열차에 올라타는 순간 모든 것이 되살아나 그는 다시 고향 땅을 밟은 셈이 되는 것이다.

그것은 신비스러운 일이었다. 사람들이 매일 오후 1시 35분에 정해진 모임 장소에 나타난다는 것, 도시의 번잡한 교통을 뚫고 이 엄청난 역의 거대한 문에 도착한다는 것, 영원히 떠나고 도착하는 북적거리는 군중 사이를 헤치며 시간의 목소리가 떠다니는 역사(驛舍)를 힘겹게 지나 계단을 내려가면 터널처럼 깊은 곳에, 벌집처럼 웅성거리는 삶의 세계 아래에, 겉보기에는 다른 열차와 조금도 다를 게 없는 K19호 열차가 항상 기다리고 있다는 것, 그것은 신비스러운 일이었다.

침대차의 짐꾼이 환하게 웃는 얼굴로 조지의 가방을 받아들며 반갑게 인사했다.

"아, 웨버 씨군요. 반갑습니다. 일가분들을 만나러 내려가시나요?"

조지는 녹색 통로를 지나 자신의 객실로 가면서 그에게 이모의 장례식에 참석하기 위해 고향으로 가는 길이라고 말했다.

그러자 흑인의 얼굴에서 미소가 즉시 사라졌고 엄숙하고 근엄한 표정이 나타났다.

"유감입니다, 웨버 씨. 정말 안됐습니다." 그가 고개를 흔들며 말했다.

그의 말이 채 마음속에서 사라지기도 전에 뒷자리에서 누군가 인사하는 목소리가 들렸다. 조지는 고개를 돌리지 않고도 누구인지 알 수 있었다. 고향에서 양복점을 경영하고 있는 솔 아이작스였다. 조지는 그가 물품 구매차 1년에 네 번 순례 여행처럼 뉴욕에 다녀간다는 것을 알고 있었다. 매부리코에 단정한 옷차림의 그는 '멋쟁이'로 통하고 있었다.

조지는 아는 사람이 또 있는지 주변을 둘러보았다. 은행가 자비스 리그즈 씨의 모습이 보였으며 리비아 힐의 읍장인 백스터 케네디 씨가 보였고 리비아 힐의 정치를 좌지우지한다고 알려진 플랙 씨가 그와 이야기를 나누고 있었다. 사람들은 그를 보통 '플랙 목사'라고 불렀는데 캠프벨릿 교회의 기도회에 빠짐없이 참석하기 때문이었다.

"아니, 이거 웨버 군 아닌가! 잘 지내나?" 플랙 목사가 정겨운 미소를 띠며 누런 이를 드러냈다. "정말 반갑네. 그래 잘 지내지?"

조지는 돌아가면서 악수를 나눈 후 잠시 그들 곁에 서 있었다.

"자네가 짐꾼에게 하는 이야기를 들었네. 정말 유감이네." 읍장이 애도의 기색을 보이며 말했다. "우리는 몰랐다네. 일주일간 고향을 떠나 있었거든. 갑자기 그렇게 되셨나⋯⋯? 아, 물론 그렇겠지. 하긴 자네 이모님은 무척 연로하셨지. 그분 정도 연세면 그럴 수도 있는 일이야. 좋은 분이셨는데. 암, 정말 좋은 분이셨어. 이런 슬픈 일로 고향에 가게 되었다니 정말 안됐네."

이어서 잠시 침묵이 흘렀다. 모두 읍장이 자신들의 감정을 대변해주었다는 표정이었다. 고인에 대한 경의 표시가 마무리되자 자비스 리그즈 씨가 쾌활하게 말했다.

"자네, 고향에 꽤 오래 있어야 할 거야. 알아보기 어려울 정도가 됐으니까. 몰라보게 발전했다네. 일전에 맥 저슨이 드레이퍼 구역을 삼십만 달러에 사들였어. 물론 건물값은 별 볼 일 없었지. 순전히 땅값이었어. 한 평에 5천 달러씩 치른 셈이야. 리비아 힐의 땅값치고는 대단하지 않은가? 리브즈 농장에서는 파커 힐 아래쪽의 파커 스트리트 땅을 샀어. 상업 지구로 개발할 모양이야. 마을 전체가 모두 그런 식이라네. 몇 년 내로 리비아 힐이 주(州)에서 가장 크고 멋진 도시가 될 거야. 내 말이 틀림없다네."

"맞아." 플랙 목사가 동의했다. "그들이 광장 옆 남부 대로에 있는 자네 외삼촌 땅도 사려고 했다더군. 그곳 건물들을 허물고 커다란 호텔을 지으려 한다는 거야. 자네 외삼촌은 팔지 않을 걸세. 신중한 분이니까."

조지는 적이 당황한 심정으로 자기 자리로 갔다. 그는 몇 년 만에 고향을 방문하는 것이었고 그는 자신의 기억 속에 남아 있는 고향의 모습을 보고 싶었다. 그런데 상당히 변한 모습을 보게 될 것이 분명했다. 그런데 고향에서 지금 벌어지고 있는 일이 도대체 무엇을 뜻하는 것일까? 그는 알 수 없었다. 하지만 그 변화는 막연히나마 그를 괴롭게 했다. 살면서 우리에게 익숙해진 그 어떤 것이 시간의 힘으로 변화되었음을 갑자기 깨닫게 되었을 때 우리는 마음이 흔들리고 충격을 받기 마련이다.

기차는 총알처럼 날쌔게 달렸다. 마치 허드슨강이라는 총열을 지난 뒤 9월 오후의 눈 부신 햇살 아래 다시 모습을 드러낸 것 같았다. 기차는 이제 뉴저지의 황량한 평지를 달리고 있었다. 조지는 창가에 앉아 연기가 피어오르는 쓰레기 더미, 습지, 검게 그을린 공장들이 미끄러지듯 지나가는 것을 바라보면서 세상에서 가장 경이로운 일 중의 하나는 기차를 타는 일이라고 느꼈다. 그것은 밖에서 기차가 지나가는 것을 보는 것과는 완전히 다르다. 밖에서 보면 달려가는 기차는 벼락처럼 달려가는 기다란 장대 같은 것일 뿐이다. 뜨거운 증기가 쉭쉭대는 소리, 잡음을 일으키며 움직이는 벽, 부르짖음, 흐느낌일 뿐이다. 그 안에 누가 타고 있는지 모르면서 '아, 저기 사람들이 가고 있구나'라는 느낌이며 그 느낌과 함께 다가오는 공허감과 부재(不在)의 느낌일 뿐이다. 달려가는 기차를 보고 있던 사람은 갑자기 아메리카 대륙의 광활함과 고독함을 느끼게 되며 광활한 대륙을 허둥지둥 지나가는 작은 생명들의 무상함을 느끼게 된다.

하지만 기차 안에 타고 있게 되면 모든 것이 달라진다. 기차는 그 자체 인간의 손으로 이룩한 기적이 되고 인간이 지향하는 목표를 웅변으로 말해준다. 기차가 강에 가까워지면 브레이크 작동하는 소리가 들리는 듯하며 숙련된 기사의 장갑 낀 노련한 손놀림을 느낀다. 기차에 올라탐으로써 인간으로서의 자부심이 한껏 고양되는 것이다. 게다가 기차 안의 사람들은 그 얼마나 적나라한 모습을 드러내 보이는가! 사람들은 흑인 짐 꾼이 상아처럼 흰 이를 드러내는 모습, 그의 목뒤에 불끈 솟은 혹을 보고 정겨움을 느낀다. 사람들은 아름다운 아가씨를 향해 눈을 빛내며 가슴을 두근거린다. 사람들은 대단히 흥미로운 눈초리로 다른 사람들을 두루 돌아보며 그들을 영원히 잊지 않을 것처럼 느낀다. 하지만 아침이면 그들은 자신의 삶에서 사라질 것이다. 그럼에도 불구하고 사람들은 하룻밤 동안 자신의 집이 된 이 다정한 객차가 주는 친근감에 모두 사로잡혀 있다. 그들은 실없는 대화를 나누면서 금세 친해진다. 시속 100킬로미터 가까운 속력으로 대륙을 횡단하다 보면 우리는 누구나 지구라는 거대한 집안의 한 가족이 되는 것이다.

아마 이것이 이곳 미국을 사로잡고 있는 기이한 역설일 것이다. 움직일 때만 어딘가 붙박여 있다는 안정감을 얻게 된다는 역설! 어쨌든 젊은 조지 웨버는 그런 감정에 젖어 있었다. 그는 기차에 타고 있을 때만큼 자신의 목표가 분명히 보인 적이 없었다. 그는 그가 고향을 향해 가고 있다고 느낄 때만큼 자신이 고향에 있다는 느낌을 분명히 가진 적이 없었다. 하지만 고향에 닿는 순간 그는 금세 자신이 고향 없는 뜨내기 신세라는 기분에 사로잡혔다.

기차 안 저쪽 끝에서 한 사내가 일어나더니 화장실을 향해 걸어오기 시작했다. 그는 지팡이에 의지한 채 다리를 약간 절고 있었다. 그 사내는 열심히 창밖을 내다보고 있는 조지 곁을 지나면서 갑자기 걸음을 멈추었다. 열네 살 때의 음성 그대로

인 듯 강하고 선량한 음성, 따뜻하고 마음 편하게 해주는 음성, 장난기가 뒤섞인 거리낌 없는 음성이 마치 한 줄기 생생한 불빛을 비추어주듯이 조지의 의식을 깨웠다.

"아니, 이게 누구야! 멍크 아니야! 어디 가는 거냐?"

그 옛날의 장난기 섞인 별명을 듣고 조지는 재빨리 고개를 들었다. 네브래스카 크레인이었다. 주근깨가 있는 각진 얼굴은 옛날의 익살스러운 다정함을 그대로 간직하고 있었고 체로키 인디언의 새까만 눈도 이전과 마찬가지로 전혀 두려움이라고는 없이 똑바로 앞을 향하고 있었다. 그가 햇볕에 그을린 갈색의 커다란 손을 내밀었고 둘은 힘 있게 악수를 했다. 한순간 그들은 마치 친근한 고향에 온 것 같은 기분에 젖었다. 잠시 후 그들은 마주 앉아 다정하게 이야기를 나누었다. 세월이라는 시간적 거리는 물론 공간적 거리도 변화시키거나 떼어놓을 수 없는 친근함이었다.

조지가 리비아 힐을 떠나 대학에 갈 때까지 그는 네브래스카 크레인을 딱 한 번 만났었다. 하지만 조지는 그를 시야에서 놓친 적이 없었다. 모든 사람이 그를 시야에서 놓치지 않았다. 야구 배트를 어깨에 걸쳐 메고 뒷주머니에 글러브를 찔러 넣은 채 로커스트 거리를 향해 언덕을 내려오곤 하던 체로키 인디언 소년의 모습은 위대한 그의 운명을 예언하는 것이었다. 네브래스카는 프로야구 선수가 되었고 메이저 리그에 진출하여 매일 신문에 그 이름이 났던 것이다.

조지가 지난번에 네브래스카를 한 번 만나게 된 것도 신문 덕분이었다. 조지가 첫 번째 해외여행으로부터 뉴욕으로 돌아온 직후인 1925년 8월이었다. 조지는 자정 조금 전에 차일즈 레스토랑에 앉아 김이 무럭무럭 나는 케이크를 들고 커피를 마시면서 아직 잉크도 채 마르지 않은 「헤럴드 트리뷴」지 다음 날 조간신문을 펼쳐 들고 있었다. 그때 '크레인 또 홈런을 날리다!'라는 헤드라인 기사가 그의 눈에 확 띄었다. 그 기사를 열심히 읽으면서 그는 네브래스카를 만나고 싶다는 마음이 간절했다. 그는 전화번호부를 뒤져 그의 이름을 찾은 후 전화를 걸었고 그들은 약속해서 만났다. 시합이 있던 날 조지가 야구장에 가서 그가 출전한 야구 경기를 관람한 것이다. 그날 네브래스카는 또 하나의 홈런을 날렸다. 네브래스카가 샤워하고 옷을 갈아입은 후 둘이 야구장을 나설 때 문 앞에서 그를 기다리며 환호하던 소년들의 모습이 지금도 조지의 눈에 선했다. 네브래스카는 타고난 성격대로 아이들에게 다정하고 친절한 모습을 보이며 일일이 사인을 해주었다. 그날 조지는 네브래스카와 함께 브롱크스에 있는 네브래스카의 집으로 갔다. 작고 조촐한 아파트였다. 네브래스카의 아내 머틀은 키가 작고 통통한 몸매에 인형처럼 귀여웠으며 두 아들이 즐겁게 장난치고 있었다.

그날 조지와 네브래스카는 다음과 같은 대화를 나누었다.

"그래, 어디서 오는 길이야? 그동안 어디 있었던 거야?" 네브래스카가 조지에게 물었다.

"유럽에 있었어. 오늘 아침 돌아오는 길이야."

네브래스카나 그의 아내에게 유럽이란 아주 멀리 떨어진 이국적인 곳이었다. 실제로 그곳에 갔다 오는 사람은 모두 낭만적 이국정취의 아우라를 믿을 수 없을 만큼 강하게 지니게 된다고 부부는 생각했다.

"그래, 어디 어디를 다녔는데?" 네브래스카가 물었다.

"여기저기 안 다닌 데가 없어." 조지가 대답했다. "프랑스, 영국, 네덜란드, 독일, 덴마크, 스웨덴, 이탈리아…… 거의 다 다닌 셈이지."

"야, 눈깔 나온다!" 네브래스카가 정말로 놀랐다는 듯 말했다. "정말 어지간히 돌아다녔구나."

"그래도 너만큼은 아니야. 너는 내내 여행을 하잖아."

"누구, 나? 이런, 난 아무 데도 가본 적이 없어. 그저 매일 뺑 뺑 돌고 있는 거야. 그래, 멍크, 자네, 재미가 어때?"

"그저 그렇지 뭐. 그저 불평하지 않을 정도야. 자네는 어떤 가? 하긴 물어볼 필요도 없지. 신문에서 다 읽었으니까."

"그래, 금년에는 괜찮았지." 그가 말했다. 그런데 그가 갑자기 고개를 저으며 씩 웃음을 흘렸다. "하지만 이봐, 나도 늙어가는 걸 느낀다네."

그는 잠시 말이 없다가 조용히 말을 이었다.

"1919년부터 메이저 리그 생활을 했어. 7년이 된 셈이지. 이 직업에서는 오랜 세월이야. 그만큼 버티는 놈도 별로 없어."

"그런 말 하지 마. 오늘만 해도 정말 잘 뛰던데. 자네 이제 겨 우 스물일곱이잖아."

조지는 네브래스카가 자신보다 두 살이 위라는 사실을 상기 하며 말했다.

"그럴지도 모르지. 굉장히 오랫동안 뛰는 선수도 있긴 해. 타 이 콥 같은 선수 말이야. 하지만 그건 예외야. 평균 8년이라고. 그런데 나는 7년이나 된 거야. 기껏 2, 3년 정도 더 할 수 있다 면 다행이야. 내일 목이 잘려도 할 말이 없어."

그들이 그런 대화를 나눈 것도 벌써 4년 전의 일이었다. 그리고 지금은 달리는 기차 안에서 다시 만나 서로의 손을 잡고 이야기를 나누고 있었다. 조지가 고향으로 가는 이유를 말해주자 네브래스카는 입을 딱 벌렸다. 찌푸린 그의 다정한 갈색 얼굴에는 진심 어린 걱정의 빛이 역력했다. 그는 안 됐다는 소리만 연발하며 다른 할 말이 없는 듯 침묵을 지키고 있었다. 이윽고 그가 다시 입을 열어 말했다.

"자네 이모님은 정말 요리 솜씨가 좋으셨지. 죽어도 못 잊을 거야. 온 동네 망나니들을 다 불러 모아서 먹이곤 하시던 거 생각나지?"

네브래스카의 오른 발목에는 붕대가 감겨 있었고 묵직한 지팡이가 두 무릎 사이에 걸쳐 있었다. 조지가 어찌 된 일이냐고 물었다.

"인대가 늘어났어." 네브래스카가 대답했다. "계속 누워 있었어. 이 기회에 고향에 내려가서 가족들이나 만나보려고. 아이들 학교 보낼 준비 때문에 아내는 함께 오지 못했지."

"다들 잘 지내나?"

"그럼, 잘 지내지. 두 놈 다 건강해." 그는 잠시 말이 없더니 체로키 인디언의 너그러운 미소를 지으며 말을 이었다. "하지만 나는 이제 끝났어. 더 이상 선수 생활을 하지 못할 거야.”

네브래스카는 겨우 서른한 살이었다. 조지는 그의 말을 믿을 수 없었다. 네브래스카가 다시 의젓한 미소를 지으며 말했다.

“야구 선수로서는 늙은이야. 스물한 살에 데뷔했으니 어지간히 오래 해먹은 셈이지.”

조용히 체념에 젖은 이 선수의 모습이 그의 친구를 슬프게 했다. 그토록 강인하고 겁이라곤 없던 인물, 살아가는 동안 내내 용기와 승리를 보여주며 꿋꿋하게 서 있던 친구가 이처럼 패배를 자인하고 있는 모습을 보아야 한다는 것은 고통스러운 일이었다.

네브래스카가 다시 말했다.

“너무 걱정하지 말게. 다리만 나으면 아직 한두 해는 더 뛸 수 있을 거야. 아직 방망이 솜씨는 여전하니까. 하지만 내가 이제 다 됐다는 것을 다들 알고 있어. 아마 곧 방출할 준비를 하고 있는지도 몰라.”

네브래스카의 말을 계속 듣고 있자니 조지는 소년 시절부터 그에게서 보였던 체로키족의 특징을 다시 확인할 수 있었다. 숙명을 기쁘게 받아들이는 자세가 그에게 늘 힘과 용기를 주었음을 조지는 잘 알고 있었다. 그 때문에 그는 그 어떤 것도, 심지어 죽음까지도 두려워하지 않았다. 네브래스카는 조지의 얼굴에 뭔가 서운한 듯한 표정이 떠오르는 것을 보고 다시 미소를 지으며 가볍게 말했다.

"헤이, 멍크, 다 그렇고 그런 거야. 잘할 때는 모든 게 다 잘 풀리게 돼 있어. 하지만 나중에는 결국 강 하류 쪽으로 팔리게 되는 거야. 나는 불평도 안 하고 저항도 안 해. 운이 좋은 편이었으니까. 벌써 10년이나 메이저 리그 선수 생활을 했잖아. 나만큼 오래 해먹은 자도 드물어. 게다가 월드 시리즈에 세 번이나 나갔었다고. 그들이 나를 방출하지 않고 한두 해 더 내버려둔다면 한 번 더 그 무대에 서게 될지도 몰라. 우리 팀이 진출할 것 같거든. 물론 순전히 마누라와 내 생각이지만 말이야. 이보게, 난 행운아야. 마누라 집안에도 도움을 좀 주었어. 장인과 장모에게 농장을 사주었거든. 그 양반들 소원이었지. 나도 지불런에 300에이커의 땅을 갖고 있어. 셈도 벌써 다 치렀어. 올해 담뱃잎 값이 좋으면 2천 달러는 벌 수 있을 거야."

"자네, 그걸로 만족할 수 있겠나? 대도시와 군중들, 환호하던 팬들, 신문 기사들, 월드 시리즈, 3월에 다시 만나는 동료들, 스프링캠프, 이런 것들을 잊을 수 있겠나?"

네브래스카가 음, 하고 신음을 내뱉었다.

"멍크, 자네는 그런 화려한 것만 보고 말하는군. 뭐야? 스프링 캠프를 잊을 수 있겠느냐고?"

"마치 그걸 좋아하지 않는다는 듯 말하는군."

"좋아해? 처음 3주간은 완전히 지옥이야. 젊을 때는 그다지 나쁘지 않을 수도 있지. 겨울에 체중이 그리 늘지 않으니 이삼일이면 적응할 수 있지. 하지만 나처럼 나이를 먹으면 얘기가 달라. 길게 이야기 안 하겠지만 한여름에 땀을 뻘뻘 흘리며 경기에 나서는 것도 쉬운 일은 아니야. 복더위에 더블헤더라도 뛰게 되면 완전히 녹초가 돼. 이제 그 이야기는 그만하지."

"언제 떠나게 되건 상관없다는 말이로군."

네브래스카는 즉시 대답하지 않았다. 그는 창문을 통해 공장 연기로 더럽혀진 뉴저지의 풍경을 바라보았다. 그는 약간 피곤한 듯 미소를 지었다.

"이보게, 멍크, 자네는 지금 기차 여행을 하는 기분이겠지. 하지만 내게는…… 나는 이곳을 하도 자주 다녀서 창밖을 내다보지 않고도 어디에 전신주가 있는지 알아맞힐 수 있다네." 그는 옛날처럼 쾌활하게 큰 소리로 웃었다. "전신주들에 번호도 매겨주었고 이름도 붙여 주었어."

"그렇다면 자네는 지불런 농장에서 내내 지내는 데 익숙해질

수 있으리라고 생각하나?"

"익숙해지다니?" 그의 목소리는 소년 시절 경멸조가 섞여 있었을 때의 목소리와 비슷했다. 그는 못마땅하다는 듯 친구를 바라보았다.

"아니, 자네, 무슨 소리를 하는 거야? 세상에 그보다 좋은 생활이 어디 있다고!"

"브래스, 자네 아버지는 어떠신가? 건강하신가?"

네브래스카는 빙그레 웃으며 대답했다.

"주머니쥐처럼 행복하시지. 평생 하고 싶은 일만 하고 살아오셨으니."

"건강은 어떠신가?"

"그 이상 건강하시다가는 돌아가실 지경이지. 황소처럼 튼튼하시다네."

이어서 조지와 네브래스카는 마을에서 장사로 알려진 네브래스카의 아버지가 옛날에 보여준 괴력에 대해 한참 이야기를 나누었다. 네브래스카의 아버지는 힘깨나 쓴다는 사람들과 레슬링을 하여 모두 무릎을 꿇렸다. 고향 사람들뿐 아니라 외지에서 온 레슬링 선수들도 모두 그에게 나가떨어졌다. 이야기 끝에 네브래스카가 햇볕에 그을린 커다란 손을 조지의 무릎 위에 놓으며 말했다.

"시간이 전혀 흐른 것 같지 않아. 그렇지 않은가? 모든 게 다 되살아나네."

"맞아, 브래스." 조지는 슬픔과 경탄이 뒤섞인 감정으로 빠르게 지나가는 바깥 풍경을 바라보았다. "모든 게 다 되살아나."

조지는 창가에 앉아 스쳐 지나가는 숨 막히는 전원 풍경을 바라보았다. 9월치고는 계절에 걸맞지 않게 더웠다. 몇 주째 비가 오지 않았고 동쪽 해안선은 열기가 발산하는 아지랑이로 인해 윤곽이 흐릿했다. 땅은 바싹 말라 먼지가 일었고 작열하는 태양 아래 싯누런 잡초와 말라비틀어진 갈대들이 철도 연변에서 타들어 가고 있었다. 온 대륙이 숨을 헐떡이는 것 같았다. 찻간 양 끝에 달린 선풍기가 단조롭게 돌아가고 있었지만 선풍기 돌아가는 소리 자체가 바로 더위가 내는 신음 같았다. 승객들은 손에 들고 있는 누런 종이 뭉치로 힘없이 부채질하거나 땀을 흘리며 앉아 있었다.

조지는 꽤 오랫동안 창가에 홀로 앉아 있었다. 그의 눈은 시시각각으로 변하는 창밖 모습을 향하고 있었지만 속으로는 네브래스카와의 만남으로 인해서 생생하게 되살아난 옛 생각들을 새기고 있었다. 거대한 열차는 뉴저지주를 지나 펜실베이니아주를 가로질렀고 델라웨어주를 거쳐 메릴랜드주로 접어들고 있었다. 눈앞에 파노라마처럼 펼쳐지는 풍광들은 그 자체 시간의 두루마리들을 하나씩 펼쳐놓는 것 같았다. 조지는 무언가 상실감을 느꼈고 마음이 편치 않았다. 소년 시절의 친구와 나눈 대화가 그를 수년 전으로 되돌려보낸 것이었다. 네브래스카의 변한 모습, 그가 조용히 패배를 수락하는 모습 때문에 그가 은행가와 정치인과 읍장과 대화를 나누면서 느낀 막연하고 불안한 예감에 뭔가 슬픈 색조가 더해졌다.

기차가 볼티모어역으로 들어서면서 천천히 속도를 늦추고 있을 때 조지는 차창 밖 플랫폼에서 어떤 한 사람의 얼굴을 알아본 것 같았다. 야윈 흰 얼굴과 움푹 들어간 입만 얼핏 눈에 들어왔을 뿐이지만 그 입가에서 그 어떤 미소를, 희미하고 사악하며 유령 같은 미소를 본 것 같았다. 그러자 갑자기 이유를 알 수 없는 공포가 그를 사로잡았다. 혹시 럼퍼드 블랜드 판사가 아니었을까?

이윽고 열차가 볼티모어를 출발해서 도시 끝의 터널을 지났을 때였다. 소경 한 명이 찻간 뒤쪽에 나타났다. 승객들은 모두 책을 읽거나 이야기를 나누거나 졸고 있었기에 그 소경이 조용히 들어서는 것을 보지 못했다. 그는 맨 끝자리에 자리를 잡고 앉았다. 무거운 지팡이를 들고 있는 그의 입가에는 희미한 미소가 떠올라 있었다. 눈에 띌락 말락 옅은 미소였지만 일종의 무서운 생명력이 감도는 미소였으며 타락한 천사의 번뜩이는 흡인력이 있는 미소였다. 그렇다. 그는 럼퍼드 블랜드 판사, 바로 그 사람이었다.

조지는 15년간 그를 보지 못했다. 그때만 해도 그는 소경이 아니었다. 하지만 그때 이미 그의 시력은 감퇴하고 있었다. 조지는 다른 생명들이 잠들어 있는 밤에 텅 빈 거리를 홀로 배회하는 그의 모습을 보면서 알지 못할 두려움에 사로잡혔던 것이 또렷이 기억났다. 아직 소경이 되기 전이었지만 마치 그 어떤 밤의 충동에 이끌린 듯 그는 인적없는 길모퉁이 가로등 아래 적막한 보도를 찾았으며 불 꺼진 창문 앞을, 영원히 잠겨 있는 것 같은 문 앞을 지나곤 했었다.

그는 유서 깊은 명문가 출신이었으며 수백 년에 걸쳐 그의 선조들이 그러했듯 법률을 공부했다. 그는 아주 짧게나마 치안 판사 직을 수행한 적이 있었기에 블랜드 '판사'로 불리고 있었다. 하지만 그는 슬프게도 그의 가문이 지켜오던 신분으로부터 추락했다. 조지 웨버의 소년 시절 그는 아직 변호사 직함을 갖고 있었다. 그는 자기 소유의 보기 흉한 낡은 건물에 추레한 사무실을 갖고 있었다. 그의 사무실 문 앞에는 변호사라는 명패가 버젓이 달려 있었지만 그는 그와는 전혀 다른 비열한 짓을 생활 수단으로 삼고 있었다. 그가 터득하고 있는 법적인 요령과 지식은 법을 지키거나 정의를 실현하는 데 쓰인 것이 아니라 법을 기만하고 정의를 꺾어버리는 데 쓰였다. 그의 모든 사업은 마을의 흑인들을 상대로 하는 것이었다. 그리고 그 사업의 주 아이템은 바로 고리대금업이었다.

광장에 있는 다 쓰러져 가는 2층 벽돌 건물이 말하자면 그의 가게였다. 그곳은 중고품 가구상이었으며 지하실과 1층에는 온갖 가구들로 빽빽하게 들어차 있었다. 하지만 그곳에 잠깐이라도 눈길을 준 사람이라면 그 주인이 정말 중고 가구상을 경영해서 생계를 유지하고 있다면 한 달도 못 가서 문을 닫으리라고 확신할 수밖에 없었다. 거의 쓰레기라고 할만한 잡동사니들이 빼곡히 들어차 있었던 것이다. 그 물건들은 흑인들을 상대로 고리대금업을 하면서 블랜드 판사가 압류한 것들이었다.

구멍이 숭숭 뚫린 당구대, 부서진 의자들, 깨진 거울들, 밑 빠진 서랍이 달린 장롱, 다리가 한둘씩은 없어져 버린 탁자들, 도저히 불을 붙일 수 없는 취사용 스토브, 때가 덕지덕지 붙어 있는 프라이팬, 납작한 다리미, 이빨 빠진 접시와 사발들, 주전자, 목욕통, 요강 등이 있었으며 그 외에 수백 가지 낡고 금이 가고 깨진 물건들이 있었다.

그렇다면 제아무리 가난한 흑인이라도 별로 쓸모가 있어 보이지 않는 그런 잡동사니들을 이렇게 쌓아 놓은 목적이 무엇이란 말인가? 그 목적은 매우 간단했으며 럼퍼드 블랜드 판사가 그것들을 이용하는 방법 또한 아주 간단했다.

급전이 필요한 흑인들은 언제나 있었다. 경찰에게 물어야 하는 벌금, 병원 치료비, 갚아야 할 급한 빚 때문에 급전이 필요한 사람들은 언제나 블랜드 판사를 찾아왔다. 그들은 보통 5달러나 10달러 정도의 소액을 필요로 했지만 때에 따라서는 50달러가 필요한 사람도 있었다. 하지만 그런 경우는 매우 드물었다. 돈을 빌려줄 때면 블랜드 판사는 늘 담보를 요구했다. 그러나 흑인에게 허름한 세간 외에 번듯한 담보가 있을 리 없었다. 블랜드 판사는 흑인이 돈을 빌리러 오면 클라이드 빌즈라는 이름의 족제비 얼굴을 한 집사를 흑인의 집으로 보냈다. 지배인은 흑인의 집으로 가서 가구들을 조사했다. 돈을 빌리려는 흑인이 생활하는 데 꼭 필요한 세간을 소유하고 있는지 확인하기 위해서였다. 블랜드 판사는 그런 물건이 있는 경우에만 담보로 받고 돈을 빌려주었다. 선이자를 떼고 돈을 빌려주었음은 물론이다.

일단 돈을 빌려준 다음에는 지독한 착취가 행해진다. 돈을 빌린 사람은 매주 토요일마다 5%씩 이자를 내야 했다. 10달러를 빌렸으면 매주 50센트를, 20달러를 빌렸으면 매주 1달러를 이자로 내야 했다. 대부분의 흑인이 50달러가 넘는 돈을 빌리지 않는 것은 그 때문이었다. 주급 5~6달러밖에 받지 못하는 그들이 이자로 일주일에 2달러 50센트를 낼 수는 없는 노릇이었다. 고리대금의 목적과 기술은 흑인들이 그 돈을 끝내 갚지 못하도록 주급 약간 넘는 액수의 돈을 빌려주되 그의 수입 범위 안에서 이자를 받아내는 데 있었다.

블랜드 판사와 돈을 빌린 흑인 사이에 어떤 관계가 이루어지고 있는지는 다음과 같은 대화를 예로 들어보면 쉽게 짐작할 수 있을 것이다. 마치 죄수와 판사 사이에 행해지고 있는 비밀 재판 같은 것이다.

"캐리, 어떻게 된 거야? 두 주 치가 밀렸다고. 그런데 50센트밖에 없다는 건가?"

"석 주일 치를 내야 한다고유? 으디, 계산이 틀렸나 봐유."

"분명해. 세 주야. 1달러 50센트야. 가진 게 이게 다라고? 나머진 언제 줄 건가?"

"지한티 돈을 준다는 사람이 있긴 있는디유."

"그런 이야기는 하지 마. 앞으로 제대로 갚을 거야, 아니야? 지금 누구 집에서 일하고 있지?"

"홀랜다 의사 선상님……."

"그 집 요리사로 일하고 있겠지? 얼마 받아?"

"3달러유."

"그런데도 돈을 못 갚겠다는 거야? 일주일에 50센트도 못 내?"

그러면 흑인은 마치 깊고 깊은 아프리카 정글처럼 서글프고 암담한 표정으로 말한다.

"모르겠시유…… 지가 벌써 오래전에 돈을 다 갚은 것 같은 디……."

그러자 독약처럼 냉정하고 독사처럼 빠르고 거칠게 판사가 대답한다.

"본전은 아직 갚는 시늉도 안 했어. 한 푼도 안 갚았다고. 이자만 낸 거야. 그것마저 밀렸다니까."

그러면 흑인은 의혹에 찬 얼굴로 헐어빠진 지갑에서 기름기에 절은 영수증을 꺼내며 말한다.

"모르겠시유. 벌써 10달러는 다 갚은 것 같은디…… 은제까지 갚아야 한당가요?"

"자네가 10달러 생길 때까지…… 자, 됐어, 캐리. 여기 영수증이 있어. 나머지 1달러는 다음 주에 가져와."

캐리는 물론이고 캐리보다 더 똑똑한 사람이라 할지라도 목돈이 생기기 전까지는 빚을 청산할 방법이 없었고 계속 이자를 물어야만 했다. 블랜드 판사가 쌓아 놓은 물건들은 이자를 갚지 못하고 도중에 나자빠진 사람의 집으로 집사가 찾아가서 압류해온 물건들이었다.

그렇다면 그토록 극악무도하고 불법적인 고리대금업이 어떻게 그렇게 공공연하게 행해졌으며 당사자인 럼퍼드 블랜드 판사가 어떻게 법망을 피해 갈 수 있었는지 의아하게 생각할지도 모른다. 그런 행위는 분명 범죄 행위였다. 하지만 그런 행위는 남부 전역에 걸쳐 다반사로 행해지고 있었고, 그렇기에 당국은 그 범죄를 외면했다. 당국이 그 범죄를 외면했기에 성행할 수 있었느냐, 그 범죄가 만연했기에 외면할 수밖에 없었느냐 하는 문제는 닭이 먼저냐 달걀이 먼저냐 하는 질문과 비슷했다. 게다가 피해 당사자인 흑인들은 아예 법에 호소할 생각을 할 수조차 없었다. 그들에게 법은 너무 복잡하고 신비스러우며 두려운 것이었다. 그들 흑인들은 자신에게 시민으로서의 권리가 있다는 것도 몰랐고 럼퍼드 블랜드 판사가 그 권리를 침해했다는 것도 모르고 있었다. 설사 그 사실을 알았다 할지라도 체포 감금만을 일삼는 경찰이 자신들의 권리를 보호해주리라는 생각은 할 수조차 없었다.

조지 웨버가 기억하는 블랜드 판사의 모습은 그런 것들이었다. 그는 법조인이자 가구상이었고 흑인들을 상대로 한 고리대금업자였다. 또한 그는 남부 연합군 보병여단장의 아들이요, 법조계 회원이었으며 티끌 한 점 없는 하얀 옷과 고급 천으로 만든 검은 옷을 입고 있는 사람이었다.

도대체 이 사람에게 무슨 일이 일어났기에 참되고 명예로운 앞길로부터 등을 돌리고 이렇게 타락한 길로 들어서게 된 것일까? 아무도 알 수 없었다. 그가 뛰어난 재능을 타고났다는 것은 의심의 여지가 없다. 어린 시절 조지는, 만일 블랜드 판사가 그의 재능을 정직한 방향으로 사용했다면 그 능력이나 솜씨에서 그를 당할 사람은 별로 없을 것이라고 저명한 법조인들이 말하는 것을 들은 적이 있었다.

하지만 그는 악에 물들었다. 그의 삶과 정신의 밑바닥에는 완전히 낡고 썩은 그 무언가가 있었다. 그것이 그의 핏줄과 뼈와 살로 스며들었다. 악수하려고 내민 그의 야위고 연약한 손을 만졌을 때 그것을 느낄 수 있었고 그의 기운 없는 목소리와 야윈 새하얀 살결, 그의 윤기 없는 적갈색 머리털에서 그 모습을 볼 수 있었다. 그리고 무엇보다도 그의 푹 꺼진 입에 유령 같은 미소가 떠오를 때 가장 뚜렷하게 잘 드러났다. 유령 같은 미소라고 했지만 실은 그것은 미소가 아니었다. 그것은 그의 입가에 모습을 보인 그림자 같은 그 어떤 것이었다. 누군가 가까이서 보면 그것은 사라지고 보이지 않았다. 하지만 그것은 언제나 그곳에 있다는 것을 누구나 알 수 있었다. 저 어두운 영혼의 은밀한 샘에서 솟아나는 죽음의 액(液)과 마찬가지로 무한한 생명력을 암시하는 음탕하고 악마적이며 조롱하는 듯한 그 부패의 그림자.

그는 젊었을 때 아름답지만 방종한 여자와 결혼했고 곧 이혼했다. 이혼한 이래 그는 독신으로 어머니와 함께 지냈다. 그는 노부인에게 충실하고 공손했으며 의무를 다했다. 블랜드 판사에게는 두 종류의 여자만 존재했다. 어머니들과 창녀였다. 그는 자기 집에서만 예외일 뿐 오로지 후자들에게만 관심이 있었다.

조지가 리비아 힐을 떠나기 몇 년 전부터 이미 그의 시력은 급속히 약해지고 있었다. 그때부터 그는 검은 안경을 썼으며 그로 인해 그 그림자 같은 미소를 띤 그의 야위고 하얀 얼굴은 한층 더 불길해 보였다. 그는 볼티모어의 존스홉킨스 병원에서 치료를 받았고 6주에 한 번씩 병원을 오갔다. 하지만 그의 시력은 날로 악화하였고 의사들은 가망이 없다고 했다. 그의 시력을 망친 병은 아주 고약한 병으로서 그는 오래전에 그 병을 고친 것으로 생각하고 있었다. 그는 자신이 그 병 때문에 시력을 잃은 것이라고 솔직하게 인정했다.

성격상으로나 정신상으로나, 혹은 육체적으로나 이토록 불길하고 역겨웠음에도 불구하고 정말 놀라운 일이지만 블랜드 판사에게는 언제나 엄청나게 매력적인 면이 있었다. 그를 본 사람이면 누구나 그가 나쁜 사람이라는 것을 단번에 알아본다. 아니, '나쁜'이라는 형용사는 이 경우 어울리지 않는다. 누구나 그가 악마적이라는 것, 깊이를 헤아릴 수 없을 정도로 진짜 악마적이라는 것을 알아본다. 이런 종류의 악은 최고의 선(善)이 위대한 것과 마찬가지로 위대한 면을 지니고 있다. 그리고 정말로 그에게는 절대로 사멸되지 않는 선함이 여전히 들어 있었다. 그가 치안판사로 짧게 근무할 동안에 블랜드 판사는 재빠르고 공정하게, 또한 현명하게 사건을 처리하는 것으로 정평이 나 있었다. 어떻게 그런 평판이 가능했는지 모르겠지만—아무도 그것을 알려고 하지 않았다—그런 아우라는 여전히 그를 감싸고 있었다. 그를 만나는 사람이라면 누구나 금세 자신도 모르게 그에게 사로잡히고 끌려서 결국 그를 좋아하게 되는 것은 그 때문이었다. 아무리 그 사실에 저항하려 해도 소용이 없었다. 그를 만나는 바로 그 순간, 또한 그에게서 죽음과 악마의 힘이 작용하고 있음을 느끼는 바로 그 순간, 그를 만난 사람은 동시에 그것이 거대한 미덕의 환영이라고, 그것이 발휘하는 빛이라고, 길 잃은 영혼이라고 느끼게 되는 것이다. 그리고 그것을 느끼는 순간 도저히 억누르기 힘든 후회에 사로잡히면서 '무슨 이런 어리석은 생각을! 이 무슨 부끄러운 생각이람!'이라고 속으로 외치게 되는 것이다. 하지만 그 누구도 왜 그런지는 알 수 없었다.

초가을의 어스름이 빠르게 내려앉을 무렵 기차는 버지니아를 향해 남쪽으로 질주하고 있었다. 조지는 창가를 스쳐 지나가는 어두운 나무 그림자들을 바라보며 블랜드 판사 생각을 하고 있었다. 그 인물이 조지에게 불러일으키는 혐오감과 두려움, 동시에 신비스러운 매력이 너무 강하게 그를 사로잡았기에 그는 더 이상 홀로 그 자리에 앉아 있을 수 없을 것 같았다. 객차

중간 부분에 리비아 힐 출신 사람들이 모여 시끄럽게 떠들어대고 있었다. 자비스 리그즈, 케네디 읍장, 솔 아이잭스, 플랙 목사 등이 자리에 앉거나 의자 팔걸이에 걸터앉아 이야기를 나누고 있었다. 그들 한가운데 모든 사람의 주목을 받으며 네브래스카 크레인이 있었다. 곁을 지나가는 그를 누군가 붙잡고 구석으로 밀어 넣은 것이었다.

조지는 자리에서 일어나 그들에게 갔다. 그들 곁으로 갔을 때 그들은 열심히 땅값에 대해 토론하고 있었다. 은행가는 네브래스카에게 땅을 사라고 설득했고 자비스가 옆에서 부추겼다. 하지만 네브래스카는 천성이 시키는 대로 꿈쩍도 하지 않았다. 그가 씩 웃으며 말했다.

"저는 이미 지불런에 농장을 마련했습니다. 대금도 이미 지불했습니다. 야구 선수 생활을 마치면 그곳으로 돌아가서 정착할 작정입니다. 하천가에 있는 300에이커의 좋은 땅이지요. 제가 원하는 건 그뿐이에요. 더 이상 돈을 쓸 수는 없습니다."

네브래스카가 그들에게 소박한 어조로 그런 말을 할 때 그는 미래가 평화롭게 펼쳐져 있는 땅의 사나이로서 이야기한 것이었다. 그는 자신이 무엇을 원하는지 알고 있는 인간으로서, 재난과 결핍에 맞서 단단하게 뿌리를 박고 정착한, 안전하고 독립적이며 강인한 인간으로서 이야기한 것이었다. 그는 경기(景氣)로 들뜬 고향의 흥분된 열기뿐 아니라 국가적인 거대한 흥분으로부터, 시대의 흥분으로부터 완전히 격리된 존재였다. 모든 사람이 땅에 대해 열심히 이야기하고 있었지만 땅을 인간이 살아가야 할 장소로, 그것을 삶의 일부분으로 생각하고 있는 것은 네브래스카뿐이라고 조지는 생각했다.

네브래스카가 담배를 피우러 가야겠다고 몸을 일으키자 조지도 그의 뒤를 따랐다. 조지가 친구의 뒤를 따라 통로를 지나 객차 끝부분까지 왔을 때였다. 그의 귀에 조용하고 억양 없는 목소리가 들렸다.

"잘 지냈나, 웨버 군."

그는 멈춰 서서 몸을 돌렸다. 소경이 그곳 바로 그의 앞에 앉아 있었다. 조지는 그에 대해 까맣게 잊고 있었다. 소경은 말을 하면서 꼼짝도 하지 않았다. 그는 지팡이에 의지해서 앞쪽으로 몸을 약간 기울인 채, 마치 무언가에 귀를 기울이듯 야위고 하얀 얼굴을 앞으로 쑥 내밀고 있었다. 조지는 여느 때와 마찬가지로 소경의 입가에 떠오른 악마 같은 미소의 그림자에서 기이한 매력을 느꼈다. 조지는 잠시 가만히 있다가 말했다.

"블랜드 판사님."

"이보게, 앉게나." 조지는 마치 마술 피리 소리에 홀린 아이처럼 자리에 앉았다.

"저 죽은 자들은 자신의 송장이나 묻게 내버려 두고 이 장님 앞에 앉아."

억양이라고는 전혀 없는 말투였다. 하지만 그의 말이 품고 있는 잔인하면서도 생명의 온기라고는 전혀 느껴지지 않는 경멸감이 열차 전체에 속속들이 스며들었다. 사람들이 말을 멈추고 마치 전기 충격이라도 받은 듯 몸을 돌려 바라보았다. 조지는 무슨 말을 해야 할지 알 수 없었다. 당황한 그는 불쑥 말했다.

"저는…… 저는…… 그러니까, 기차 안에서 고향 사람들을 많이 만나서…… 저는…… 그분들하고…… 그러니까 케네디 읍장님이랑, 또 다른 분들이랑 이야기를……."

소경은 꼼짝하지도 않은 채 억양 없는 음산한 목소리로 모든 사람에게 들릴 만큼 큰 소리로 말했다.

"됐어. 알고 있네. 이 비좁은 객차 한 칸에 온갖 개자식들이 저렇게 다 모여 있던 적은 없었을걸."

객실 안 사람들은 모두 그 소리를 듣고 침묵에 빠졌다.

"자네가 작년에 다시 프랑스로 갔다는 소식을 들었지. 그래 프랑스 갈보들은 여기 것들과 다르던가?"

악의에 찬 노골적인 그 말이 빚어내는 공포가 마치 날카로운 섬광처럼 객실 안을 파고들었다. 모든 사람이 아연실색했고 얼어붙은 듯 꼼짝도 하지 못했다.

"하긴 별 차이가 없을 거야." 블랜드 판사가 여전히 억양 없는 목소리로 조용히 말했다. "매독(梅毒)이 전 세계를 아주 가까운 인척 관계로 맺어주거든. 자네가 시력을 잃고 싶다면 이 위대한 민주주의 국가뿐 아니라 지구 위 어디에서건 다 가능하니까."

객차 안은 쥐 죽은 듯 조용했다. 잠시 후 아연한 표정으로 블랜드 판사를 향했던 얼굴들이 다시 서로 마주 보며 소곤거리기 시작했다. 판사가 표정을 조금도 바꾸지 않은 채 조지에게 말했다.

"그래, 잘 지냈나? 만나서 반가우이."

그의 말투는 좀 전과 조금도 변한 게 없었지만 그 짧은 말에는 악마적인 장난기가 섞여 있었다.

"볼티모어에 다녀오시는 길인가요, 블랜드 판사님?"

"그래, 가끔 홉킨스 병원에 오간다네. 물론 자네도 알다시피 다 쓰잘데없는 짓이지." 어투가 더욱 낮아졌으며 다정해졌다. "자네를 마지막으로 본 다음에 완전히 장님이 돼버렸다네."

"전 몰랐습니다. 그러니까 혹시……."

"그래, 완전히! 완전히! 그렇다고 저기 거지발싸개 같은 소리를 하는 놈들을 거들떠보지는 않아. 그래 가족들은 잘 지내나?"

"모 이모님이 돌아가셨어요. 장례식에 참석하느라 고향에 가는 길입니다."

"돌아가셨다고? 그 양반이?"

그는 그 말뿐이었다. 의례적인 애도의 말도 없었고 유감이라는 말도 없었다. 잠시 후 그가 다시 입을 열었다.

"그러니까 그 양반을 묻으러 간다 이거로군." 마치 혼잣말처럼 중얼거리며 자신의 말에 대해 뭔가 곰곰이 생각하는 것 같았다. 이윽고 그가 다시 입을 열었다.

"자네, 다시 고향에 갈 수 있으리라고 생각하나?"

조지는 약간 놀라고 당황했다. "무슨 말씀이신지요? 무슨 뜻으로 하시는 말씀이신지?"

다시 한번 그의 얼굴에 은밀하고 사악한 미소가 떠올랐다.

"뭐, 어려운 질문인가? 자네가 정말로 다시 고향에 돌아갈 수 있으리라고 생각하냐 이거야."

이어서 그가 날카롭고 차갑게 명령조로 말했다.

"자, 대답해 봐! 그럴 수 있을 것 같아?"

"그럼요, 얼마든지요." 조지는 필사적으로 거의 애원하듯 말했다. "왜 안 된다는 거지요? 제가 무슨 짓을 했다고요……. 정말 아무 짓도 안 했는데요."

다시 은밀하고 악마적인 미소.

"확실한가?"

조지는 그가 어린 시절 그를 보면 느꼈던 공포를 다시 강하게 느꼈다.

"그럼요, 확실하고말고요! 아니, 판사님, 도대체 제가 무슨 짓을 저질렀다는 거지요?"

조지는 필사적으로 오만 가지 일들을 머리에 떠올리려 애썼다. 그러자 까닭 모를 죄의식이 엄습했다. 조지는 생각했다.

'혹시 내 책에 관한 이야기를 들은 걸까? 내가 우리 마을에 대한 이야기를 쓴 것을 알고 있는 걸까? 그런 뜻에서 한 말일까?'

소경은 킬킬거리고 웃었다. 마치 고양이가 쥐를 앞에 두고 장난치는 것 같았다.

"죄인은 추적자가 없는 곳으로 도망가는 법이지. 이보게 그렇지 않은가?"

조지는 거의 미칠 지경이었다.

"왜요? 난 죄가 없단 말입니다!"

이어서 화난 목소리.

"제길, 나는 아무 죄도 없단 말입니다!"

이어지는 격하게 흥분한 목소리.

"누구 앞에서도 떳떳하게 고개를 들 수 있어요! 온 세상을 똑바로 바라볼 수 있단 말입니다. 그 누구에게도 사과 따위는……."

그는 도중에 말을 끊었다. 소경의 입가에 악마적인 그 미소, 유령 같은 그 미소의 그림자가 떠오른 것이 보였던 것이다.

'그래, 그 병 때문이야'라고 조지는 생각했다. '눈을 망친 그 병 때문에, 아마도, 정신까지 나가버린 거야.'

그 생각이 들자 조지는 자리에서 일어나며 천천히 짧게 말했다.

"블랜드 판사님, 이만 실례하겠습니다."

소경은 입가에 여전히 그 악마적인 미소를 띤 채 다정하게 바뀐 어조로 말했다.

"잘 가게." 그는 거의 눈치를 챌 수 없을 만큼 아주 잠깐 말을 멈춘 후 이어서 말했다. "하지만 내가 경고하려 했다는 것을 잊지 말게."

조지는 빠른 걸음으로 그곳을 떠났다. 가슴이 떨렸고 다리가 후들거렸다. 그가 무슨 뜻에서 "자네, 고향에 다시 갈 수 있으리라고 생각하나?"라고 물은 걸까? 그 사악하고 은밀한 미소, 조롱하는 듯한 그 미소는 무슨 의미일까? 무슨 소리를 들은 걸까? 뭘 알고 있는 걸까? 그렇다면 다른 사람들도 모두 알고 있는 걸까?

조지는 객실 안의 모든 사람이 소경의 출현으로 인해 두려움과 공포에 사로잡혀 있다는 것을 곧 알 수 있었다. 전에 블랜드 판사를 본 적이 없던 사람들까지도 그의 노골적이고 상스러운 말을 들었으며 그의 모습을 보고 두려움에 떨고 있었다. 리비아 힐에서 온 사람들은 그 소경에 대해 이미 잘 알고 있었기에 공포의 감정이 한결 컸으며 날카로웠다. 블랜드 판사는 그들 사이에서 오만하고 뻔뻔스러운 삶을 누려왔다. 비록 겉으로는 모든 면에 있어 점잖은 양반 모습을 하고 있었지만 그는 온갖 혹평을 다 받았으며 손가락질의 대상이었다. 하지만 그가 마을의 그런 평판에 대해 차갑고 독기 어린 경멸의 눈길을 보냈기에 사람들은 그를 두려워하는 가운데 존경하기도 했다. 또한 목사와 자비스 리그즈 씨, 케네디 읍장들도 그를 두려워하고 있었다. 그 보이지 않는 눈으로 그들을 꿰뚫어 보고 있는 것 같아서였다. 더욱이 전혀 예기치 않게 그가 객차 안에 모습을 보이자 그들 모두는 은연중에 공포에 사로잡혀 있었다.

제4장 숨겨진 공포

95

자정이 지났을 무렵 열차는 달빛을 받으며 버지니아주를 가로지르며 남쪽을 향해 달리고 있었다. K19호 손님들은 거의 다 잠자리에 들었다. 네브래스카도 일찌감치 코를 골고 있었다. 하지만 조지는 잠을 이루지 못했다. 은행가, 읍장, 정치가도 잠을 자지 않고 있었다. 그들은 비록 아둔하고 세상만사를 귀찮아했으며 상상력이라고는 없는 사람들이었지만 아직 철부지 어린 아이 시절의 감성이 남아 있었는지 왠지 흥분한 채 잠을 이루지 못했다. 그들은 담배 연기 자욱한 화장실 겸 휴게실에 모여서 이야기를 나누었다. 녹색 커튼 뒤에서 그들이 끊임없이 나누는 쓸데없는 한담들이 밖으로 때로는 높게, 때로는 낮게 흘러나왔다. 이윽고 그들은 럼퍼드 블랜드 판사의 뻔뻔한 삶에 대한 일화들을 낮은 목소리로 은밀하게 이야기하기 시작했다. 그들은 한 가지 일화가 끝날 때마다 폭소를 터뜨렸다.

　웃음소리와 손뼉이 채 가라앉기도 전에 플랙 목사가 다시 앞으로 몸을 기울이며 새로운 일화를 화제로 꺼냈다. 그는 목소리를 낮추며 거의 음모에 가까운 비밀을 전하듯 이야기를 시작했다.

　"그때 일 기억나나? 그러니까 그자가…….”

　그때였다. 커튼이 홱 젖혀졌다. 모두 고개를 돌렸다. 블랜드 판사가 안으로 들어섰다.

"그래, 목사님, 뭐가 기억난다는 건가?" 마치 꾸짖는 듯한 목소리였다.

야윈 얼굴의 소경이 차갑게 응시하는 눈길에 자리에 앉아 있는 사람들은 그대로 얼어붙었다. 공포 이상의 그 무엇이 그들 눈에 나타나 있었다.

"그래, 뭘 기억해?" 소경이 약간 거칠게 다시 물었다. 그는 바닥을 딛고 있는 지팡이 끝을 잡은 채 꼿꼿하게 서 있었다. 그의 얼굴이 자비스 리그즈 쪽으로 향했다.

"은행을 세우면서 주(州) 내에서 가장 빨리 성장하는 은행으로 만들겠다고 큰소리치고는 별로 신통치 않았다는 것을 기억한다는 건가?"

이번에는 플랙 목사를 향했다.

"그래, 자네가 늘 '개들'이라고 부르던 자 중 한 명이―자네는 그들에게만 눈길을 주고 그들과만 어울리지, 그렇지?―그놈의 말뿐인 초고속 성장 은행에서 돈을 빌려서 강 건너 언덕에 200에이커의 땅을 샀다는 사실을 기억한다는 건가?"

이번에는 읍장 차례였다.

"그리고 그렇게 산 땅을 새로운 공동묘지 조성용으로 읍에서 사들였지?"

이어서 그는 얼굴을 다시 플랙 목사 쪽으로 돌렸다.

"헌데, 나는 죽은 자들이 왜 그렇게 멀리까지 가서 묻혀야 하는 건지 그 이유를 알 수 없단 말씀이야."

그는 마치 배심원들을 향해 결론을 내리려는 지방검사인 양 잠시 말을 끊었다.

"뭘 기억해?" 그의 목소리가 갑자기 날카롭게 높아졌다. "플랙 목사, 자네가 지난 몇 년간 우리 마을에서 저지르고 다닌 짓을 내가 기억하느냐 이거야? 자네가 정치에서 얼마나 이득을 취했는지 기억하느냐 이거야? 자네는 공직을 탐내지 않았지? 자네처럼 겸손한 친구가 그럴 리 있나. 대신 자네는 공직을 열망하는 이른바 공공정신에 투철한 사람들을 뽑는 재주가 있었지. 이른바 동포들을 위해 열렬히 봉사할 준비가 되어있는 사람들 말이야. 암, 그렇고말고. 아주 멋진 개인 사업 아닌가, 목사? '개'들은 전부 주주이고 이익을 취하지. 다 그런 거지, 뭐. 그래, 내가 뭘 기억하느냐고?"

그가 다시 목청을 높였다.

"임박한 파멸의 날을 두려움 속에서 기다리며 그럭저럭 견디고 있는, 이미 조각난 마을을 기억하느냐고? 맞아, 목사, 나는 그 모든 걸 다 기억할 수 있어. 하지만 나는 그런 데서는 벗어나 있어. 나는 보잘것없는 존재이니까."

그는 못마땅하다는 듯 고개를 끄덕였다.

"나야 이곳저곳에서 흑인들을 좀 뜯어먹고 흑인 마을에서 약간의 수입을 올렸지. 불법 대부도 했고 작은 돈놀이를 했지. 하지만 내가 원하는 건 작았고 취향도 단순했어. 일주일에 5부 정도의 이자를 받는 걸로 만족했어. 그러니 목사, 내게는 큰돈이 없어. 나는 많은 걸 기억하고 있지. 하지만 나는 내 모든 재산을 써버렸고 내 재능은 방탕한 생활에 낭비했어. 저 경건한 청교도주의자들이 아주 고결하게 고향을 배반하고 마을 사람들을 파멸시키기 위해 온갖 봉사를 성심성의껏 하는 동안에 말이야."

그는 잠시 불길한 침묵을 지켰다. 이어서 이번에는 아주 낮은 목소리로 무심한 듯 말했다. 하지만 비꼬는 어조를 분명히 느낄 수 있었다.

"목사, 생각해보면 나는 경솔한 놈이었던 것 같아. 늘그막에 사소한 일들이나 기억하며 지내겠지. 읍으로 찾아온 명랑한 과부들, 포커 칩들, 경마, 노름, 주사위, 버번위스키와 스카치위스키 같은 것 말이야. 매주 기도회에 나가는 경건한 사람들은 도저히 알 수 없는 흉악한 것들이지. 하지만 내게는 다른 기억도 있어. 목사, 자네도 마찬가지일 거야. 나는 내 하찮은 영역에서 훌륭한 시민들이라는 곡식에 끼어 있는 가라지 역할을 한 것인지도 몰라. 나라는 존재는 애당초 그런 목적하에 생겨난 거겠지."

그들은 모두 아무 말도 없었다. 마치 죄의식에 사로잡힌 듯한 놀란 시선을 블랜드 판사의 얼굴에서 떼지 못하고 있었다. 앞을 볼 수 없는 블랜드의 차가운 눈이 마치 그들을 꿰뚫는 것 같았다. 블랜드 판사는 한참 동안 그 자리에 서 있었다. 창백한 얼굴 근육이 미동도 하지 않는 가운데 유령 같은 미소가 마치 그림자처럼 입가에 천천히 떠올랐다.

그는 이만 실례하겠다는 말을 남기고 그들 곁을 떠났다. 떠나면서 그는 "또 보지"라는 말을 남겼다.

조지는 밤새 침대에 누워 고요한 달빛 속에서 마치 꿈속인 듯 흘러가는 정든 버지니아 대지를 바라보았다. 들판과 언덕, 협곡과 시냇물과 숲, 영속하는 대지, 광활한 아메리카 대륙이 고요한 달빛 속에서 잇따라 지나갔다.

대지의 유령 같은 정적을 뚫고 기차는 수천 가지 소리가 뒤섞인 엄청난 굉음을 언제까지고 만들어내면서 달리고 있었다. 그 소리는 조지에게 잊힌 기억들을 불러일으켰다. 옛 노래들,

옛 얼굴들, 옛 추억들, 인간이 알고 있으며 살면서 느끼면서도 표현할 말을 찾을 수 없는 온갖 기이한 것들—암흑시대의 전설, 서글프게 짧은 인생의 날들, 불가해하면서도 절대로 곁을 떠나지 않는 삶 자체의 기적 같은 것들이 그에게 떠올랐다. 그에게는 소년 시절 내내 들었던 것과 같은 덜컹대는 바퀴 소리, 종소리, 흐느끼는 기적 소리가 다시 들려왔다. 그는 소년 시절 마을 강기슭에서 들려오곤 하던 그 소리를 들으며 자신의 눈앞에 이루 형언할 수 없는 내밀한 기쁨이 놓여 있다는 것을 말없이 예언하고 있는 듯 느끼곤 했다. 그것은 새로운 땅, 아침, 빛나는 도시에 대한 영광스러운 약속이었다. 그런데 이 거대한 기차의 고독한 울부짖음이 그때와 마찬가지로 똑같이 새롭고 기이한 말들을 속삭여주고 있었다. 그가 지금 다시 고향으로 향하고 있기 때문이었다. 하지만 그 말들의 의미는 그때와 달랐다.

그는 고향을 멀리 떠나 있는 동안 늘 희망과 기쁨에 들뜬 귀향을 고대해 왔다. 하지만 어젯밤 침대에 누울 때 그를 사로잡던 공포감, 변한 마을 모습을 생각하면서 느끼는 서글픔, 내일 있게 될 장례식에 대한 어두운 전망 등이 뒤섞여 그의 귀향을 어둡게 만들었다. 게다가 귀향하고 있는 자신의 모습도 그가 그

리던 것과는 거리가 멀었다. 그는 아직 '실업 교양 대학'의 보잘
것없는 강사에 불과했으며 책은 아직 출간되지 않았다. 그는 어
떤 기준으로 보더라도 그의 고향에서 생각하는 성공은 거두지
못했다. 그 생각을 하자 그는 그 무엇보다도 그 작은 마을 사람
들의 날카로운 비판의 눈, 그들의 세속적인 판단이 두려웠다.

그는 고향을 떠나 여러 나라와 여러 도시를 떠돌았던 지난
몇 년간에 대해 생각했다. 그는 자신이 그 얼마나 자주 고향을
생각했는지, 그때마다 강렬한 열정에 사로잡혀 눈을 감고 모든
거리의 구조, 거리의 집들, 사람들의 얼굴들, 그들이 한 말들,
그들의 내력을 얼마든지 그려볼 수 있었음을 기억했다. 내일이
면 그는 그 모든 것을 다시 보게 되리라. 그는 차라리 오지 않
았으면, 이라고 생각했다. 이런저런 핑곗거리는 충분히 만들 수
있었을 것이다.

그런데 그는 왜 강한 자력에 이끌리듯 고향에 이끌렸을까?
왜 고향에 대해 그토록 많은 생각을 했을까? 어떻게 그토록 놀
라울 정도로 정확하게 고향을 기억할 수 있었을까? 그곳이 그
토록 중요한 곳이고 그 작은 마을, 그 마을을 둘러싸고 있는 불
멸의 언덕들이 그가 이 지상에서 지닌 유일한 고향이기 때문
인가? 그는 알 수 없었다. 그가 알 수 있는 것은 세월은 물처럼

흐른다는 것, 그리고 사람들은 언젠가 다시 고향을 찾는다는 것뿐이었다.

기차는 달빛이 비치는 대지를 뚫고 앞으로 내달렸다.

제5장 귀향

다음 날 아침 창밖을 바라보니 산들이 그곳에 있었다. 산들은 푸르른 창공을 향해 웅장하게 마술처럼 솟아 있었다. 대기가 갑자기 서늘해졌다. 공기는 포도주 거품처럼 상쾌했고 밝은 햇살이 비치고 있었다. 광대한 푸른 숲이 웅자(雄姿)를 드러내고 있었으며 산허리를 깎아 만든 길들, 아찔한 낭떠러지들이 보였다. 조지의 눈에 골짜기 아래 강기슭에 옹기종기 모여 있는 장난감처럼 작은 오두막들이 보였다. 순간 그에게 오래전부터 잘 알고 있던 느낌, 가깝고도 멀고 낯설면서도 친근하다는 느낌이 다시 밀려왔다. 그는 마치 이 산들을 떠난 적이 없는 것 같았고 지난 몇 년간의 세월이 마치 꿈처럼 느껴졌다.

기차가 멈추고 창밖을 내다보니 랜디 셰퍼턴과 그의 누이 마거릿이 플랫폼에 서 있는 모습이 보였다. 객차에서 훌쩍 뛰어 내린 조지는 철길을 건너서 성큼성큼 플랫폼을 향해 걸어갔다.

그들이 조지의 모습을 알아보았다. 마거릿이 흥분해서 랜디에게 뭐라고 말하더니 그들에게 다가가는 조지에게 손짓을 해 보였다. 랜디가 반갑다는 표시로 두 팔을 벌린 채 큰 소리로 인사말을 외치며 달려왔다.

"어이, 어서 와! 가방 이리 줘!" 그는 조지에게 다가오더니 그의 손을 꽉 쥐었다. "멍크, 정말 반가워!"

이어서 서로 가방을 들겠다는 승강이가 이어졌지만 결국 랜디가 가방을 들었다.

마거릿은 소박한 얼굴에 미소를 담뿍 머금고 두 사람을 기다리고 있었다. 그들은 바로 이웃에서 살았고 오누이와 다름없는 사이였다. 실제로 조지가 열 살, 마거릿이 열두 살이었을 때 둘은 어린이다운 목가적인 로맨스를 나누었다. 그 유년기의 로맨스 속에서 둘은 영원히 변치 않을 헌신적인 사랑을 맹세했으며 둘이 어른이 되면 당연히 결혼하리라고 믿었다. 하지만 세월이 모든 것을 바꿔 놓았다. 조지는 멀리 가버렸고 마거릿은 부모님이 돌아가시자 랜디를 돌보아야만 했다. 그녀는 집안 살림을 도맡아 하면서 지금까지 결혼을 하지 않았다. 그녀는 따뜻한 미소를 띠고 서 있었다. 큰 체격에 풍만한 가슴, 타고난 선량한 성격은 여전했지만 어딘가 노처녀 티가 나는 것은 어쩔 수 없었다. 조지는 그녀를 보자 왈칵 측은하다는 생각이 들었고 그녀를 향한 옛정이 되살아나는 것을 느꼈다.

"안녕, 마거릿! 잘 지냈어?" 그가 흥분해서 약간 잠긴 목소리로 그녀에게 인사했다. 둘은 악수를 나누었고 그는 그녀의 얼굴에 어색하게 입을 맞추었다. 그녀는 얼굴을 붉힌 채 한 걸음 뒤로 물러서더니 어릴 때 자주 그랬듯이 장난기 어린 미소를 띠고 그를 바라보았다.

"조지, 별로 변하지 않았네!" 그녀가 말했다. "체격이 좀 더 커진 것 같지만 몰라볼 정도는 아니야."

그들은 조용히 모 이모의 장례식에 대한 이야기를 나누었다. 이야기를 나누면서 조지는 랜디를 마주 보고 싱긋 웃었다. 소년 시절 조지는 랜디가 그 누구보다도 머큐시오(셰익스피어의 『로미오와 줄리엣』에 나오는 로미오의 절친-옮긴이 주)를 닮았다고 생각했다. 그는 깡마른 작은 얼굴을 하고 있었지만 보기 좋은 금발의 미남이었다. 그는 민첩하고 경쾌한 데다 활동적이었으며 무슨 일을 하건 자연스럽고 멋이 있었다. 그의 마음과 정신은 늘 맑고 원기 왕성했으며 마치 칼날처럼 날카롭기도 했다. 대학 시절에도 마찬가지였다. 성적이 좋았을 뿐 아니라 수영 솜씨도 일품이었고 미식축구에서는 쿼터백으로서 뛰어난 능력을 발휘했다.

하지만 지금 그를 바라보며 시간이 가져온 변화의 흔적을 읽고 조지는 목이 메었다. 랜디의 야윈 얼굴에는 굵은 주름이 잡혔고 관자놀이의 머리카락이 세월의 흔적인 양 희끗희끗했으며 눈가에도 잔주름이 잡혀 있었다. 그 모습이 조지를 슬프게 했다. 그리고 그토록 늙어 보이는 그의 모습에 뭔가 부끄러움을 느꼈다. 그러나 무엇보다 조지의 눈에 띈 것은 랜디의 눈에 드러난 표정의 변화였다. 예전에 그의 눈은 더없이 맑았으며 예리하고 정확하게 세상을 관찰하는 듯했다. 그런데 지금은 뭔지 알 수 없는 수심이 그 눈에 드러나 있었으며 지금 옛 친구를 다시 만나 기쁨을 만끽하고 있으면서도 뭔가 끊임없이 다른 일에 사로잡혀 있는 듯한 모습을 떨쳐버리지 못하고 있었다.

랜디가 조지를 보고 웃으며 말했다.

"이보게 멍크, 자네를 아무래도 차고에 재워야 할 것 같아. 데이브 메리츠 씨가 이 마을에 와서 지금 우리 집 빈방에 묵고 있어." 데이브 메리츠라는 이름을 언급할 때 그의 목소리에 존경심이 살짝 깃들어 있는 것을 조지는 눈치챌 수 있었다. 하지만 랜디는 가볍게 말을 이어갔다. "물론 자네가 좋다면 말일세,

하하. 찰스 몽고메리 호퍼 부인 집에도 방이 있어. 자네가 그 집에 묵겠다면 반가워할걸."

호퍼 부인의 이름이 거론되자 조지는 좀 거북해하는 듯했다. 그녀는 부자였으며 조지는 그녀를 잘 기억하고 있었다. 하지만 그녀의 하숙인이 되고 싶지는 않았다. 마거릿이 조지의 표정을 보고 웃었다.

"호호, 당신이 지금 어떤 처지에 놓여 있는지 아시겠어요? 돌아온 탕아(蕩兒)에게 호퍼 부인 집을 택할 거냐, 아니면 차고에서 잘 거냐고 묻고 있는 거예요. 그런 게 바로 삶이지요. 그렇지 않아요?"

"난 아무래도 상관없어." 조지가 항의하듯 말했다. "내게는 차고도 일류 호텔이야. 게다가 밤늦게까지 쏘다니다 돌아와도 자네와 마거릿에게 방해가 되지 않을까 걱정하지 않아도 되고…… 그런데 메리트 씨가 누군가?"

"아, 그 양반?" 랜디가 즉각 대답했지만 한마디 한마디 단어를 신중하게 고르는 것 같았다. "우리 회사 양반이야. 나보다 윗사람이야. 지점을 순방하면서 사업이 제대로 돌아가는지 조사하는 분이라네. 아주 좋은 분이야. 자네도 좋아하게 될 걸세." 랜디가 진지하게 말했다. "자네에 대해 모두 이야기했더니 자네를 만나고 싶어 하더군. 자, 나는 이제 출근할 시간이야. 메리트 씨는 이미 사무실에 가 있을 걸세. 가서 차를 타세. 자네를 집에 내려놓고 출근해야겠어. 우리는 나중에 또 보세."

랜디는 그 말을 하면서 다시 미소를 지었다. 다소 불안한 기색이었다.—적어도 조지에게는 그렇게 보였다—그는 다시 조지의 여행 가방을 들더니 큰길가에 세워둔 차를 향해 빠르게 걸음을 옮기기 시작했다.

장례식이 있던 날 오후, 조지는 어린 시절을 보낸 목조 가옥으로 갔다. 조지의 외할아버지이자 모 이모의 부친인 라파옛 조이너 씨가 오래전에 손수 지은 집이었다. 집은 변한 것이라고는 없이 옛날 그대로였다. 하지만 그의 기억 속에 남아 있는 집에 비해 작고 보잘것없었으며 초라해 보였다. 그 집은 거리에서 조금 들어간 곳에 있었으며 한쪽 옆에는 랜디 셰퍼턴의 집이 있었고 다른 한쪽에는 마크 조이너 외삼촌의 벽돌집이 있었다. 거리에는 자동차들이 줄지어 세워져 있었는데 대부분 낡은 차들이었고 차체에는 온통 산악지대의 붉은 진흙이 묻어 있었다. 집 앞뜰에서는 많은 사람이 모여 나지막이 이야기를 주고받고 있었다.

안에는 방마다 사람들이 들어차 있었다. 모두 죽은 듯 침묵을 지키고 있었다. 이따금 억제된 기침 소리나 흐느끼는 소리, 코를 훌쩍이는 소리만이 정적을 깨뜨릴 뿐이었다. 대부분 사흘이나 걸려 산골에서 찾아온 조이너 일가 사람들이었다. 고생과 고통의 흔적이 얼굴에 역력히 나타나 있는 노인들로서 모 이모의 가깝고도 먼 친척들이었다. 그중 일부는 조지가 전에 본 적이 없는 사람들이었다. 하지만 그들은 한결같이 조이너 집안의 특징을 드러내고 있었다. 모두 슬픈 표정이었으며 죽음이라는 존재에 대해 모진 승리를 선언하듯 입을 한일자로 굳게 다물고 있었다.

겨울밤이면 모 이모가 깜빡이는 등잔불 아래 끊임없이 죽음과 슬픔에 대하여 소년에게 이야기를 건네주던 바로 그 좁은 방 한쪽, 뚜껑을 활짝 열어놓은 관 속에 모 이모가 누워 있었다. 그 방으로 들어서자마자 조지는 모 이모가 평생 죽음에 대한 승리에 집착해 왔다는 것을 문득 깨달았다. 평생 독신으로 지낸 이모는 어느 날 자신이 죽었을 때 자신의 알몸을 남자 앞에 드러내게 될까 봐 늘 두려워했다. 나이가 들어갈수록 이모는 점점 더 죽음에 대해 깊이 생각했으며 그러면 그럴수록 자신이 죽은 뒤 자연 상태의 자신의 몸뚱이를 그 누군가 보게 되리라는 사실에 병적인 수치심을 느꼈다. 바로 그 때문에 그녀는 염장이를 두려워했다. 그녀는 남동생 마크와 올케 매그에게서 자신의 발가벗은 몸을 남자들에게 보이지 말라고 굳은 다짐을 받았으며 무엇보다도 방부처리를 위해 향유를 바르는 짓을 하지 말라고 몇 번이고 강조했다. 이제 모 이모가 세상을 떠난 지 사흘째가 되었다. 해가 길고 무더운 사흘이었다. 어린 시절 살아 있는 죽음의 냄새를 짙게 풍기던 그 작은 집이 이제 죽음 자체의 냄새에 대한 마지막 기억만을 남기게 된 것이 조지에게는 어찌 보면 모질면서도 그에 걸맞은 결말처럼 느껴졌다.

마크 외삼촌이 조카의 손을 다정하게 잡으며 장례식에 올 수 있어서 다행이라고 말했다. 그의 꾸밈없고 엄숙하며 절제된 태도에는 잔잔한 슬픔이 역력히 드러나 있었다. 그는 누이를 몹시도 좋아했던 것이다. 하지만 모 이모와 50년간이나 앙숙으로 지내온 그의 아내 매그는 상주 역할을 기꺼이 수행하는 것 같았다. 침례교 목사가 코맹맹이 소리로 모 이모의 삶에 대해 긴 찬사를 늘어놓는 동안 매그는 이따금 울음을 터뜨리거나 검은 베일을 요란하게 뒤로 젖히고는 손수건으로 붉게 충혈된 눈을 힘차게 찍어 누르곤 했다.

목사는 아무 생각 없이 태연하게 모 이모 집안의 추문들을 세세히 열거했다. 목사는 조지의 아버지가 아내 아멜리아를 버리고 공공연히 다른 여인과 살았다는 이야기, 아멜리아가 울화병으로 얼마 뒤 세상을 떠난 이야기를 했다. 그는 마크 조이너와 그의 독실한 아내 매기 조이너가 의분(義憤)에 가득 차서 법정 싸움 끝에 어머니를 잃은 소년을 죄 많은 아버지로부터 떼어낼 수 있었다고 말했다. 그리고 바로 지금 우리 앞에 죽어서 누워 있는 선량한 여인이 죽은 여동생의 아들을 기독교 가정에서 올바르게 키웠다고 말했다. 이어서 목사는 이 자비를 한 몸에 받으며 자란 젊은이가 자신에게 은혜를 베풀어준 분에게 마지막 감사를 드리기 위해 집으로 돌아온 것은 정말 다행이라고 말했다.

목사의 설교가 계속되는 동안 매그는 짐짓 슬픔을 이기지 못하겠다는 듯 억지 눈물을 짜내고 있었고 조지는 입술을 깨문 채 식은땀을 흘리며 바닥을 내려다보고 있었다. 조지의 턱은 굳어 있었고 그의 얼굴은 수치와 분노와 역겨움으로 벌겋게 상기되어 있었다.

날이 저물 때가 되어서야 추도식이 끝났다. 사람들이 집에서 나오기 시작했고 차량 행렬이 묘지를 향해 출발했다. 조지는 마거릿 셰퍼턴과 함께 미리 빌려 둔 리무진에 올랐다.

그런데 차가 막 출발하려는 순간 한 여자가 차 문을 열더니 안으로 올라탔다. 모 이모와 친하게 지냈던 딜리어 플러드 부인이었다. 조지는 어렸을 때부터 그녀를 잘 알고 있었다.

"조지, 이게 몇 해 만이야?" 그녀가 차에 올라 조지의 옆에 앉으며 말했다. "자네가 장례식에 참석하러 이렇게 고향에 온 것을 모 이모가 알면 자랑스러워할 거야. 온통 자네 생각만 하셨거든. 자리가 비었기에 올라탔어. 자리를 낭비할 필요는 없잖아."

딜리어 플러드 부인은 중년을 훨씬 넘긴 자식 없는 과부였다. 그녀는 자그마하면서도 다부진 체구에 검은 머리, 날카로운 작은 눈을 가진 여성으로서 혀를 쉴 새 없이 놀리는 게 장기였다. 그녀는 누구든 잡히기만 하면 따분하기 짝이 없는 이야기를 밑도 끝도 없이 늘어놓았다. 그녀의 주된 이야깃거리는 부동산에 관한 것이었다. 실제로 그녀는 부동산 투기 열풍이 불어닥치기 훨씬 전부터 토지를 사고파는 일에 광적으로 몰두했으며 부동산 가격에 대해 아주 날카로운 감식안을 지니고 있었다. 그녀는 일종의 육감에 의해 읍이 어느 방향으로 발전해 갈 것인지 예측할 수 있었으며 실제로 그녀가 예견한 대로 일이 진행되었을 때는 이미 그녀는 그곳의 땅을 소유하고 있었다.

그녀는 그 땅을 매입가격보다 훨씬 비싸게 팔았다. 그녀는 검소하게 살았다. 하지만 그녀가 부자라는 것은 거의 모든 사람이 알고 있었다.

처음 얼마 동안 그녀는 생각이라도 가다듬으려는 듯 말이 없었다. 하지만 차가 출발하자 그녀는 차창 밖으로 내다보이는 토지에 대해 논평을 늘어놓기 시작했다.

"잘 알고 있겠지만," 그녀는 확신에 차서 고개를 끄덕이며 말했다. 옆에 앉은 사람이 듣건 말건 상관없었다. 심지어 상대가 허수아비라도 그녀는 말을 계속했을 것이다. "이곳 일대 토지에 프레드 반즈 일당이 이 고장에서 가장 큰 자동차 수리 공장을 지을 거야. 신문에서 봤어. 현대식 8층 건물이 들어설 거야. 위층에 차고를 만들고 병원도 짓고 옥상에는 정원과 식당을 만들 계획이래. 모두 5십만 달러가 들어갈 거래."

그녀의 수다는 일일이 옮길 수 없을 지경이었다. 조지는 귀를 막고 싶었다.

이제 차량 행렬은 묘지로 들어서고 있었다. 차량 행렬은 천천히 길을 돌아 조이너 가의 묘지 아래 둥근 언덕 꼭대기에 멈춰 섰다. 묘지 한쪽 귀퉁이에 커다란 아카시아가 자라고 있었고 그 그늘 밑에 조이너 일가 사람들이 묻혀 있었으며 각각의 묘비에는 고인의 이름과 생년월일, 사망한 날짜가 적혀 있었고 그 아래 짧은 애가가 적혀 있었다.

　마크와 매그를 비롯해 조이너 집안사람들은 앞줄에 앉고 조지와 마거릿과 아직 그들 곁을 떠나지 않고 있는 플러드 부인은 뒷줄에 앉았다. 사람들이 자리를 잡고 앉아 관을 운반하는 사람들이 천천히 언덕을 올라오는 것을 기다리고 있는 동안 플러드 여사가 다시 입을 열었다.

　"음, 음, 음, 너무 안타까워, 정말 너무 아까워. 정말 아깝다니까!"

　"뭐가 그렇다는 거예요?" 마거릿이 속삭이듯 물었다. "뭐가 그리 아까워요?"

　"아, 글쎄 이렇게 좋은 곳을 묘지로 삼다니 말이야." 그녀가 아쉽다는 듯 말했다. 그녀는 무대에서 배우가 속삭이듯 목소리를 낮추었지만 주변 사람들은 다 들을 수 있었다. "장님이 아닌 이상 우리 읍이 이쪽으로 발전하리라는 건 누구나 알 수 있어. 여긴 당연히 택지로 삼아야 해. 여기다 집을 지으면 얼마나 좋겠어? 저 앞 경치는 또 좀 좋아?"

　마거릿은 그러고 보니 그 말이 맞는 것 같다고 건성으로 대답하면서 조지의 옆구리를 팔꿈치로 쿡 찔렀다.

짐꾼들이 관을 제자리에 갖다 놓았다. 목사가 간단하게 엄숙한 기도문을 외웠다. 관이 서서히 무덤으로 내려갔다. 검은 관 뚜껑이 시야에서 사라지자 조지는 이루 형언할 수 없는 고통과 슬픔을 느꼈다. 전에는 결코 맛보지 못했던 감정이었다. 하지만 동시에 그는 그 슬픔이 모 이모를 향한 것이 아님을 알고 있었다. 그것은 자기 자신과 살아있는 모든 사람을 향한 뼈저린 연민이었다. 그것은 인간의 삶이 얼마나 짧은 것인가에 대한, 또한 자신의 삶이 그 얼마나 보잘것없는가에 대한 자각이었으며 결코 끝나지 않을 어둠이 빠르게 다가오고 있음에 대한 자각이었다. 그는 또한 모 이모가 세상을 뜸으로써 그와 가까운 친척은 이제 한 사람도 남지 않았다는 것, 자신에게 삶의 한 주기가 마감되었다는 것을 개인적으로 느꼈다. 그는 자신 앞에 휑하니 열려 있는 미래에 대해 생각했다. 그리고 한순간 마치 길 잃은 아이처럼 공포와 절망을 맛보았다. 그는 자신을 고향 땅과 맺어주고 있는 마지막 끈이 끊겼으며 이제 자신이 오갈 데 없는 뿌리 뽑힌 자이며 혼자라는 것, 들어갈 문도 없고 자기 것이라 부를 장소도 없다는 것을 자각했고 이 광활한 유성에 홀로 버려져 있다는 느낌에 사로잡혔다.

사람들이 하나둘씩 일어나 각자 자신들의 차를 향해 천천히 움직였다. 하지만 조이너 일가들은 마지막 한 삽의 흙이 무덤을 덮고 제대로 다져질 때까지 그곳에 남아 있었다. 모든 일이 다 끝나고 나서야 그들은 비로소 임무를 마쳤다는 듯 자리에서 일어났다. 그들 중 몇몇은 그 자리에 서서 느릿느릿한 말투로 조용히 이야기를 나누었고 어떤 사람들은 무덤들 사이를 어슬렁거리며 고개를 숙이고 비문을 읽거나 조이너 가문 사람의 잊고 있던 사건들을 회상하며 이야기를 나누었다. 마침내 그들도 묘지에서 물러나기 시작했다.

조지는 그들과 동행하며 모 이모의 삶에 대해 이런저런 이야기를 조각난 파편들처럼 나누는 것을 듣고 싶지 않았다. 그는 마거릿의 팔짱을 끼고 그들과는 다른 방향으로 산비탈을 오르기 시작했다. 그들은 잠시 걸음을 멈추고 얼굴을 서쪽으로 향한 채 비스듬히 기울기 시작하는 햇살을 받으며 저 멀리 산 너머로 지는 해를 바라보았다. 그 장엄한 광경과 말없이 옆에 서 있는 여인의 모습이 젊은이의 어지러운 마음에 안정과 평화를 가져다주었다.

둘이 다시 묘지로 돌아왔을 때 이미 사람들은 모두 떠나고 없는 것 같았다. 하지만 조이너 일가 묘지 가까이 다가가자 그들을 기다리고 있는 델리어 플러드 부인이 모습이 보였다. 그들은 그녀를 까맣게 잊고 있었다. 그녀의 모습을 보고 그들은 그녀가 자신들을 떼어놓고 갈 수 없었던 이유를 알아차렸다. 자갈길에 차가 한 대밖에 없었던 것이다. 고용한 운전기사는 운전대에 기대어 잠을 자고 있었다. 플러드 부인은 석양빛을 받으며 무덤 사이를 왔다 갔다 하다가 이따금 걸음을 멈추고 비석의 글들을 읽고는 했다. 이어서 그녀는 서서히 불을 밝히기 시작한 읍내를 내려다보기도 했다. 그녀는 그들이 없던 것을 전혀 염두에 두지 않았다는 듯 가끔 고개를 돌려 그들이 다가오는 모습을 흘끔흘끔 바라보았다. 그들이 곁으로 다가오자 그녀는 마치 깊은 사색의 결과인 듯 불쑥 말을 꺼냈다.

"정말이지, 그 생각을 하면…… 어떻게 그녀를 이리로 이장할 생각을 할 수 있었지! 어쩜 그렇게 냉정할 수가 있지!" 그녀는 몸서리가 쳐진다는 듯 몸을 부르르 떨었다. "그 생각만 해도 피가 얼어붙는 것 같아. 그때 사람들이 전부 그렇게 말했어. 그녀를 묻혀 있던 곳에서 이리로 옮겨오다니 정말 몰인정하다고들 말했단 말이야."

"누구를 말씀하시는 건가요?" 조지가 무심코 물었다. "누구를 옮겨 왔다는 거지요?"

"그야 자네 어머니인 아멜리아이지 누구겠어?" 그녀는 황급히 말하더니 몸을 굽히고 비석에 적혀 있는 글을 읽었다.

조이너 가 출생 아멜리아 웨버

그 밑에 생몰(生沒) 날짜가 적혀 있었고 시구(詩句)가 새겨져 있었다.

우리 귀에 익은 음성은 더 이상 들리지 않고
우리가 사랑하던 얼굴은 사라졌도다.
그녀의 순결한 영혼은 두둥실 떠올라
저 높은 곳에서 천사와 함께 살리라.
우리에게 남은 것은 슬픔과 괴로움.
우리에게 남은 유일한 기쁨이란
천국의 하느님 옥좌 옆에서
다시 그녀와 포옹하리라는 것.

"그래서 이곳 전체가 묘지로 변해버린 거야." 그녀가 계속 말했다. "그 일만 없었더라도 아무도 이곳을 묘지로 정할 생각을 하지 못했을 거야. 죽어서 1년 이상 땅에 묻혀 있던 사람을 이 곳으로 옮길 생각을 하다니. 누가 그런 생각을 했느냐고? 바로 자네 외삼촌 마크 조이너지 누구야. 고집불통이라서 그 사람과는 다투어봤자 소용이 없어. 자네 부친이 딴 여자와 살림을 차린 건 알고 있지? 하지만 나는 그 사람을 두둔하고 싶어. 아멜리아가 죽자 자네 부친은 그녀를 손수 묻어주었어. 자네도 알겠지만 아멜리아가 죽은 뒤 자네를 두고 소송이 벌어졌지. 그런데 마크가 이겼어. 그러자 마크 조이너는 아멜리아를 이리로 옮겨 묻겠다는 생각을 한 거야. 여동생을 웨버 가에 놔두기 싫다는 거였지. 그리고 아무도 생각하지 못했던 이곳으로 옮긴 거야. 그때까지만 해도 그냥 작은 묘지 터에 불과했는데. 자네 큰이모가 아무리 말려도 소용없었어. 어쨌든 이리로 옮긴 건 잘못이었어. 쓸데없는 데 돈을 낭비한 것뿐 아니라, 이곳이 묘지 터로 소문이 나버린 거야. 그게 발단이 돼서 숱한 사람들이 이곳에 묻히게 되었지. 하지만 아무리 생각해도 아까워. 자네 어머니를 이장하는 날 나도 임석했었어."

플러드 부인의 장광설은 이루 옮기기도 힘들 정도로 길고 지루했다. 심지어 그녀는 조지의 어머니를 이장할 때 시신의 모습에 대해서도 길게 묘사했다. 그녀의 긴 이야기가 계속되는 동안 조지와 마거릿은 공포에 질린 얼굴로 꼼짝하지도 못한 채 그 자리에 못 박힌 듯 서 있었다. 하지만 플러드 부인은 아랑곳 하지 않았다. 그녀는 아멜리아의 묘지를 내려다보며 잠시 생각 에 잠겨 있더니 다시 입을 열었다.

"아멜리아와 존 웨버 생각을 해본 지가 벌써 까마득해. 둘 다 오래전에 죽어서 각자 무덤에 묻혀 있으니. 그녀는 여기 묻혀 있고 그는 마을 반대편에 홀로 묻혀 있지. 그들이 겪었던 고통 들도 이제 모두 옛일이 되었어. 나는 두 사람이 만나서 화해했 으리라고 믿어. 행복하게 지내고 있을 거야. 나도 언젠가 저 높 은 곳에서 그들을 만나겠지. 나의 다른 친구들도 모두 거기에 서 행복하게 새 삶을 누리고 있을 거야."

그녀는 잠시 침묵을 지키더니 갑자기 단호한 결심이라도 한 듯 몸을 돌려 저 아래 읍내를 바라보았다. 읍내는 황혼 속에서 밝은 전등 빛을 반짝이고 있었다.

"자, 이제 가지." 그녀가 갑자기 밝은 목소리로 말했다. "집에 가야 할 시간이야. 벌써 어두워졌어."

세 명은 말없이 차가 기다리고 있는 곳을 향해 언덕을 내려 갔다. 그들이 차에 오르기 전 플러드 부인이 손을 조지의 어깨 에 다정하게 올려놓으며 말했다.

"이보게, 나는 이 땅에서 살 만큼 살았어. 그리고 사람들 말마따나 세상은 움직이고 있어! 자네는 앞길이 구만리야. 배울 것도 많고 할 일도 많아. 이보게, 내가 꼭 해주고 싶은 말이 있어."

그녀는 갑자기 조지를 똑바로 정색하고 바라보았다.

"밖으로 나가서 세상을 두루 보도록 해. 마음껏 돌아다녀." 그녀가 외치듯 말했다. "그리고 만일 고향보다 좋은 곳을 발견한다면 돌아와서 내게 말해줘! 나는 이제까지 수많은 변화를 보아 왔고 또 죽기 전에 더 많이 보게 될 거야. 그래도 아직 변화할 것은 산처럼 쌓여 있어. 위대한 진보와 위대한 발명들! 그 모든 것들이 실현될 거야. 아마 내 생전에는 못 볼지도 모르지. 하지만 자네는 분명히 보게 될 거야! 우리 읍은 훌륭해. 그리고 이곳 사람들도 잘해 나가고 있어. 하지만 아직 멀었어. 나는 지금 작은 시골 마을이 무럭무럭 커가고 있는 모습을 보고 있어. 그리고 언젠가는 아주 커다란 대도시가 이곳에 세워질 거야."

그녀는 조지의 대답을 기다리는 듯 잠시 말을 멈추었다. 아마 조지가 그녀의 의견에 동조해주기를 기대했을 것이다. 그가 그녀의 이야기를 알아들었다는 뜻으로 고개를 끄덕이자 그녀는 동의의 뜻으로 알고 말을 이었다.

"자네 이모는 늘 자네가 고향으로 돌아오기를 원하셨어. 그

리고 자네는 돌아오게 될 거야. 이 산골 지역보다 낫거나 아름
다운 곳은 이 세상에 없어. 자네는 언젠가 고향으로 돌아와서
정착하게 될 거야."

제6장 개발 도시

　모 이모의 장례식이 끝난 지 일주일 동안 조지는 자신의 고향 땅과 새롭게 친분을 터야만 했다. 그것은 당혹스러운 경험이었다. 그가 자라난 조는 듯한 작은 산골 마을은—정말 그렇게밖에 표현할 길이 없다—이제는 정말 알아보기 힘들 정도로 변해 있었다. 그가 너무 잘 알고 있던 바로 그 거리, 어린 시절의 친숙했던 모습을 오랫동안 추억으로 간직하고 있던 그 거리, 오후에는 마치 조는 듯 혼수상태에 빠져 있던 그 텅 빈 거리가 이제 활력이 넘치고 있었으며 값비싼 자동차들로 붐비고 있었고 그가 한 번도 보지 못한 사람들로 들끓고 있었다. 그가 어쩌다 낯익은 얼굴을 만날 때도 있었다. 모든 것이 낯설기만 한 가운데 만나보게 된 그 얼굴은 마치 어둡고 외로운 해안에서 불빛을 발견한 것과 같았다.

그러나 그가 무엇보다 주목한 것은 사람들의 얼굴에 드러나 있는 표정이었다. 그는 그 표정에 당황했고 놀랐다. 그 표정을 묘사하려 할 때마다 떠오르는 단어는 광기(狂氣)라는 단 한마디밖에 없었다. 초조와 흥분으로 반짝이는 두 눈은 광기에 사로잡힌 사람의 눈빛 바로 그것이었다. 이곳 출신이건 외지에서 온 사람이건 뭔가 은밀하고 부정(不淨)한 기쁨에 사로잡혀 있는 모습은 비슷했다. 몸을 홱 피하며 어디론가 돌진하듯 발걸음을 재촉하는 그들의 모습은 뭔가 강력한 약물을 주입해서 에너지를 얻은 것 같았다. 이곳 모든 사람이 그 무언가에―그들을 절대로 지치지 않게 해주는 약물, 그들을 멍하게 만드는 것이 아니라 오히려 항상 새로운 도약과 돌진의 에너지를 갖게 만드는 그런 약물에 취해 있는 것 같았다.

낯익은 사람을 거리에서 만나면 상대방은 그의 손을 잡고 흔들면서 큰 소리로 말했다.

"아니, 이게 누구야! 고향에 왔군 그래! 반가워! 당분간 이곳에 있을 거지? 좋아! 언제 한번 보세. 지금은 바빠서 가봐야겠어. 계약 건으로 만날 사람이 있거든. 만나서 반가워!" 그들은 마치 소나기처럼 인사말을 퍼붓고는 그대로 사라졌다.

어디서나 그칠 줄 모르고 이야기, 이야기, 이야기들이 홍수처럼 오갔다. 온갖 색다른 음성들이 내는 그 이야기들은 오로지 한 곳에 초점이 맞추어 있었다. 바로 투기와 부동산 매매였다. 사람들은 약국 앞에서, 우체국 앞에서, 법원 앞에서, 읍사무소 앞에서 삼삼오오 모여서 끊임없이 떠들어댔다. 그들은 보도를 급히 걸어가면서도 열심히 떠들어댔고 길을 가다가 아는 사람을 만나면 건성으로 고개를 끄덕여 인사했다.

부동산 중개인들은 어느 곳에나 있었다. 그들은 예비 고객들을 자동차나 버스에 싣고 읍내를 빠져나와 요란한 소리를 내며 교외로 내달렸다. 그들은 현관 앞에 앉은 귀먹은 노파의 귀에 대고 벼락부자가 될 것이라고 감언이설을 내뱉으며 설계도를 펼쳤다. 그들에게는 모든 사람이 사냥감이었다. 절름발이건 맹인이건, 남북 전쟁 퇴역 군인이건, 연금을 받는 전쟁미망인이건 모두 그들의 고객이었으며 남녀 고등학생, 흑인 트럭 운전기사, 바텐더, 엘리베이터 맨, 구두닦이 소년도 마찬가지였다.

사람들은 너도나도 부동산을 샀다. 그리고 모든 사람이 명목상으로, 혹은 실질적으로 부동산 중개인이었다. 이발사, 변호사, 잡화상 주인, 정육점 주인, 건축업자, 포목 상인 등 다양한 사람들이 오로지 한 가지에 정신이 팔려있었다. 그리고 그 일에는 오로지 한 가지 만고불변의 법칙이 존재하는 것 같았다. '가격이야 얼마건 사고 또 사라. 그리고 이틀이 못 가서, 팔 수 있는 가격에 팔라'는 것이었다. 정말 환상적이었다. 이 마을 모든 거리의 땅이나 건물 임자가 끊임없이 바뀌었다. 급기야 읍내 물건이 거의 다 소진되면 주변 공지로 새로운 거리가 조성되었고 무서운 기세로 뻗어 나갔다. 그리고 미처 그곳에 거리가 조성되기도 전에 그곳의 땅은 에이커 단위나 대지 단위로, 혹은 평방미터 단위로 팔려나갔다. 그리고 읍내에서 가장 아름다운 모습을 자랑하던 건물들은 헐려버렸다. 조지가 한없는 신비감을 느끼며 바라보았던 목조 건물 호텔은 헐리고 새로운 호텔을 신축 중이었다. 강철과 콘크리트로 지은 16층짜리 건물이 될 것이라고 했다. 마치 호텔을 비스킷처럼 찍어내는 기계라도 있는 듯 나라 전역에 있는 수천 채 다른 호텔과 똑같은 모양으로 지을 것이라고 했다. 그리고 비록 겉치장에 불과하다 할지라도 그 천편일률적인 모양새에 호사스러운 인상을 부여하기 위해 '리비아―리츠'라는 이름을 붙였다.

어느 날 조지는 길에서 소년 시절 친구이자 파인 록 대학 동료였던 샘 페녹을 우연히 만났다. 샘은 번잡한 거리를 바삐 걸어오고 있었다. 그는 조지를 보자 인사도 나누지 않은 채 대뜸 조지에게 말을 걸었다. 그가 늘 보여주던 버릇이었지만 전보다 한층 더 들떠있는 것 같았다.

"언제 왔어……? 얼마나 있을 거야……? 자네 보기에 여기가 어때 보여?"

이어서 그는 대답을 기다리지도 않고 도전적으로 불쑥 물었다. 그의 어투에는 조롱기가 섞여 있었다.

"그래, 도대체 어쩔 셈인가? 평생 연봉 2천 달러 받는 선생 노릇이나 하고 있을 건가?"

은연중에 자신의 우월감을 드러내는 그의 멸시에 찬 어투, 고향 사람들이 종종 보여주곤 하던 그 태도에 조지는 화가 났다. 자신들이 재산을 모으고 성공했다는 자부심을 노골적으로 드러내는 어투였다. 화가 난 조지는 날카롭게 응수했다.

"학교 선생 노릇만도 못한 일이 수두룩해! 장부상의 백만장자도 그중 하나야! 일 년에 2천 달러라도 그건 현찰을 직접 받는 거야. 그건 부동산에 잠겨 있는 돈이 아니라 바로 쓸 수 있는 돈이라고. 그걸로는 햄 샌드위치를 살 수 있어."

샘은 웃었다. 그가 말했다.

"자네 말이 옳아. 자네를 비난하는 게 아니야. 그래, 자네 말이 옳아." 그는 천천히 고개를 가로저었다. "오오, 그래, 이곳 사람들은 모두 정신이 나갔어…… 평생 그런 꼴은 본 적이 없어…… 완전히 미친놈들처럼 날뛰고 있어…… 이야기를 나눌 수조차 없어…… 도무지 조리 있게 따질 수도 없어…… 아예 귀를 기울이지도 않아…… 뉴욕보다도 비싼 땅값을 받을 정도라니까."

"그게 정말인가?"

"그럼." 그가 어색한 웃음을 터뜨리며 말했다. "처음에는 5백 달러만 계약금으로 받아…… 나중에 50만 달러를 받는다는 조건으로…… 하지만 딱히 날짜가 정해져 있지도 않아. 적당한 때 지불하면 돼. 다음 날이라도 당장 백만 달러에 팔 수 있으니까. 그러니까 앉은 자리에서 오십만 달러를 벌어들이는 거야."

그는 연방 웃으며 고갯짓을 했다. "어쨌든 그게 그들이 하는 방식이야."

"자네도 그런 것을 하나?"

그가 갑자기 열띤 표정을 지었다.

"자네 같은 친구에게는 정말 이상한 일이겠지만…… 암튼 너무 심하게 그러지 말게…… 나도 한몫 그러모으는 중이니까. 지난 두 달간 30만 달러를 벌었어. 정말이야. 어제만 해도 땅을 산 다음 두 시간도 못 돼서 그 땅을 되팔았지. 그렇게 해서 번 돈이 5만 달러야. 자네 20년 연봉이 넘어." 그가 손가락을 팅겼다. "그런데 자네 이모님이 사시던 로커스트 거리의 집을 자네 외삼촌이 팔까……? 외삼촌과 그런 이야기를 나누어보았나……? 그런 제안에 귀를 기울일까?"

"그럴 것 같은데. 값만 제대로 쳐준다면……"

"얼마를 원하시는데?" 그가 초조하게 물었다. "10만이면 될까?"

"그 돈을 받아줄 수 있다는 건가?"

"스물네 시간 안에 팔아줄 수 있어. 선뜻 나설 사람이 있어…… 이보게 멍크, 자네가 외삼촌을 설득해서 그 집을 팔게 해주면 수수료를 나와 절반씩 나누기로 하세…… 자네에게 5천 달러를 주겠네."

"좋아, 샘. 그렇게 하지. 계약금으로 50센트만 줄 수 없겠나?"

"그런데 외삼촌이 정말 팔 것 같은가?" 그가 바싹 다가서며 말했다.

"글쎄, 실은 모르겠어. 외할아버지 소유였거든. 아마 계속 가지고 계시려고 할걸."

"가지고 있다니! 그걸 가지고 있어야 무슨 소용이 있다는 거야! 지금이 시세가 제일 좋을 때야. 더 이상 좋은 조건은 나오기 힘들다고."

"나도 알아. 하지만 뒷마당에서 석유라도 쏟아지길 기다리고 계시겠지, 뭐." 조지가 웃으며 말했다. 조지는 자리에서 일어났다. 샘과 더 길게 대화를 나누었다가는 자신의 정신마저 이상해질 것 같았기 때문이었다.

조지가 책을 썼으며 그 책이 곧 출간되리라는 소식이 한 입두 입 건너 퍼지게 되었다. 지방 신문 편집자가 그 소식을 듣고 기자를 조지에게 보내 인터뷰하게 했다. 기자는 조지와의 인터뷰를 바탕으로 기사를 썼다.

"책을 쓰셨다고요? 어떤 책인가요? 어떤 내용인가요?"

"글쎄요, 어떻게 말씀드려야 할지……" 조지는 더듬거렸다. "그러니까, 소설이랄 수도 있고……"

"남부 소설인가요? 이 지방과 관련이 있습니까?"

"네, 그렇다면 그럴 수도 있고…… 네, 남부 이야기입니다. 올드카토바의 어느 가족 이야기인데…… 하지만……"

그 부분은 다음과 같이 기사화되었다.

향토 출신 작가 옛 남부의 로맨스를 그리다

고 존 웨버의 아들이며 이 지역 철물상 마크 조이너의 조카인 조지 웨버가 리비아 힐이 배경인 장편소설을 썼다. 뉴욕의 제임스 로드니 사에서 올가을에 출판될 예정이다. 어젯밤 인터뷰에서 젊은 작가는 이 소설이 남북 전쟁 전의 남부의 로맨스를 다루고 있다고 밝히면서 이 지역 어느 명문 가문의 가족사에 초점을 맞추고 있다고 말했다. 리비아 힐과 인근 주민들은 특별한 관심을 지니고 이 책이 출간되기를 기다리고 있다. 그들 대부분이 이곳에서 태어나 자라난 이 젊은 작가를 기억하고 있을 뿐 아니라 과거 올드카토바의 부흥기가 남부 문학 계보에서 응당 차지해야 할 명예로운 자리를 아직 차지하지 못하고 있기 때문이다.

다시 인터뷰 내용.

"듣기로는 고향을 떠나신 뒤 여행을 많이 하신 것으로 알고 있습니다. 유럽에 여러 번 가보셨나요?"

"네, 그렇습니다."

"그렇다면 작가께서 돌아보셨던 곳들과 비교해서 이곳이 어떻다고 생각하십니까?"

"아, 네, 그건…… 뭐, 좋지요…… 아니, 정말 좋아요! 그러니까……."

다음은 그 부분에 대한 기사 내용.

고향은 천국이다.

작가가 둘러본 다른 나라들에 비해 볼 때 우리 고향이 어떻다고 생각하느냐는 기자의 질문에 리비아 힐 출신 작가는 단호하게 말했다.

"나는 영국, 독일, 스코틀랜드, 아일랜드, 웨일즈, 노르웨이, 덴마크, 스웨덴을 비롯해, 남부 프랑스, 이탈리아의 리비에라, 스위스의 알프스 지방 등을 두루 여행했다. 하지만 우리 고향 마을과 아름다움을 견줄만한 곳은 없었다."

이어서 그는 힘주어 강조했다.

"이곳은 진정으로 자연이 선물한 천국이다. 공기, 기후, 풍광, 물, 자연의 미 등 모든 것이 이곳을 이 세상에서 가장 살기 좋은 곳으로 만들어준다."

이어지는 인터뷰 내용

"이곳으로 돌아와 정착할 생각을 해보신 적이 있습니까?"

"네, 그러니까…… 생각해본 적은 있지만…… 아시다시 피……."

다음은 그 인터뷰 내용에 대한 기사

귀향하여 이곳에 정착할 것이다.

작가의 미래 계획에 대한 질문에 그는 이렇게 답했다.

"수년 동안 나의 가장 크고 주된 희망은 언젠가 이곳으로 돌아와 정착하는 것이었다. 이곳의 산들이 주는 마법과 같은 매력을 한 번이라도 맛본 사람이라면 결코 그것을 잊지 못할 것이다. 나는 조만간 귀향해서 이곳에 영원히 정착할 수 있기를 갈망하고 있다."

이어서 작가는 아련한 동경(憧憬)이 깃든 어조로 강조해 말했다.

"내가 글을 쓰는 데 필요한 영감을 이곳보다 더 강하게 얻을 수 있는 곳은 아무 데도 없다. 경치, 기후, 혹은 지리 등 그 어느 면으로 보더라도 이곳 산간 지역이야말로 현대 르네상스의 기점이 될 것이다. 십 년 내로 이곳이 위대한 예술가들, 음악과 미술 애호가들을 전 세계로부터 끌어모으는 현대 예술의 위대한 안식처가 되지 못할 이유는 어디에도 없다. 이곳은 곧 잘츠부르크처럼 될 것이다. 이곳에서 열리고 있는 로도덴드론 페스티벌은 바로 그를 향한 제대로 된 첫걸음이다."

이 정열적인 젊은 작가는 다음과 같이 덧붙였다.

"이제부터 나는 이 위대한 목적을 달성하기 위해 혼신의 힘을 다할 것이다. 친분이 있는 작가들과 예술가들에게 이곳에 정착하도록 부추길 것이며 리비아 힐이 본연의 모습을 갖출 수 있도록 최선을 다할 것이다. 리비아 힐은 미국의 아테네가 될 것이다."

다시 인터뷰 내용.

"다른 집필 계획이 있습니까?"

"네, 있긴 있습니다만, 사실은……"

"그 책에 대해 한 말씀 해주시겠습니까?"

"글쎄요, 잘 모르겠습니다…… 뭐라고 말씀드리기가 어려워서……"

"아니, 왜 이러십니까? 부끄러워하지 말고 한마디 해보세요. 우리 모두 한 집안 같은데요, 뭘…… 롱펠로를 보세요. 정말 위대한 시인이지요! 당신처럼 유능한 젊은 작가라면 뭘 해야 하는지 알고 있잖습니까? 롱펠로가 뉴잉글랜드에 기여했듯이 이곳으로 돌아와 기여하는 겁니다."

이어서 기사 내용.

고향을 위한 웅대한 계획

앞으로의 문학 활동에 대해 상세한 계획을 밝혀달라는 요구에 젊은 작가는 다음과 같이 분명하게 밝혔다.
"나는 이곳으로 돌아오길 원합니다. 롱펠로 시인이 아카디아 주민들의 삶과 뉴잉글랜드 지방의 민속을 후세에 전했듯 서부 카토바의 삶과 역사 및 그 발전 과정을 일련의 전설적인 시의 형식을 통해 길이 후대에 전하겠습니다. 저는 3부작을 구상하고 있습니다. 제 조상까지 포함된 최초의 개척자들이 이곳에 정착하던 시대로부터 시작해서 그 발전 과정을 꾸준히 추적해 나갈 것이며 이어서 철도 부설 시대를 거쳐 국제적 명성을 얻게 된 현재의 모습을 노래할 것입니다. 즉 '산간의 보석 도시'로서의 자랑스러운 오늘날의 명성을 얻게 되기까지의 과정을 그릴 것입니다."

그 기사를 읽고 조지는 어이가 없었다. 아니, 어이가 없을 정도가 아니라 몸을 비틀며 욕지거리를 해댔다. 단 한 줄도 자신이 한 말을 제대로 전한 글이 없었다. 그는 화가 나는 동시에 부끄러웠으며 꺼림칙했다.

그는 자리에 앉아 신문사에 통렬한 항의문을 썼다. 하지만 그는 편지를 쓰자마자 찢어버렸다. 그래 보았자 무슨 소용 있겠는가? 기자가 내게서 얻은 거라고는 그저 상냥한 말투와 몸짓, 어리둥절한 가운데 내뱉은 몇 마디 말뿐이었다. 무엇보다 조지는 자신의 작품에 대해 이런저런 말을 꺼내기를 주저했다. 따라서 기자가 인터뷰 결과 얻은 자료는 거의 없었다. 그는 그 빈약한 자료를 바탕으로 이야기를 뽑아낸 것이다. 그 기자는 스스로 고양된 상태에서 이런 환상적인 이야기를 지어냈을 것이며 그것이 환상이라는 사실조차 모르고 있었을 것이다.

조지는 생각했다.

'그래, 사람들은 여기 실린 내용을 당연히 내가 한 말로 여기고 있어. 그런데 내가 나서서 그 말들을 부정한다면 내가 신경질적인 사람이며 내 책에 대해 지나친 자만심을 갖고 있다고 볼 거야. 게다가 이미 엎질러진 물이야. 그걸 부인한다고 해서 해결될 건 아무것도 없어. 만일 내가 그 과장된 이야기들이 전부 거짓이라고 밝힌다면 내가 마을 전체를 공격한다고 생각할 거야. 자신을 키워준 고향을 배반한다고 생각할 거야. 잘못된 일이라도 그냥 내버려 두는 게 상책이야.'

조지는 그 신문 기사 건에 대해 아무런 대응도 하지 않았다. 그런데 정말 이상한 건 그 일이 있고 나서 조지를 향한 마을 사람들의 태도가 달라졌다는 사실이었다. 물론 그전에 사람들이 불친절했었다는 뜻은 아니다. 다만 그 일이 있고 나서야 자신이 비로소 인정받게 되었다는 느낌을 조지가 갖게 된 것이다. 그것은 마치 사람들이 그를 인정해준다는 검인 도장을 찍어준 것과 같았다. 조지는 뭔가 성취했다는 아늑한 기분에 젖을 수 있었다.

모든 미국인이 그렇듯이 조지는 물질적인 성공을 동경해 왔다. 따라서 고향 사람들이 그가 성공했다고, 혹은 적어도 성공 가도에 들어섰다고 믿게 되었다는 사실은 그를 행복하게 해주었다. 그가 성공했다고 믿게 만드는 데 결정적인 역할을 한 한 가지 사실이 있었다. 바로 그의 책을 출간하기로 한 출판사의 명성이었다. 사람들은 누구나 그 출판사에 대해 알고 있었으며 길에서 그를 만난 사람은 그의 손을 흔들며 다음과 같이 말했다.

"그래, 자네 책이 제임스 로드니 출판사에서 출간된다지?"

사실을 미리 알면서 던지는 그 단순한 질문 속에는 정말로 놀랍다는 느낌이 섞여 있었다. 그 어조 속에는 그가 책을 출간하게 된 사실을 축하한다는 뜻만이 아니라 그토록 명망 있는 로드니 사에서 출판을 하게 되었다니 운수 대통했다는 뜻도 포함되어 있었다. 적어도 조지에게는 그 인사말이 그런 뜻으로 들렸고, 실제로도 그랬을지 모른다. 그는 마을 사람들의 눈에서 '자네 성공했군'이라는 의미를 읽어낼 수 있었다. 그는 이제 작가—오, 그 얼마나 묵직한 단어인가!—가 되겠다는 헛된 꿈을 좇고 있는 이상한 젊은이가 아니었다. 그는 이미 작가였다. 그는 작가일 뿐 아니라 출간을 앞둔 작가였으며 그것도 저 전통과 명성을 겸비한 제임스 로드니 출판사에서 책을 출간하게 된 훌륭한 작가였다.

사람들이 성공, 혹은 그 어떤 것이건 성공의 표지가 찍힌 것을 반기는 데는 뭔가 좋은 면이 있다. 그건 정말이지 추한 것이 아니었다. 사람들은 성공을 사랑한다. 대부분 사람에게 성공은 행복을 뜻한다. 그것이 어떤 모습이건 간에 성공은 사람들이 그렇게 되었으면 하고 마음 깊이 간직하고 있는 이미지이다. 특히 미국에서는 세상 그 어느 곳에서보다 그것은 진리였다. 사람들은 마음 깊이 갈망하는 행복에 성공이라는 딱지를 붙이고 있었다. 성공 밖에서 다른 식의 행복의 이미지란 찾을 수 없기 때문이었다. 따라서 기본적으로 성공을 사랑하는 마음은 나쁜 것이 아니다. 사람들은 자신들이 행복하기를 너무 원하기 때문에 당신이 행복한 모습을 보고 덩달아 행복해한다. 따라서 행복을 원하는 것은 좋은 일이다. 어찌 되었건 그 이면에 숨어 있는 기본 생각은 좋은 것이다. 다만 그 방향이 잘못되었을 때가 문제일 뿐이다.

적어도 조지에게는 그렇게 여겨졌다. 그는 오랜 수습 기간을 거쳤고 이제 비로소 인정을 받게 되었다. 그는 행복했다. 성공했다는 느낌처럼 마음속에 품고 있던 원한을 시원하게 벗어버리게 해줄 수 있는 것은 없다. 이제 조지에게서는 원한도 적의도 사라졌고 그 누구와도 싸우고 싶지 않았다. 그는 고향에 다시 돌아오길 잘했다고 처음으로 생각했다.

그렇다고 해서 그에게 불안한 마음이 전혀 없었던 건 아니다. 그는 자신이 고향 사람들과 그들의 삶에 대해서 어떤 식으로 썼는지 잘 알고 있었다. 그는 또한 그 모든 것을 이전 미국의 그 어느 작가보다도 솔직하게, 그리고 노골적으로 묘사했음을 잘 알고 있었다. 그는 사람들이 그것을 어떻게 받아들일지 궁금했다. 조지는 사람들이 자신을 축하해줄 때마저도 마음이 완전히 개운하지는 않았다. 책이 나와 그것을 읽게 되면 그들이 무슨 말을 하고 무슨 생각을 할지 두려웠기 때문이었다.

그의 그 불안한 마음이 어느 날 꿈속에서 생생하고 무시무시한 꿈으로 나타났다. 꿈속에서 그는 낯선 땅에서 이유를 알 수 없는 공포에 사로잡힌 채 비틀거리며 도망가고 있었다. 그가 알 수 있는 것은 자신이 이루 형언할 수 없는 수치심에 사로잡혀 있다는 사실 뿐이었다. 그것은 마치 숨이 턱턱 막히게 만드는 안개처럼 말도 없고 형체도 없었지만 그의 마음과 영혼은 극도의 혐오감과 자멸감(自蔑感)으로 몸서리치고 있었다. 혐오감과 죄의식이 얼마나 압도적이었던지 사람들의 분노의 대상인 살인자의 처지가 부러울 정도였다. 그는 도둑, 거짓말쟁이, 사기꾼, 범법자, 배반자 등 인류 전체로부터 불명예의 선고를 받은 온갖 죄인이 오히려 부러웠다. 그들은 파문을 당하고 저주를 받더라도 그들이 지은 죄에는 죄명이 있었다. 하지만 꿈속에서 죄를 짓고 쫓기고 있는 그에게는 타당한 죄명이 없었다. 그는 이해할 수도 없고 치료할 수도 없는 오욕으로 썩어가고 있었다. 구원도, 복수도 넘어서는 것이었으며, 동정, 사랑, 증오 같은 것과도 거리를 두고 있는 것이었고 저주를 받을 자격조차 없는 것이었다. 그는 그렇게 불타오르는 하늘 아래 광막한 불모의 광야를 건너서 도망치고 있었다. 그가 도망쳐 가는 곳은 수치심에 가득 찬 그의 마음과 마찬가지로 살아있는 것들 사이에서도, 죽은 것들 사이에서도 자신의 자리를 차지할 수 없는 곳이었다. 그곳에는 천벌을 내리는 벼락도 없고 자비로운 매장(埋葬)도 존재하지 않는 텅 빈 우주 공간의 중심에 있는 유형지였다. 그 한없는 지평선에는 그늘도, 은신처도, 굽은 길도, 언덕도, 나무도, 굴도 없었다. 그곳에는 다만 어마어마하게 큰 눈이 불가사의한 빛을 내뿜으며 번득이고 있을 뿐이었다. 그 눈길에서 벗어날 방법은 없었다. 그 눈은 헤아릴 길 없이 깊은 치욕에 빠진 무방비의 영혼을 바라보고 있었다.

그런데 갑자기 주위가 밝아지고 팽팽해지더니 꿈이 바뀌었다. 그는 오래전에 알고 있던 광경들과 사람들 사이에 있었다. 그는 몇 년간의 방랑 끝에 그가 유년 시절 알고 있던 곳으로 돌아가고 있었다. 그가 다시 마을 거리로 들어섰을 때까지도 그

두렵고도 이름을 붙일 수 없는 부패의 느낌이 여전히 그를 불길하게 사로잡고 있었다. 하지만 그는 이전에 자신이 속했던 순결과 건강의 샘으로 돌아왔다는 것을 알고 있었고 그 샘에 의해 구원받으리라는 것을 알고 있었다.

하지만 그가 마을로 들어서자 그가 처음으로 알게 된 것은, 거의 모든 사람이 그가 지은 죄를 알고 있다는 사실이었다. 그는 그가 유년기에 알고 지내던 남자와 여자들을 보았고, 학교에 함께 다니던 소년들, 함께 춤을 추던 소녀들을 보았다. 그들은 각자 다양한 활동을 하고 일을 하며 살고 있었다. 그들은 서로 다정했다. 그러나 그가 가까이 가서 인사를 나누려고 손을 내밀자 그들은 그저 멀거니 그를 바라볼 뿐이었다. 그를 바라보는 그들의 시선에는 사랑, 증오, 동정, 혐오를 비롯해 그 어떤 감정도 들어있지 않았다. 서로 이야기를 나눌 때는 그토록 친근감과 애정이 넘치던 그들의 얼굴이 싸늘해졌다. 그들은 그가 묻는 말에 간단하게 대답할 뿐 옛 우정을 찾으려는 그의 노력을 간단하게 무시해 버렸다. 그가 그들 곁을 지나칠 때 그들은 그를 비웃거나 조롱하지도 않았고 그들끼리 속삭이지도 않았다. 그들은 오로지 한 가지만을 원하는 것처럼 조용히 기다릴 뿐이었다. 그가 어서 그들 시야에서 사라지기만을……

그는 낯익은 거리를 걸어갔다. 집들과 광장들도 그가 떠나기를 바라고 있는 것만 같았다. 그는 자신이 죽은 것보다 더 완전하게 그들의 삶으로부터 지워져 버렸다는 사실을 깨달았다. 그는 자신이 모든 사람으로부터 완전히 소멸하여 버렸음을 깨달았다.

그는 이제 마을을 떠났다. 그리고 다시 삭막한 광야로 왔다. 그는 가차 없는 하늘 밑을 가로질러 도망가고 있었다. 벌거벗은 눈이 눈길을 번득이며 이루 말할 수 없는 수치심으로 그를 꿰뚫고 있었다.

제7장 회사

조지는 셰퍼턴의 차고에 있는 작은 방을 얻게 된 것이 무척 다행이라고 생각했다. 그는 자신의 귀향 기간이 데이비드 메리트 씨의 방문 기간과 겹치게 된 것, 메리트 씨가 셰퍼턴의 객실에서 편하게 지내게 된 것 또한 기뻤다. 메리트 씨를 처음 본 순간부터 인상이 너무 좋았기 때문이었다. 메리트 씨는 마흔대여섯쯤 되어 보이는 혈색 좋고 통통한 남자로서 늘 농담을 즐겼으며 매우 쾌활하고 상냥했다. 그는 언제나 주머니가 불룩하도록 시가를 넣고 다니면서 툭하면 사람들에게 권하곤 했다. 랜디는 그를 '본사 사람'이라고 불렀다. 조지는 '본사 사람'의 임무가 무엇인지 몰랐지만 어쨌든 메리트 씨는 그 일을 매우 즐기는 것 같았다.

물론 조지는 메리트 씨가 랜디의 상사라는 것을 알고 있었고 그가 두세 달에 한 번씩 이 마을에 온다는 것도 알게 되었다. 그는 두 볼이 불그레한 인자한 산타클로스처럼 이곳으로 찾아왔다. 그는 사람들을 만나면 가벼운 농담을 하면서 그들 어깨에 팔을 두르고 시가를 건네주어 사람들을 흐뭇하게 해주었다. 가령 일을 하러 나갈 때도 이런 식이었다.

"애들이 어떻게 하고 있는지 한번 둘러봐야겠군. 못 쓰는 돈이나 벌어들이고 있는 거나 아닌지 봐야겠어."

그러면서 그는 조지에게 아주 익살맞게 윙크를 했고 그 모습에 모두 웃지 않을 수 없었다. 그런 후 그는 조지에게 아주 기다란 시가를 주었다.

그가 하는 일은 일종의 대사(大使) 역할이라고 할만했다. 그는 점심이나 저녁 식사 때 늘 랜디와 판매원을 데리고 가서 함께 식사했다. 그는 사무실에 잠깐 들르는 것 외에는 대부분 시간을 기분 좋게 여유 있는 생활을 즐기는 데 쓰는 것 같았다. 그는 마을을 두루 돌아다니며 사람들을 만나고 그들의 등을 두드리며 다정하게 한담을 나누었다. 그가 이 마을을 떠난 뒤에도 리비아 힐 사람들은 일주일 동안 그가 준 시가를 피웠다.

마거릿은 그에게 최상의 음식을 대접했으며 식탁에는 늘 좋은 술이 있었다. 물론 그 술은 메리트 씨 자신이 내놓은 것이었다. 그는 늘 값비싼 술들을 가지고 왔던 것이다. 조지는 첫눈에 그가 매우 호인임을 알 수 있었다. 그렇기에 그와 한집에 머물게 되었다는 것은 아주 기분 좋은 일이었다.

메리트 씨는 좋은 사람일 뿐 아니라 '회사에 충실한 사람'이기도 했다. 조지는 그들의 모든 삶에 신비스러운 활력을 부여해 주는 것이 바로 '회사'라는 것을 곧 깨달을 수 있었다. 랜디는 대학을 나오자 곧바로 그 회사에 취직했다. 그는 북쪽 어딘가에 있는 본사에 파견되어 연수 과정을 마친 후 남쪽으로 파견되었다. 그는 판매원으로 출발해서 지금은 지부 대리점 책임자로 일하고 있었다. 회사 판매조직에서 중요한 멤버 중 하나가 된 것이다.

'회사'니 '지부 대리점'이니 '판매조직'이니 하는 명칭들은 신비스러우면서도 아주 편리한 명칭들이었다. 메리트 씨는 랜디와 마거릿, 조지와 함께 마거릿이 정성껏 차려준 저녁 식사를 든 후에 회사에 대해, 자신의 경험담에 대해 이야기했고 조지는 그 회사가 무슨 일을 하는 회사인지 얼마 되지 않아 파악할 수 있었다.

'미연방 계량기 주식회사'가 그 회사의 이름이었다. 그 회사는 마치 광활한 제국과 같았다. 아주 복잡한 조직으로 이루어진 회사 같았지만 기본적으로는 아름다울 정도로 단순했다. 그 회사의 심장과 영혼, 말하자면 생명은 바로 '판매조직'에 있었다.

전국은 여러 지부로 나뉘어 있었고 지부마다 대리점이 지정되어 있었다. 대리점에서는 그 지부 관할 지역을 담당하는 데 필요한 수만큼의 판매원을 고용했다. 또 사무실마다 사무원과 제품 수리 기술공을 한 명씩 두었다. 전국적으로 인구 50만 명당 하나씩 대리점이 개설되어있는 셈이었고 전국에 걸쳐 2백 6~70개의 대리점이 있었다. 그리고 대리점장 한 명당 1천 2백에서 1천 5백 명에 이르는 판매원이 딸려 있었다.

직원들은 마치 신의 이름을 거칠게 함부로 직접 거명하지 못하듯 결코 이 제국을 제국이라고 부르지 못했다. 그들은 들릴락 말락 하게 '회사'라고 불렀다. 이 제국의 드높은 목표도 아름다울 만큼 단순했다. 그 목표는 위대한 폴 S. 애플턴 3세의 유명한 말 가운데 집약되어 있었다. 그는 전국 집회가 열린 자리에서 판매조직 직원들을 앞에 놓고 1시간가량 연설을 늘어놓은 끝에 매년 같은 말을 되풀이했다. 그는 뒤쪽 벽을 뒤덮고 있는 거대한 미국 전역 지도를 향해 팔을 휘두르며 명령이라도 내리

듯 엄숙한 태도로 말했다.

"저기 여러분들의 시장이 있도다! 가서 팔아라!"

그 어떤 말이 이보다 단순하고 아름다울 수 있겠는가? 현대 산업 역사에서 '비전'이라는 이름으로 찬양받고 있는 뛰어난 상상력을 이보다 더 우아하게 드러낸 경우가 또 있을 것인가? 그의 말에는 인류 역사상 위대한 지도자들의 발언에서 찾을 수 있는 특징들, 즉 간결성과 솔직함이 그대로 담겨 있었으며 드넓은 시야를 보여주고 있었다.

나폴레옹은 이집트에서 병사들 앞에서 "병사들이여, 저 피라미드 정상에서 40세기의 세월이 그대들을 굽어보고 있도다"라고 말했다. 페리 제독은 "우리는 적과 마주쳤다. 그들은 우리 손아귀에 있다"라고 외쳤다. 듀이는 마닐라만(灣)에서 "그리들리, 준비가 되었으면 사격 개시!"라고 외쳤으며 그랜트 장군은 스포트실바니아 법정에서 "한여름이 걸리는 한이 있더라도 전선을 사수하고 싸우기를 제안하노라!"라고 말했다.

폴 S. 애플턴 3세가 벽을 향해 팔을 휘두르며 "저기 여러분들의 시장이 있도다! 가서 팔아라!"라고 외쳤을 때 그 자리에 모인 판매 조직의 모든 간부, 직원들은 이 지상에 아직 위인이 살아남아 있음을 알았으며 낭만 시대가 아직 끝나지 않았음을 실감했다.

사실 그 회사의 포부가 훨씬 좁고 소박한 때도 있었다. 이 회사의 창립자인, 폴 S. 애플턴 3세의 조부 때였다. 그는 자신의 소박한 목표를 다음과 같이 말했다.

"나는 이 기계가 필요하고 구입할 여력이 있는 상점이나 공장, 또는 회사에 하나씩 비치된 모습을 보고 싶습니다."

하지만 창설자가 보여주는 그 자제하는 모습은 중세 빅토리아 시대에나 어울릴 법한 케케묵은 생각이었다. 데이브 메리트 씨 자신도 그 점을 인정했다. 그는 남을, 특히 회사의 창설자를 비방하기 싫었지만 1929년을 기준으로 볼 때 그 노신사에게는 비전이 결여되어 있었음을 인정하지 않을 수 없었다.

메리트 씨가 조지에게 윙크를 하면서 말했다. 마치 익살을 부림으로써 창설자에 대한 비방의 무게를 덜어버리려는 것 같았다.

"그건 낡아빠진 생각이라네. 우리는 이제 그런 것을 뛰어넘었어."

그는 밉지 않을 정도로 으스대면서 말했다.

"요즘 같은 세상에서 필요한 사람에게만 기계를 팔다가는 볼 장 다 보는 거지!"

그는 랜디를 향해 고개를 끄덕이며 확신에 찬 어조로 말을 이어 나갔다.

"우리는 기계가 필요한 사람이 나설 때까지 기다리지 않아. 없어도 괜찮다는 사람까지 그 기계를 사게 만드는 거야. 그게 필요하다고 느끼게 만드는 거지. 그렇지 않은가, 랜디? 한마디로 우리는 수요를 창출해 내는 거야."

메리츠 씨의 이어지는 설명에 의하면 이것은 '창의적인 판매술', 혹은 '시장 개척'이라는 전문적인 용어로 불리고 있었다. 그리고 이 시적인 개념은 바로 현재 이 회사 사장인 폴 S. 애플턴이 창안해 낸 것이었다. 그 생각은 마치 아테네 여신이 제우스의 머리에서 나왔듯 섬광처럼 그의 머리에 번뜩인 것이었다. 메리트 씨는 그 엄청난 장면을 마치 어제 일처럼 생생하게 기억하고 있었다.

회사의 정기 회합에서의 일이었다. 애플턴 씨는 한참 연설 도중 마치 마술적인 극락세계에 빠진 듯 갑자기 말을 멈추고 멍하니 서 있었다. 자신의 연설과 비전에 취한 것 같기도 했고 무슨 영감을 받은 것 같기도 했다. 잠시 뒤 그가 다시 연설을 시작했을 때 그의 음성은 흥분으로 떨리고 있었다.

"여러분, 시장은 결코 제한되어 있지 않습니다. 시장을 창조,

개척해야 합니다." 그는 침을 꿀꺽 삼켰다. "여러분, 미국 국민 모두 우리 기계를 하나씩 갖지 말라는 법이 어디 있습니까!" 이어서 그는 손가락으로 미국 전체 지도를 가리켰다. "여러분, 여기 여러분의 시장이 있습니다. 가십시오. 그리고 파십시오."

그는 자신의 비전을 토대로 새로운 판매 조직을 구상했다. 판매원 위에 대리인, 대리인 위에 지방 감독, 지방 감독 위에 지방 지배인, 그 위에는 총지배인이 있었다. 그리고 총지배인 위에는 비록 신까지는 아니더라도 그 비슷한 위치에 애플턴 씨가 있었다. 대리인이나 지배인, 판매원들은 그를 'P.S.A'라는 적절한 존칭으로 부르고 있었다.

애플턴 씨는 판매 조직만 개편한 것이 아니었다. 그는 '일백 클럽'이라는 특별한 그룹을 창안해서 회사 내 천국으로 만들 꿈을 꾸었다. 그 클럽 주도자는 물론 P.S.A 자신이었다. 그 클럽에는 지위의 고하를 막론하고 누구나 가입할 수 있었다. 그리고 일단 클럽에 가입하면 지위에 따라 이른바 할당액을 부여받았다. 물론 지위뿐 아니라 그가 관리하는 지역의 크기, 인구수, 주민의 빈부 상태 등도 고려 대상이었다. 일단 '일백(百) 클럽'에 가입하려면 엄격한 조건이 따랐다. 판매 실적이 무조건 할당액의 100%를 초과해야 한다는 조건이었다. 그리고 할당액을 초과

할 경우 그에 따른 푸짐한 보상이 주어졌다. '일백 클럽'에 가입하면 판매에 대한 보상 비율도 높아졌다. 판매원은 판매 실적의 15~20%를 받았고 대리인은 25%였으며 그 외에도 보너스가 있었다. '일백 클럽'에 가입해서 능력을 발휘하면 보통 판매원은 연간 8천 달러의 수입을 보장받았고 대리인은 1만 5천 달러의 수입을 올렸다. 물론 평균이 그렇다는 말이고 노른자 지역을 맡게 되면 수입은 훨씬 더 많았다. '일백 클럽'에 가입해서 '능력'만 제대로 발휘하면 가히 수입의 '천국'에 오른 셈이었다.

하지만 지옥이 없다면 어찌 천국이 있을 수 있겠는가? 애플턴 씨는 상황 논리에 따라 지옥을 창조해낼 수밖에 없었다. '일백 클럽' 회원의 할당량이 일단 정해지면 절대로 줄어드는 법이 없었다. 그뿐 아니었다. 일단 목표량을 달성하면 신년 초에 할당량이 상향 조정되었다. 그 누구든 끊임없이 상승해야만 했고 레이스는 한결 치열해지고 빨라졌다.

'일백 클럽'에 가입해야 한다는 것이 강제 조항이 아닌 것은 사실이었다. 하지만 폴 S. 애플턴은 칼뱅처럼 신학자이기도 했다. 그는 자유의지와 숙명을 결합할 줄 알았다. 그는 누구든 '일백 클럽'에 가입하지 않는다면 그 사람은 숙명적으로 애플턴 씨의 회사에 속하지 못하게 되리라는 것을 알고 있었다. 대리인이

건 판매원이건 '일백 클럽'에 가입하지 않는다는 것은 철길 저편에 살고 있다는 것을 의미했다. 그 누구든 '회사 천국'에서 떨어져 나가면 동료들은 조심스럽게 "XX가 어디 갔지?"라고 묻기 시작한다. 애매모호한 답이 나올 수밖에 없고 얼마 지나지 않아 아무도 그 사람 이야기를 하지 않게 된다. 그는 '일백 클럽' 밖의 존재에서 아예 회사 밖의 존재가 되어버리는 것이다.

폴 S. 애플턴은 오로지 단 하나만의 계시를 내렸다.─메리트 씨는 그것을 매우 감동적으로 묘사했다─하지만 그것만으로 충분했으며 그 영광과 유혹은 결코 흐려진 적이 없었다. 그는 1년에 네 번씩 매 분기 초에 총지배인을 불러서 이렇게 말했다.

"엘머, 어찌 된 일이야? 일을 제대로 못 하고 있잖아! 시장이 바로 코앞에 있어! 어떻게 하면 될지 알 만한 사람이…… 만일 제대로 못 하면……!"

그런 후 총지배인은 지방 지배인들을 하나씩 불러 P.S.A의 말과 태도를 그들에게 그대로 되풀이했고 지방 지배인들은 지방 감독에게, 지방 감독은 판매원들에게 되풀이했다. 꾸지람해 줄 대상이라곤 없는 말단 판매원들은 '나가서 빨리 팔아! 그렇지 않으면……!'이라고 퉁명스럽게 혼잣말을 했다. 사람들은 그것을 '조직의 사기 진작'이라고 불렀다.

P.S.A는 직원들에게 그런 식의 사기 진작만으로는 불충분하다는 것도 알았다. 그는 '오락주간'이라는 프로그램을 마련했다. '일백 클럽' 전 회원이 매년 한자리에 모여 호화로운 행사를 여는 것이다. 모임 장소는 필라델피아일 때도 있었고 샌프란시스코나 마이애미일 때도 있었다. 그때는 온 세상의 음식과 술이 모두 그들의 것이었다. 메리트가 신이 나서 그 장면을 그림처럼 묘사할 때 조지는 전혀 다른 그림을 그리고 있었다. 그는 만 2천에서 만 5천에 달하는 지친 중년 남자들의 모습을 그리고 있었다. 단지 한 주일 동안 회사 비용으로 야단스럽게 즐기기 위하여 전국 방방곡곡에서 모여든 미국 사람들! 조지는 그렇게 모여서 흥청거리며 놀고 있는 비즈니스맨들의 비극적인 광경이 바로 그 광경을 산출해 낸 전체 구도와 관련해서 무슨 의미를 지니는 것인지, 그것이 총체적인 삶의 국면과 관련해서 무슨 의미를 지니는 것인지 진지하게 생각해보았다. 그러면서 그는 세월이 랜디에게 가져온 변화를 이해하기 시작했다.

일주일간의 리비아 힐 체류 중 마지막 날 조지는 역으로 가서 뉴욕행 기차표를 샀다. 그는 랜디와 함께 집으로 가서 점심을 해야겠다는 생각으로 한 시 조금 전에 그의 사무실에 들렀다. 반짝반짝 광채가 나는 저울과 계량 기계들이 진열된 바깥쪽 점포에는 사람이 없었다. 조지는 앉아서 기다리기로 했다. 한쪽 벽에 커다란 포스터가 걸려 있었고 포스터에는 다음과 같은 글귀가 적혀 있었다.

8월, 회사 역사상 최고의 실적 달성! 9월에는 보다 나은 실적을! 시장이 눈앞에 있다. 모든 것이 당신에게 달려 있다!

점포 뒤에는 칸막이가 쳐진 작은 방이 있었고 랜디는 그곳을 사무실로 쓰고 있었다. 기다리고 있는 동안 조지는 칸막이 뒤에서 무슨 이상한 소리가 들리는 것을 알아차릴 수 있었다. 장부 넘기는 소리가 들리는 것 같았고 이어서 별안간 탕, 하는 소리가 두 번 났다. 잠시 침묵이 흐르더니 이번에는 목소리가 똑똑히 들렸다. 낮고 무거운 목소리, 깊은 근심에 잠긴 듯 주저하는 목소리였다. 랜디의 목소리가 분명했다. 이어서 상대방의 목소리가 들렸다. 악의에 찬 쉰 목소리로 조지는 처음 듣는 목소리라고 생각했다.

그런데 그 목소리를 듣고 있는 동안 조지의 몸이 부들부들

떨렸고 입술이 하얗게 질렸다. 한 인간을 사정없이 모욕하는 어투, 순결한 한 인간을 향하여 추악한 냉소의 회초리를 휘갈기는 어투였다. 그리고 그 목소리, 그 잔인한 말들이 자신의 친구를 향한 것임을 깨닫자 가슴이 한없이 쓰렸다. 게다가 그 악마적인 목소리가 어디선가 들은 것 같은 목소리로 여겨지면서 그는 더욱 어리둥절할 수밖에 없었다.

그러자 그는 번쩍 깨달았다. 그것은 메리트의 음성이었던 것이다! 그 무서운 음성의 주인공이 바로 그 말쑥하고 명랑하며 언제나 다정하던 메리트라는 사실은 도무지 믿어지지 않았다.

그 목소리가 갑자기 높아졌다. 조지가 더욱 견딜 수 없었던 것은 굽신거리며 쩔쩔매는 랜디의 비굴한 음성이었다. 마치 악몽 가운데 어떤 끔찍한 장면을 목격한 것만 같았다.

"그래, 도대체 어떻게 된 거야? 이 일이 싫어졌다 이거야?"

"아니…… 저…… 그게 아니라…… 아시다시피…… 그러니까, 저……." 랜디의 음성이 약간 높아지더니 항의하듯 너털웃음을 흘렸다.

"성과가 오르지 않으니 도대체 어찌 된 거야?"

"아니…… 저…… 허허…… 사실은……."

"사실 어쨌다는 거야. 이 지역은 자네가 올린 실적보다 30%

는 더 올려야 해. 회사의 목표도 그렇다고! 만일 그러지 못하면! 하느냐 나가느냐 둘 중에 하나야! 알겠어? 회사에서는 자네 한 명쯤은 눈도 까딱 안 해! 실적이 문제라고! 회사에 좀 오래 있었다고 다른 친구들보다 더 봐줄 것 같아? 일이 벅차다고 하던 친구들이 어떻게 됐는지 알지?"

"아, 그럼요, 허허…… 하지만 솔직히 저는 그런 생각은 꿈에도……."

"자네가 무슨 생각을 했건 말건 우리에겐 상관없어. 여러 말 할 것 없어. 실적을 못 올리면 그만두는 거야."

갑자기 칸막이 유리문이 덜컥 열리더니 작은 사무실로부터 메리트가 성큼성큼 걸어 나왔다. 그는 조지를 보자 놀란 듯했다. 하지만 그는 순식간에 다른 사람으로 변했다. 그는 그 통통하고 불그레한 얼굴에 미소를 짓더니 다정한 목소리로 말했다.

"아니, 이게 누구야. 난 또 누군가 했지."

랜디가 뒤따라 나왔다. 메리트는 랜디를 돌아보며 익살맞게 윙크를 했다. 마치 무대에서 익살맞은 연기를 하는 것 같았다. 그가 랜디를 향해 말했다.

"랜디, 조지는 날이 갈수록 미남이 돼가는 것 같아. 여자들 가슴깨나 설레게 했겠어."

랜디는 해쓱한 얼굴에 미소를 지으려 애썼다.

메리트가 고개를 돌리며 다시 조지에게 말했다.

"뉴욕에서 여자들 많이 울렸지? 아, 참, 신문에서 자네 책에 관한 기사를 봤네. 대단해. 자네가 정말 자랑스러워."

그는 조지의 등을 툭 치더니 몸을 돌려 모자를 집어들며 말했다.

"자, 어디 가서 점심이나 하지."

메리트는 평상시의 친절하고 사람 좋은 표정으로 밖으로 나갔다. 잠시 두 오랜 친구는 서로의 얼굴을 바라보며 서 있었다. 둘 다 얼굴이 해쓱했으며 눈에는 당황한 기색이 역력했다. 랜디의 눈에는 부끄럽다는 표정이 드러나 있었다. 하지만 그는 고결한 영혼의 소유자였다. 그는 영혼이 시키는 대로 말했다.

"메리트는 좋은 사람이야…… 너도 알다시피 어쩔 수 없어서 그러는 거야…… 회사 일에 충실해야 하니까."

조지는 아무 말도 하지 않았다. 사실 말을 할 수도 없었다. 그는 이제껏 알지 못하던 삶의 또 다른 그 무엇인가를 처음으로 발견한 것이다.

제8장 길 잃은 사람들의 도시

그날 오후 조지는 마거릿에게 묘지에 함께 가보자고 청했다. 그녀는 랜디의 차를 빌려 그를 태우고 길을 나섰다. 가는 도중 그들은 꽃집에서 국화를 샀고 조지는 그 꽃을 모 이모의 무덤 앞에 놓았다. 지난 한 주일 동안 폭우가 내렸기에 새로 만든 무덤은 한두 치 정도 가라앉았고 가장자리에 톱니 같은 틈이 나 있었다.

조지는 질퍽한 맨땅에 꽃을 놓으며 그런 짓을 당연한 듯이 하는 자신이 이상하게 생각되었다. 그는 감상적인 사람이 아니었다. 그런데 미리 생각하지도 않았으면서 자연스럽게 그런 행동을 하는 자신이 당혹스러웠다. 오는 도중 우연히 꽃집이 보였던 것이고 그는 아무 생각 없이 차를 멈추게 하고 꽃을 사서 가져온 것이며 지금 그곳에 그렇게 서 있는 것이었다.

순간 그는 자신이 왜 그런 행동을 했는지 깨달았다. 자신이 왜 묘지에 다시 한번 왔는지 깨달은 것이다. 그것은 그가 그토록 여러 번 꿈꿔 왔던 이번 고향 방문이 고향에 대한 작별 인사가 된 것과 마찬가지였기 때문이었다. 고향을 방문하고 보니 고향은 자기가 생각해오던 곳과는 너무 달라져 있었다. 이제 그를 고향 땅과 묶어주던 마지막 끈도 끊어졌으며 그는 이제 남들이 그러하듯 홀로 자신의 삶을 헤쳐 나가야만 했다.

이제 다시 한번 이곳에 황혼이 깃들고 있었다. 골짜기 아래 보이는 마을에 불빛이 하나둘 밝혀지기 시작했다. 그는 마거릿을 옆에 둔 채 그곳에 서서 마을을 내려다보았다. 마거릿은 그의 심정을 이해하는 듯 아무 말이 없었다. 그러자 조지가 낮은 목소리로 그녀에게 이야기를 시작했다. 그는 일주일간 고향에 머물면서 자신이 생각하고 느낀 것을 그 누구에겐가 털어놓고 싶었다. 랜디가 곁에 없으니 상대는 마거릿뿐이었다. 조지가 자신의 책에 대해 이야기를 시작하자 그녀는 조용히 귀를 기울였다. 그는 자신이 그 책에 어떤 희망을 품고 있는지 이야기했으며 그 책의 내용에 대해 이야기했고 고향 사람들이 그 책을 싫어할까 봐 두렵다는 이야기도 했다. 그녀는 그를 안심시키듯 그의 팔을 잡은 손에 힘을 주었다. 그 몸짓은 그 어떤 말보다도 감동적이었다.

조지는 랜디와 메리트 사이에 있었던 일에 대해서는 한마디도 하지 않았다. 그녀를 공연히 놀라게 할 필요는 없었다. 여자의 평화와 행복의 근간이 되는 안정감을 그녀에게서 빼앗는 것은 바보짓이리라. 내일을 염려하지 말지니……(마태복음 6장 34절- 옮긴이 주).

하지만 그는 마을 자체에 대해서 자신이 느낀 바는 길게 이야기했다. 그는 그녀에게 이곳을 지배하고 있는 투기 열풍에 대해 이야기했고, 자신이 느낀 점을 이야기했다. 이곳과 이곳 사람들의 미래는 어떻게 될 것인가? 이곳 사람들은 언제나 그들 앞에 놓여 있는 보다 향상된 삶을 이야기하고 자신들이 건설하게 될 거대한 도시에 대해 이야기한다. 하지만 조지는 그들의 모든 말이 그들이 뭔가 야릇하고 야만적인 굶주림에 내몰리고 있다는 증거처럼 보였으며 절망의 몸짓이 그 안에 들어 있는 것처럼 보였다. 그들은 발전과 건설을 이야기하고 있지만 그들은 파멸과 죽음에 굶주려있는 것처럼 보였다. 조지에게는 그들이 이미 파멸된 것처럼 보였으며 그들이 웃고 소리치며 서로의 등을 두드릴 때도 그들은 이미 그들 안에 파멸의 그림자가 깃들어 있음을 그들 스스로 알고 있는 것 같았다.

그들은 아무 의미 없는 길을 닦고 다리를 세우는 데 막대한 돈을 낭비했다. 그들은 옛 건물들을 헐어내고 50만 명 이상의 사람들이 사는 도시에나 어울릴 만한 건물들을 지었다. 그들은 언덕을 깎고 산에 굴을 뚫어 길을 냈다. 그 굴의 한쪽 끝은 다른 길이나 도시로 이어지는 것이 아니라 목가적인 광야를 향하고 있다. 그들은 평생 벌어들인 돈을 탕진했으며 미래 세대가 벌 돈마저 저당 잡혀 버렸다. 그들은 자신들이 살고 있는 터전을 망침으로써 자신뿐 아니라 자신의 자식들, 그 자식의 자식들까지 망쳐버렸다.

이미 이 마을의 소유권은 이 마을 사람들로부터 남들에게 넘어가 있었다. 이곳은 이제 그들 소유가 아니었다. 이 마을은 북부의 투자회사들에 이미 5억 달러라는 거액의 빚을 지고 저당 잡혀 있었다. 그들이 걷고 있는 거리는 그들의 발밑에서 팔려나갔다. 그들은 어마어마한 금액을 지불해야 하는 증서에 서명해서 땅을 샀으며, 다음 날, 목숨을 저당 잡히고 서명한 다른 정신 빠진 사람에게 팔았다. 서류상으로 대단한 이익을 본 것 같았지만 이곳의 투기 붐은 이미 끝났고 다시는 찾아오지 않을 것이다. 그들은 갚아야 할 빚에 쪼들려 비틀거리면서도 여전히 땅을 샀다. 거품이 꺼지는 날 그들은 모두 빚더미에 앉을 것이 뻔했다.

그들이 말하던 보다 나은 생활은 이제 몇 가지 메마른 좌절의 몸짓만 남겼을 뿐이었다. 그들이 자신들을 위해 실제로 한 일이란 전보다 추하기 짝이 없는 비싼 집을 짓고 새 차를 산 것, 컨트리클럽의 회원이 된 것뿐이었다. 그들은 이 모든 짓을 미친 듯이 서둘러 해댔다. 조지가 보기에 그들이 그토록 허겁지겁 서두르는 것은 배고픔을 달래줄 음식을 찾아 헤매면서도 그 음식을 발견하지 못해서인 것 같았다.

그는 언덕 위에 서서 점점 어두워져 가는 마을을 내려다보았다. 가로등이 줄지어 밝혀져 있고 차들이 무리를 지어 오가는 모습을 멀리서 보고 있자니 조지에게 소년 시절 익숙하던 텅 빈 밤거리가 생각났다. 인적이 없이 그토록 쓸쓸하고 황량하던 모습은 그의 기억 속에 깊이 각인되어 있었다. 밤 열 시가 되면 벌써 인적은 끊기고 거리는 쓸쓸한 단조로움에 잠긴다. 가로등도 희미해지고 보도는 텅 비어 있다. 이따금 그 무언가를 찾아 헤매는 사람들의 발소리가 그 얼어붙은 정적을 깨뜨릴 뿐이다. 그들은 절망과 배고픔과 외로움에 사로잡힌 채 이미 지나가 버린 꿈, 지나가 버린 믿음,—이 황량한 곳 어딘가에 안락하고 따뜻하며 사랑이 넘치는 안식처가 있으리라는 믿음, 갑자기 마법의 문이 열려 그들을 은밀하고 풍요로운 삶으로 인도하리라는 믿음을 간직하고 헤매는 사람들이다. 그런 사람들은 많았지만 그들은 결코 그들이 찾던 것을 발견하지 못했다. 그들은 아무런 목표도 없이, 문을 찾지도 못한 채 어둠 속에서 죽어갔다.

조지에게는 모든 일의 발단이 바로 거기에 있는 것 같았다. 바로 그런 식으로 모든 일이 벌어진 것이다. 그렇다, 바로 거기, 마치 어두운 벌판에 울려 퍼지는 거대한 맥박 소리처럼, 굶주린 사람들의 모든 정열, 희망, 배고픔이 고동치던 수없이 많은 작은 마을들과 수천 만의 불모의 거리들, 아무것도 이루지 못하고 지나가 버린 기나긴 밤들, 바로 그곳에서 이런 광기가 빚어진 것이다.

15년 전 이곳에서 보고 느꼈던 쓸쓸하고 인적 없는 밤거리가 떠오르자 조지에게는 다시 한번 럼퍼드 블랜드 판사가 생각났다. 잠들어 있는 마을을 쉴 새 없이 배회하던 그의 고독한 모습을 그는 자주 보았고 마음속으로 깊은 공포를 느꼈었다. 아마 그가 이 비극 전체를 풀 수 있는 열쇠인지도 모른다. 비록 그의 내부에 악이 존재하는 것이 사실이라 할지라도 그가 어둠 속에서 자신의 삶을 찾아 헤맨 것은 그 악 때문이 아니라 선한 그 무엇이 그 안에 완전히 사라지지 않고 남아 있기 때문인지 모른다. 그의 내부에 있는 그 무언가가 이 시골 생활의 둔감함, 편견, 지나친 조심성, 독선, 불모성에 대항해, 기쁨이라고는 없는 이곳 생활에 대항해 싸우도록 부추겼던 것이리라. 그는 이 어둠 속에서 보다 나은 그 무엇, 따뜻한 온기가 있는 곳, 우정이 있는 곳을 찾아 헤맨 것이며 현묘한 신비의 순간, 긴박한 미지의 모험에서 맛볼 수 있는 스릴, 사냥할 때의 흥분, 추적과 포획 순간의 흥분을 찾아 헤맨 것이리라. 한마디로 그는 자신의 욕망이 성취되는 순간을 찾아 헤맨 것이리라. 삶 전체가 온통 수치스러움 그 자체인 그 맹인 속에 온기와 정열이 아직 남아 있었던 것일까? 그런 사람이 차디차게 식어버린 마을의 가치를 높이기 위해, 이 마을에는 이미 존재하지 않고 오로지 그에게만 남아 있는 기쁨과 아름다움을 찾기 위해 헤매는 일이 과연 가능할까? 그가 파멸에 이른 것은 그 때문이었을까? 그도 길을 잃은 사람 중 한 명일까? 오로지 마을 자체가 길을 잃었기에, 그래서 그의 재능이 거부되었기에, 그의 에너지가 쓸모없게 되었기에, 두 어깨의 힘을 발휘할 곳이 없었기에, 그의 희망과 지능과 호기심과 온정을 바칠 곳을 그곳에서 찾을 수 없었기에 그도 길을 잃은 것일까?

그가 기차 안에서 한 말, "자네, 다시 고향에 갈 수 있으리라고 생각하나?"라는 말, 그리고 "내가 경고하려 했다는 것을 잊지 말게"라는 말은 무슨 뜻이었을까? 그가 말하고자 한 것이 바로 이런 것이었을까? 그렇다면 조지는 이제 그를 이해한 셈이었다. 이 마을이 겪고 있는 고통을 해명할 수 있게 해준 것이 블랜드 판사를 이해할 수 있게 해준 것이다.

조지가 이런 것들에 대해 생각하고 그 이야기를 마거릿에게 해주는 동안 주변 공기는 나른하고 따사로웠다. 개똥지빠귀의 늦저녁 마지막 울음소리, 덤불 사이에서 들리는 벌레들 울음소리가 들렸고 멀리서 단편적으로 아이들 외침 소리, 개 짖는 소리, 소의 목에 걸린 방울이 딸랑딸랑 울리는 소리가 들려왔다. 소리와 함께 사람을 취하게 만드는 향기도 있었다. 소나무의 송진 냄새, 온갖 풀냄새였다. 이 모든 것은 예전과 다름이 없었다. 하지만 한적하기만 한 거리, 무성한 나뭇잎에 거의 다 가려져 있던 낡은 집들 등 유년기에 그가 알던 마을 모습은 변해 있었다. 벽돌과 콘크리트와 회칠 범벅을 한 채 갈라진 건물들이 들어서 있는 마을은 마치 전쟁터 같았다.

희끄무레 처량한 빛이 시간의 마술에 사로잡힌 언덕을 비추고 있었다. 조지는 델리어 플러드 부인이 해준 말이 생각났다.

그녀는 자신이 이곳으로 돌아와 머물기를 모 이모가 간절히 원했다고 말했다. 말없이 마거릿과 나란히 그곳에 서 있자니 저 물어 가는 해의 희미한 광선이 구슬프게 그들의 얼굴을 비추었다. 그러자 갑자기 그들이 주변의 언덕들과 강과 함께 예언처럼 그곳에 붙박여 있는 것 같았고, 그곳에 잃어버린 그 무엇, 견딜 수 없는 그 무엇, 미리 예언되었던 그 무엇, 앞으로 오게 될 그 무엇이 있는 것처럼 느껴졌다. 그것은 지나간 시간, 혹은 운명 같은 것이었고 그가 뭐라고 말할 수 없는 마법 같은 그 무엇이었다.

저 아래 강기슭으로부터 어둠을 뚫고 마을로 들어오는 야간 열차의 벨 소리, 기적 소리, 바퀴 구르는 소리가 들려왔다. 열차는 이곳에서 30분간 정차한 후 북쪽을 향하여 출발했다. 기관차 화실(火室)에서 불길이 보이는가 싶더니 기차는 멀리 사라지고 경적만이 남았다. 마을 차량 소음에 섞여 경적이 멀리서 구슬프게 들려왔다. 그 소리를 듣자 유년 시절 그러했듯이 격렬하면서도 내밀한 환희, 떠난다는 고통, 아침과 새로운 땅과 빛나는 도시에 대한 의기양양한 약속 등이 뒤범벅되어 그에게 밀려왔다. 그리고 마치 비약과 어둠을 동시에 일러주는 악마의 속삭임처럼 "어서 당장! 지금 당장!"이라는 말이 그의 마음속에 울렸다.

그들은 다시 차에 올라 그 죽음의 거대한 언덕으로부터 멀어졌다. 여자는 뚜렷한 불빛이 비치는 곳, 사람들이 있는 곳, 마을로 향했고, 남자는 기차와 도시와 미지의 미래 쪽으로 향했다.

제2부 잭이 이룩한 세계

뉴욕으로 돌아오자 '실업 교양 대학'의 가을학기가 시작되었고 조지는 잡다한 일에 시달리는 학교 업무로 복귀했다. 그는 그 어느 때보다도 교단에 서는 것이 싫었다. 그는 수업 중에도 새로운 소설 생각에 잠겨 있는 자신의 모습을 발견하곤 했다. 그는 창작에 전념할 수 있는 자유로운 시간을 갈망했다. 비록 이제 막 시작한 데 불과했지만 어떤 의미로는 소설은 잘 진행되고 있었다. 조지는 창작 의욕이 불타오르고 있는 중에는 단 1분 1초라도 최대한도로 활용해야 한다는 것을 과거의 경험을 통해 알고 있었다. 게다가 그는 무슨 수를 써서라도 첫 번째 소설이 출간되기 전에 다음 소설을 많이 써놓아야 한다고 생각하고 있었다. 그가 그토록 갈망하면서 두려워하던 일이 목전에 임박해 있었다. 어느 작가나 마찬가지겠지만 그는 자기 작품에 대해 호평이 있기를 기대했다. 혹은 최소한 자신의 작품을 존중해 주기를 바랐다. 폭스홀 에드워즈는 조지에게 비평가들로부터 호평은 받겠지만 잘 팔리리라는 기대는 하지 않는 게 나을 것이라고 말했다.

조지는 평소처럼 에스터 잭을 매일 만났다. 하지만 『산골 마을로의 귀향』 출간을 앞두고 흥분해 있는 데다 새로운 소설 집필에 몰두해 있었기에 그녀는 그의 생각과 감정에서 가장 중요한 자리를 차지하고 있지 않았다. 그녀는 그것을 눈치채고 모든 여성이 그렇듯 분개하고 있었다. 그녀가 그를 굳이 파티에 초대하려는 것도 그 때문이었다. 그런 환경에서라면 자신이 그에게 더 매력적으로 보일 것이고 다시 그를 사로잡을 수 있으리라고 생각한 것이다. 어쨌든 그녀는 그를 초대했다. 그 파티는 아주 공들인 파티가 될 것이다. 그녀의 가족은 물론이고 가장 부유하고 멋진 그녀의 친구들이 모두 파티에 참석할 것이다. 그녀는 조지에게 파티에 꼭 참석해 달라고 간청했다.

그는 거절했다. 그는 자신에게는 따로 할 일이 있다고 그녀에게 말했다. 자신에게는 자신의 세계가 있으며 그녀에게는 그녀의 세계가 있다고, 둘이 똑같을 수는 없다고 말했다. 그는 그녀에게 둘이 한 약속을 상기시켰다. 그는 그녀에게 자신은 그녀의 세계에 속하기를 원치 않는다고, 이미 그것을 충분히 맛보았다고, 만일 그녀가 자기를 그녀의 세계로 고집스럽게 끌어들이려 한다면 그가 이곳에 돌아온 이후 둘 사이에 맺어진 관계의 터전을 뿌리째 뽑아버리는 일이 될 것이라고 말했다.

하지만 그녀는 끈덕지게 그를 조르며 그의 주장을 무시해버렸다. 그녀는 초조한 듯 말했다.

"조지, 당신은 어떨 때는 정말 바보 같아. 당신은 한 가지 생각이 머리에 떠오르면 그게 옳은지 그른지 따지지도 않고 거기 매달린단 말이야. 당신, 외출 좀 해야 해. 너무 방에만 처박혀 있다니까. 건강에 안 좋아. 게다가 주변 사람들 삶을 함께 나누지 않으면서 어떻게 좋은 소설을 쓸 수 있다는 거야?" 그녀는 얼굴을 붉히며 열심히 진지하게 말을 이었다. "그리고 당신의 세계니, 내 세계니 하는 게 우리와 무슨 관계가 있다는 거야? 그저 말, 말, 말들! 좀 바보처럼 굴지 말고 내 말 들어요. 지나친 요구를 하는 것도 아니잖아. 제발 이번 한 번만 내가 하자는 대로 해줘."

결국 그녀가 이겼고 그가 굴복했다. 마침내 그가 패배를 선언하고 힘없이 말했다.

"알았어요. 갈게요."

9월이 가고 10월이 왔으며 드디어 대 파티의 날이 밝았다. 조지가 나중에 회상했듯이 그날은 불길한 전조의 의미를 띤 날이었다. 그 찬란한 파티는 한 시대의 종말을 고한 주식 시장의 대폭락 바로 일주일 전에 열린 것이다.

제9장 아침의 잭

아침 7시 28분에 눈을 뜬 프레더릭 잭은 온 힘을 다해 정신을 차리려고 애썼다. 그는 침대에서 내려와 기지개를 켰다. 그는 1929년 9월 17일 오늘이 파티가 있는 날이라는 것을 기억해 냈다. 잭은 파티를 좋아했다.

잭은 습관대로 창가로 가서 아래를 내려다보았다. 9층 아래, 깎아지른 빌딩들 사이에서 교차로가 마치 협곡처럼 엎드린 채 날이 밝기를 기다리고 있었다. 육중한 트럭 한 대가 땅을 울리며 지나갔다. 쓰레기통 하나가 차바퀴에 깔려 요란한 소리를 내며 보도 위를 굴렀다. 보도에는 한 사내가 파크애비뉴 모퉁이를 돌아 일터를 향해 남쪽으로 걸어가고 있었다. 프레더릭 잭이 내려다보고 있는 저 아래 교차로는 아직 검은 그림자 속

에 잠겨 있었으나 하늘을 찌를 듯 서 있는 건물들 꼭대기는 장
밋빛, 혹은 황금빛으로 반짝이고 있었다.

동터 오는 햇빛을 받고 하늘을 향하여 그 윤곽을 드러내고
있는 인공의 봉우리들 가운데는 거대한 호텔과 클럽 건물, 관
공서 건물들이 있었다. 잭의 아파트에서는 건너편 사무실 안을
훤히 들여다볼 수 있었다. 하지만 사무실은 아직 아무도 없이
텅 비어 있었다. 음산한 빛 속에서 아직 행인이 보이지 않는 교
차로와 텅 빈 사무실을 보고 있자니 잭은 갑자기 모든 사람이
도시로부터 쫓겨났거나 전멸해버린 듯 느껴졌다. 그리고 그곳
에 높이 솟아 있는 고층 건물들이 이제 신화나 전설이 되어버
린 옛 문명의 잔재처럼 여겨졌다.

잭은 망상을 떨쳐내려는 듯 황급히 어깨를 으쓱하고는 다시
거리를 내려다보았다. 바로 전처럼 여전히 행인은 없었지만 파
크애비뉴에는 이미 밝은색 택시들이 딱정벌레처럼 거리를 달
리고 있었다. 대부분 택시는 그랜드 센트럴 역의 상가를 향해
달리고 있었다. 그는 새롭게 시작되는 또 하루의 격한 고동을
느낄 수 있었다. 그는 그곳 창가에 서 있었다. 그는 신의 기적이
라고 할만한 거대한 석조 건물 상층부 창문에 붙어 있는 한 마
리의 인간—진드기였고 지상에서 가장 조밀한 거미줄 한가운

데, 호사스러운 바위 위에 뿌리내리고 있는, 인간의 살로 이루어진 의기양양하고 오동통한 원자였다. 그러나 그는 원자 중의 왕자로서 그곳에 서서 그 광경을 바라보고 있었다. 그가 그 공간, 그 침묵, 그 빛을, 또한 그를 혼돈으로부터 보호해줄 강철벽으로 이루어진 은신처를 엄청난 돈을 주고 사들였기 때문이었다. 그는 그 공간을 위해 지불한 가격으로 인해 의기양양해 있었다. 이 살아있는 먼지와 같은 존재는 그의 눈앞에서 매일 온갖 종류의 정신 나간 짓들이 벌어지고 있는 것을 목격하면서도 아무런 의혹이나 두려움을 느끼지 않았다. 그는 그런 것들을 보고도 조금도 오싹하지 않았다.

누군가 다른 사람이 이른 아침 인적 없는 도시를 내려다본다면 비인간적이고 괴물처럼 보였을지도 모르며 아시리아인처럼 오만하게 보였을지도 모른다. 하지만 프레더릭 잭은 그렇지 않았다. 만일 이 모든 건물이 그의 소유였다 할지라도 그가 지금 느끼고 있는 승리감, 자존심, 자신감에 별로 변화는 없었을 것이다. 그는 거리를 내려다보고 건물들을 바라보며 '내 도시야. 그래, 내 거야'라고 생각했다. 그의 가슴은 확실성과 기쁨으로 충만해 있었다. 그는 그가 속해 있는 부류의 많은 사람과 마찬가지로, 마음을 심란하게 만드는 질문을 던지기보다는 보고 감탄하고 받아들이는 법을 배웠기 때문이었다. 그는 강철과 돌이 지닌 오만한 자부심에서 온갖 위험을 극복하고 영원히 살아남는 모습, 모든 의혹에 대한 압도적이고 결정적인 해답을 보았다.

그는 단단하고 풍요롭고 넓은 것을, 영원히 지속하는 것을 좋아했다. 그는 거대한 빌딩들이 주는 안정감과 힘이 좋았다. 그는 특히 자신의 아파트의 두꺼운 벽과 마루를 좋아했다. 마룻바닥의 판자들은 그가 그 위를 걸어가도 삐걱거리거나 휘어지지 않았다. 그것들은 마치 거대한 참나무의 한복판을 통째로 잘라낸 것처럼 견고했다. 그는 이 모든 것이 그래야 마땅하다고 생각했다.

그는 매사에 질서를 좋아하는 사람이었다. 그는 어디서나 질서를 찾고 질서를 보는 사람이었다. 그는 차들이 물결처럼 흘러가는 모습을 보고도 기뻐했으며 군중들이 서로 떠밀며 혼란스럽게 걸어가는 모습을 보고도 즐거워했다. 그에게는 그 혼란스러운 모습도 거대한 질서의 한 부분이었다. 그것은 계절의 순환처럼 불가피한 것이었고 조화와 영원에 속한 것이었다.

잭은 창문에서 몸을 돌려 방을 둘러보았다. 넓이 40평방미터, 높이 3.6미터에 달하는 넓은 방이었으며 이 고상한 방에는 호사와 안정감이 감돌고 있었다. 문과 마주하고 있는 벽 한가운데 미국 독립전쟁 시대의 품위 있는 침대가 놓여 있다. 그 옆에 작은 탁자가 놓여 있고 탁자 위에는 작은 탁상시계, 두세 권의 책과 램프가 놓여 있다. 다른 쪽 벽 중앙에 옷장이 있고 반원형 탁자가 있으며 탁자 위에는 책들과 잡지가 놓여 있다. 탁자 주변에 두 개의 의자가 놓여 있고 푹신푹신한 안락의자가 그 옆에 놓여 있다. 벽에는 아름다운 프랑스 화가 그림들이 걸려 있으며 바닥에는 회색빛의 두툼한 양탄자가 깔려 있다. 대체로 간소한 느낌을 주는 가구들이었지만 널찍함과 부유함과 힘을 과시하고 있다는 느낌을 주었다.

이 방의 소유자인 잭은 흐뭇한 기분으로 방을 둘러본 뒤 다시 열린 창가로 갔다. 그는 신선한 아침 공기를 깊이 들이마셨다. 그 공기에는 도시의 여러 복잡한 냄새들이 아슬아슬하게 섞여 있었다. 그 공기에서는 이상하게도 꽃향기가 뒤섞인 축축한 흙냄새가 났으며 바닷물의 찝찔한 냄새, 신선한 강물 냄새, 고약하게 썩은 냄새와 함께 펄펄 끓는 커피 향기도 섞여 있었다. 그리고 그러한 냄새를 머금고 있는 공기는 싸움과 위험이 있으리라는 강력한 위협을 품고 있으면서 동시에 권력과 부와 사랑에 대한 역동적이고 달콤한 예언을 품고 있었다. 잭은 그 공기에서 미지의 위험을 느낄 수 있었지만 결국은 맞이하게 될 환희를 맛보았다. 그는 가슴 벅찬 즐거움을 느끼며 이 생명력이 넘치는 공기를 천천히 들이마셨다.

　이제 잠에서 완전히 깨어난 잭은 창문을 닫은 후 활달한 걸음으로 방을 가로질러 욕실로 갔다. 그는 입술을 벌리고 한참 거울을 들여다보면서 자신의 튼튼한 앞니에 적이 만족했다. 그는 칫솔에 박하 냄새 물씬 풍기는 치약을 듬뿍 바른 후 거품을 내며 열심히 이를 닦았다. 이어서 그는 입을 헹군 후 면도 크림을 얼굴에 골고루 바르고 면도를 했다. 그는 날카로운 면도날로 뻣뻣한 수염을 사각사각 밀어내는 소리가 듣기 좋았다. 그는 수염을 깨끗이 밀어내면서 승리감에 취했다. 면도하는 동안 잭의 마음은 그의 삶을 이루고 있는 온갖 멋지고 즐거운 일들로 가득 채워져 있었다.

　그는 자신의 옷에 대해 생각했다. 그는 우아하고 단정한 복장이었으며 매일 새 옷으로 갈아입었다. 그는 면직물 옷은 입지 않았다. 그는 최고급 실크 내의만 샀고 영국제 신사복만 40벌을 갖추고 있었다. 매일 아침 그는 신중하게 옷장 안을 살펴보았다. 그는 뛰어난 감각으로 서로 어울리는 구두, 양말, 셔츠와 넥타이를 골랐다. 때로는 양복을 고르는 데 몇 분이 걸리기도 했다. 그는 커다란 옷장 문을 활짝 열어놓고 손질이 잘 된 옷들이 줄지어 우아하게 걸려 있는 모습을 바라보는 것이 좋았다. 그는 훌륭한 옷들에서 풍기는 강하고 깨끗한 냄새가 좋았다. 마치 온갖 모양과 색상을 뽐내고 있는 마흔 벌의 양복이 자신의 다양한 성격을 기분 좋게 반영하고 있는 것 같았다. 그 옷들은 그의 주변의 모든 것들과 함께, 이른 아침의 자신감과 환희, 활력으로 그를 채워주었다.

그는 아침 식사로 오렌지 주스, 반숙 달걀 두 개, 두 장의 바삭바삭한 토스트, 파슬리 위에 멋지게 올려놓은 분홍색의 프라하 햄 몇 조각을 먹었다. 이어서 그는 진한 커피를 몇 잔 마셨다. 이로써 그는 그날 자신에게 무슨 일이 일어나더라도 기분 좋게 대처할 힘을 완벽하게 갖춘 셈이었다.

오늘 아침 대기 중에서 풍겨오는 흙냄새, 대지 냄새에 그는 기분이 상쾌해졌다. 마치 영혼까지 부드럽게 감싸는 것 같았다. 잭은 도시에서 나고 자랐지만 살아있는 모든 사람이 그러하듯 대지 모신(母神)의 매력에 민감했다. 그는 인간의 손길을 받은 자연을 좋아했다. 큰 저택의 손질된 잔디밭, 꽃들이 화사하게 피어 있는 화단, 사람의 손길이 미치는 관목 숲을 좋아했다. 소박한 생활을 하고 싶다는 그의 욕망은 해마다 강해졌고 그는 웨스트

체스터 카운티에 커다란 시골 별장을 하나 마련해 놓았다.

그는 돈이 많이 드는 온갖 종류의 스포츠를 좋아했다. 그는 자주 야외에 나가 골프를 즐겼다. 그는 벨벳처럼 아름답게 깔린 잔디 위에서 빛나는 햇빛을 좋아했으며 페어웨이에서 풍기는 새로 깎은 잔디 냄새를 좋아했다. 홀을 모두 돌고 난 뒤에 샤워하면서 균형 잡힌 몸 위로 쏟아지는 차가운 물줄기가 좋았으며 사람들과 한가로운 잡담을 하며 위스키 한잔 마시는 것이 좋았다. 국기가 하얀 깃대 위에서 펄럭이는 것을 바라보는 것 또한 기분 좋았고 골프장 주변의 거칠고 자연스러운 아름다움도 보기 좋았다. 언덕 중턱에서 물결치고 있는 키 큰 풀들도 보기 좋았고 비포장 오솔길도 보기 좋았다. 그는 그 풍경을 바라보며 '뉴욕으로부터 50킬로미터도 떨어지지 않은 곳에 이런 것들이 있다는 사실을 누가 믿을 수 있단 말인가?'라고 속으로 생각했다. 그럴 때면 대도시의 삶이 아득히 멀어진 것만 같았다. 그렇게 시골 풍경에 매료되어 있을 때면 도시에서의 삶이 공연히 서두르기만 하는 어리석은 삶 같았으며 그 속에서 지내는 인간도 마찬가지인 것처럼 여겨졌다. 그는 탄식을 하며 언제까지나 그곳에 머물고 싶어 했다. 하지만 잭은 언제나 도시로 돌아왔다. 삶이란 실질적이고 무게가 나가는 것이었으며, 무엇보다 잭은 사업가인 때문이었다.

그는 사업가였기에 도박을 좋아했다. 사업이란 도박이 아니고 무엇이란 말인가? 가격이 오를까 떨어질까? 의회에서 어떤 결정을 내릴까? 지구상 어느 구석에서 전쟁이 벌어져 원료 부족 사태가 오지나 않을까? 이듬해에는 어떤 여성복이 유행할까? 큰 모자를 쓸까 작은 모자를 쓸까? 긴 드레스를 입을까 짧은 드레스를 입을까? 사업가는 그 모든 것을 예측하고 돈을 걸어야 한다. 만일 적중률이 낮다면 사업가로 남아 있을 자격이 없다. 따라서 잭은 도박을 좋아했으며 사업가로서 도박을 했다. 그는 매일 주식 가격에 대해 도박을 했다. 그리고 밤에는 클럽에 가서 도박을 했다. 하지만 그는 쩨쩨하게 소액을 거는 도박은 하지 않았다. 그는 몇천 달러 따거나 잃는 것에는 머리칼 하나 꿈쩍하지 않았다. 아무리 거액의 돈이라도 그는 눈 하나 깜짝하지 않았다. 그는 양(量)과 수(數)에 놀라지 않았다. 그가 수를 헤아리기 어려운 거대한 대중을 좋아하는 것은 그 때문이었다. 헤아리기 어려운 으리으리한 건물들이 그의 영혼에 깊은 안정감을 주는 것도 그 때문이었다. 그는 하늘 높이 치솟은 90층 건물을 올려다보며 그에 압도되어 먼지로 뒤덮인 길에 주저앉은 채 머리를 주먹으로 두드리면서 "슬프도다! 나는 얼마나 불쌍한 존재란 말인가!"라고 외치는 사람이 아니었다. 그렇다. 절대로 그런 사람이 아니었다. 구름을 뚫고 높이 치솟아 있는 저 석조 건물들은 힘의 부적이었으며 미국의 영원한 '사업 제국'의 기념물이었다. 그는 그것들을 보면 기분이 좋고 힘이 솟았다. 그 제국이 바로 그의 신념이고 운명이며 그의 삶인 때문이었다. 그는 그 안에 확고히 자리 잡고 있었다.

하지만 그의 목은 결코 뻣뻣하지 않았고 그의 눈은 완고하지 않았다. 그는 저녁이면 자신들의 문지방에 기대어 서 있는 사람들, 저 땅속 쥐구멍 같은 곳에서 우글우글 기어 나오는 사람들에게서 눈을 떼지 않았으며 그들의 삶이란 어떤 것일까, 궁금해했기 때문이었다.

면도를 마친 잭은 먼저 더운물로, 이어서 찬물로 조심스럽게 면도 크림을 씻어낸 후 잘 마른 수건으로 물기를 닦아내고 로션을 발랐다.

이어서 그는 욕실로 들어가서 물을 틀고 잠옷을 벗었다. 그는 아침에 크고 깊은 욕조에 몸을 깊숙이 담그는 것을 좋아했다. 그는 팔 위쪽의 적당히 부풀어 오른 근육이 자랑스러웠다. 그는 거울에 비친 균형 잡힌 자신의 몸을 흡족한 기분으로 바라보았다. 멋진 체격에 단단해 보이는 몸매였으며 살찐 부분 이라고는 어디에서도 찾아볼 수 없었다. 허리 부분에 약간 군 살이 있는 것 같았지만 신경이 쓰일 정도는 아니었다. 그보다 20년 연하인 젊은이 중에도 그보다 더 군살이 낀 경우는 많았 다. 그는 더운물과 찬물을 적당히 틀어 물의 온도를 맞추었고 물이 욕조에 차는 동안 체조를 하며 그날의 일과를 생각했다.

오늘 큰 파티가 있다. 그는 그러한 모임의 화려함과 유쾌한 분위기를 좋아했다. 그는 이 세상과 도시에 대해 잘 아는 현명 한 사람이기도 했다. 그는 친절한 사람이었지만 남의 기분을 상하게 하지 않을 정도의 사소한 농담도 할 줄 알았고 은근히 남을 비꼴 줄도 알았으며 남들의 말을 받아넘길 줄도 알았다. 그는 카드놀이를 할 때 잔꾀를 부리는 사람의 먹이가 될 만큼 순진한 사람도 아니었다. 예컨대 그는 모임의 흥취를 돋워주는 양념 노릇을 할 줄 알았다.

잭은 연극을 좋아했고 좋은 연극은 거의 빼놓지 않고 보았 다. 그는 아내가 디자인한 무대를, 아내가 그 무대를 디자인했 다는 이유로 좋아했다. 그녀는 아내가 자랑스러웠으며 아내가 속한 세계의 성숙한 문화를 즐겼다. 그는 야회복을 입고 빅 이 벤트 권투 구경을 즐겼으며 한 번인가는 흰 셔츠 가슴에 챔피

언의 붉은 피를 묻혀 오기도 했다.

그는 사교 생활을 좋아했고 뛰어난 배우들과 예술가들과 작가들, 부유하고 교양 있는 유대인들을 식사에 초대하는 것을 즐겼다. 그는 천성적으로 상냥했고 성실했다. 그의 지갑은 궁핍한 친구들을 위해 늘 열려 있었다. 그는 아낌없이 음식을 베풀었고 지하 저장고의 고급술을 풀어 놓았으며 가족을 소중히 여겼다.

그는 또한 벨벳 드레스를 입은 아름다운 여인의 뒷모습을 좋아했고 그녀의 목에 걸린 반짝이는 보석을 좋아했다. 그는 여자가 이브닝가운을 금과 다이아몬드 장식으로 더욱 빛나게 만들어서 보다 유혹적인 모습을 보이는 것을 좋아했다. 그는 탄탄한 유방, 긴 목, 날씬한 다리, 펑퍼짐한 엉덩이를 가진 여자, 깊이와 물결을 지닌 여자, 멋을 부린 여자를 좋아했다. 그는 또한 칵테일 셰이커를 손에 들고 약간 피곤한 듯 거만을 떨며 "어머, 자기 무슨 일 있었어? 다시는 오지 않을 줄 알았지"라고 말하는 여자의 목소리를 좋아했다. 말하자면 그는 남자라면 좋아할 만한 것은 모두 좋아했다. 그는 그 모든 것을 적당한 때 적당한 장소에서 즐겼고 다른 사람 모두 자신처럼 즐기기를 기대했다. 하지만 그는 무엇보다 일이 무르익었을 때를 잘 알고 있었기에 그만두어야 할 때도 잘 알고 있었다. 그의 고대 헤브라이식 정신은 고전적인 절제의 미덕과 결합해 있었다. 그는 단정함을 최고의 미덕으로 삼고 있었으며 중용의 덕목을 알고 있었다.

그는 감정을 겉으로 드러내는 사람이 아니었으며 무턱대고 모험에 뛰어드는 사람도 아니었고 말 한마디에 완전히 넘어가거나 순간적인 충동에 이끌려 힘을 낭비하는 사람도 아니었다. 그런 것은 이교도들이나 저지르는 짓이었다. 하지만 그는 우정을 위해서는 남들 못지않게 우상 숭배자가 되기도 했고 광기에 휩싸이기도 했다. 친구와 함께라면 파멸과 패배도 두려워하지 않을 정도였으며 친구를 힘써 만류하려고도 했다. 하지만 친구의 광기가 지나쳐 차분한 충고에 귀를 기울이지 않으면 그와의 관계를 끊어버렸다. 그는 애석하게 생각하며 친구를 그대로 내버려 두었다. 술 취한 한 명의 선원 때문에 선원 전부 물에 빠져 죽을 수는 없는 노릇 아닌가? 그는 그것은 절대 안 된다고 생각했다. 그럴 때 그는 자신의 심정을 '오, 불쌍해라!'라는 단두 마디로 표현했다.

그렇다, 프레더릭 잭은 친절하고 온순했다. 그는 인생이 즐겁다고 생각했고 그 생각을 바탕으로 현명한 삶을 영위하는 비법을 배웠다. 그 비법이란 품위 있는 타협이었고 상대방에 대한 관용이었다. 만일 한 인간이 이 세상에서 소매치기를 당하지 않고 살아가기를 원한다면 주변에서 무슨 일이 일어나는지 알 수 있도록 눈과 귀를 사용하는 법을 익혀야 한다. 그러나 한 인간이 이 세상에서 머리를 얻어맞거나 불필요한 고통, 슬픔, 공포, 쓰라림―인간의 육신을 고행의 길에 들어서게 만드는 그 모든 것들―을 겪지 않고 살아가기 위해서도 눈과 귀를 사용하는 법을 익혀야 한다. 어려운 일처럼 들릴지 모르나 잭에게는 그렇지 않았다. 아마 그의 민족이 겪었던 오랜 기간의 고통과 시련이 소중한 보석처럼 정제되어 그에게 균형 잡힌 오성(悟性)의 모습으로 전해졌는지도 모른다. 그렇다. 그는 그런 것을 배운 적이 없다. 그런 것은 가르칠 수 없는 것이기 때문이다. 그는 그런 것을 지니고 태어났다.

따라서 그는 어둠 속에서 시트를 찢거나 주먹으로 벽을 쾅하고 치는 사람이 아니었다. 그는 여자와의 관계를 즐기는 사람이었지만 그 문제로 결코 번민하거나 흥분하지 않는 사람이었으며 한밤중에 홀로 괴로워하는 사람도 아니었다. 그 어떤 사랑의 신비도 그에게 저 어리석은 이교도 청년처럼 새벽 한 시에 전화를 걸어―분명히 술에 취했으리라―에스터를 바꿔

달라는 어처구니없는 짓을 하게 만들지는 못했다.

　그 생각에 잭의 이맛살이 찌푸려졌다. 그는 속으로 중얼거렸다. 바보는 어쩔 수 없이 바보이니, 그냥 바보인 채 내버려 둘 수밖에 없겠지. 다만 진지한 사람의 잠을 망치거나 방해하지만 않는다면……

　그래, 남자는 도둑질을 할 수도 있고 거짓말, 살인도 할 수 있으며 속이거나 사기를 칠 수도 있다. 세상이 다 아는 사실이다. 그리고 여자란……, 그래 여자는 여자이고 그건 어쩔 수 없다. 잭은 젊은이의 격분한 영혼을 비틀어버리는 고통과 광기에 대해서도 어느 정도 알고 있었다. 물론 그건 나쁜 일이다. 정말로 나쁜 일이다. 하지만 그 모든 것을 다 제쳐놓더라도 낮은 낮이기에 일을 해야 한다. 그리고 밤은 밤이기에 잠을 자야 한다. 그건 참을 수 없는 일이야, 라고 그는 생각했다.

　"하나!"

　그는 상기된 얼굴로 뭔가 툴툴거리며 손가락이 욕실 타일에 닿을 때까지 몸을 굽혔다.

　'참을 수 없어!'

　"둘!"

　그는 두 손을 양 옆구리에 붙이고 급히 몸을 세웠다.

'중요한 일을 앞에 두고 있는 사람이……'

"셋!"

그는 두 팔을 머리 위로 높이 들어 올렸다. 그리고 주먹 쥔 손이 가슴 부분에 올 때까지 재빨리 내렸다.

'어떤 미친 바보 같은 젊은 놈 때문에 침대에서 나오다 니……!'

"넷!"

그는 주먹 쥔 두 팔을 양쪽으로 뻗었다가 다시 옆구리 쪽으로 끌어들였다.

'참을 수 없어.'

운동이 끝나자 잭은 호사로운 욕조에 몸을 깊숙이 담갔다. 쾌락에 젖은 긴 한숨이, 그의 입에서 느릿느릿 새어 나왔다.

제10장 잭 부인, 잠을 깨다

잭 부인은 여덟 시에 잠을 깼다. 마치 어린아이처럼 눈을 반짝 뜨는 순간 잠이라는 놈이 그녀의 마음과 감각에서 화들짝 놀라서 사라져버린 것 같았다. 그녀는 평생 그런 식으로 잠에서 깨어났다. 그녀는 맑은 정신으로 잠시 천장을 바라보았다.

이어서 그녀는 작고도 풍만한 육체를 덮고 있는 이불을 경쾌하게 밀어젖혔다. 노란 비단 잠옷을 입은 그녀의 몸이 드러났다. 그녀는 기쁨이 넘치는 마음으로 발끝부터 위쪽까지 자신의 몸을 훑어보다가 눈길이 자신의 두 손에 머물렀다.

'정말 신기해!' 그녀는 생각했다. '이 손에는 정말 마술 같은 힘이 들어있어! 얼마나 아름다워! 게다가 얼마나 재주가 많아! 내가 맡은 모든 디자인이 얼마나 기막히고 멋지게 이 손에서 나오는지! 그 모든 게 내 안에서 증류되고 조합되는 거야. 그런데 어떻게 그런 게 이루어지느냐고 묻는 사람이 하나도 없다니. 처음에는 그냥 머릿속에 무슨 딱딱한 덩어리 같은 게 들어 있지.'

그녀는 이마에 주름을 잡으며 코믹하게 생각했다.

'그런데 그것들이 작은 입자들로 산산조각이 나는 거야. 그런 후 그것들이 저절로 모양을 이루면서 움직이기 시작해. 나는 그걸 온몸으로 느끼고 드디어 그 느낌이 손에 전해지면 손은 내가 하고자 하는 대로 움직이지. 그건 마치 조지를 위해 정성껏 음식을 만드는 것과 같아. 이 세상 어떤 요리사도 흉내 낼 수 없는 훌륭한 음식을 만드는 거지.'

이어서 그녀는 자신의 몸을 다시 한번 꼼꼼히 살펴보았고 자신이 이런 몸의 소유자라는 사실이 너무나 기쁜 듯 얼굴이 한없이 밝아졌다. 그녀는 몸을 천천히 일으키며 슬리퍼에 발을 끼운 후 침대 발치에 걸려 있던 수놓은 노란색 가운을 걸쳤다.

발그레하고 고운 그녀의 얼굴에서는 고상한 아름다움이 빛을 발하고 있었다. 작고 오밀조밀한 그녀의 얼굴은 거의 하트형이었으며 감정이 풍부한 그 표정에서는 기묘하게도 어린애와 여성이 혼재해 있는 것 같았다. 그녀를 처음 만난 사람이라면 '어릴 때 모습을 그대로 간직하고 있는 것 같군. 조금도 변하지 않은 게 분명해'라고 느낀다. 하지만 그녀의 얼굴에는 중년 여인의 모습도 들어있다. 다만 그녀가 누구에겐가 즐겁게 이야기를 하면서 활기를 띠기 시작하면 그녀의 얼굴은 곧 눈에 띄게 어린아이처럼 변한다.

하지만 일을 하고 있을 때 그녀의 얼굴은 전혀 달라진다. 그럴 때면 온 정신을 집중해서 일에 몰두해 있는 장인의 심각성이 그녀의 얼굴에 나타난다. 그녀가 나이 들어 보이는 것은 바로 그때였다. 그럴 때면 그녀의 눈가에 피로에 싸인 잔주름이 보였고 갈색 머리카락에 드문드문 섞인 흰 머리카락이 간간이 눈에 띄었다.

또 그녀가 쉬고 있을 때나 혹은 혼자 있을 때 그녀의 표정에는 뭔가 어두침침하고 생각에 잠긴 듯한 깊이가 보인다. 그럴 때면 그녀의 아름다움에는 깊이가 더해지고 신비에 가득 차게 된다. 그녀의 핏줄에는 유대인의 피가 주로 흐르고 있었으며 그녀가 생각에 잠겨 있을 때면 저 옛날부터 전해진 그녀 민족의 어둡고 우울한 특질이 완전히 그녀를 사로잡고 있는 듯이 보였다. 그녀는 가끔 당황하고 슬픈 듯 이마에 주름을 잡곤 했는데 그 모습에는 결코 되찾을 수 없는 그 무엇을 잃었다는 절망감 비슷한 것이 들어있었다. 비록 그런 표정을 자주 짓는 것은 아니었지만 그녀의 그런 표정을 볼 때마다 조지는 마음이 불편했다. 자신이 사랑하는 여인, 자신이 잘 안다고 믿고 있는 여인의 저 깊은 내부에 뭔가 비밀스러운 지식이 숨겨져 있음을 암시하는 것 같았기 때문이었다.

하지만 그녀가 자주 드러내 보이는 모습, 사람들이 그녀에게서 가장 잘 기억하고 있는 모습은 무엇보다도 밝고 쾌활하며 불굴의 에너지와 열정을 지닌 작은 얼굴 모습이었다. 그녀는 그 얼굴에 어린아이의 모습이 여전히 살아있는 여인이었고, 거리에 나서면 뭇사람들이 그 신비로운 아름다움으로부터 눈을 떼지 못하는 여인이었다.

에스터 잭이 침대 옆에 서 있는데 그녀의 하녀 노라 포가티가 노크를 하고 들어왔다. 그녀는 찻주전자와 설탕, 컵, 접시, 스푼 등이 담긴 쟁반과 「타임스」 신문을 들고 있었다. 하녀는 침대 옆 작은 탁자에 쟁반과 신문을 놓으며 약간 쉰 목소리로 말했다.

"안녕히 주무셨어요. 잭 부인?"

"오, 안녕, 노라!" 잭 부인은 인사를 받으면 늘 그랬듯이 진정이 담긴 놀란 어조로 대답했다. 그녀는 정말로 궁금하다는 듯 "잘 잤어?"라고 물은 뒤 답도 기다리지 않고 즉각 덧붙였다. "날씨가 좋을 것 같지? 이렇게 상쾌한 아침을 맞은 적 있어?"

"네, 정말 좋은 날씨예요. 정말 상쾌해요."

하녀는 공손함을 넘어 차라리 아첨에 가까운 목소리로 대답했다. 그러나 그녀의 목소리에는 뭔가 교활함이, 무언가 감추는 듯한 음침함이 담겨 있었다. 잭 부인은 곧바로 그녀를 바라보았다. 그리고 하녀가 아직 술기운이 남아 있는 눈에 이상한 분노를 담고 자신의 뒷모습을 바라보고 있다는 것을 알아차릴 수 있었다. 하지만 그 분노와 앙심은 여주인을 향한 것이라기보다는 그저 세상 일반 사람들을 향하고 있는 것 같았다. 또 설사 노라의 분노가 직접 한 개인을 향하고 있다 하더라도 그 분노와 앙심에 무슨 특별한 이유가 있다기보다는 그저 맹목적이고 본능적이라고 보는 것이 옳았다. 그 앙심은 추하고 공격적인 모습으로 그녀 안에 도사리고 있었지만 정작 노라 자신도 그 원한의 이유를 알 수 없었다. 그 앙심은 분명 계급적 열등감에서만 비롯된 것이 아니었다. 그녀는 아일랜드인이었고 태생적으로 기독교 신자였다. 그녀는 사회적 체면에 관한 한 여주인과 자신 중 어느 쪽이 더 생색을 내야 하는지 모를 노릇이라고 생각하고 있었다.

노라는 20년 넘게 잭 부인과 그녀의 가족을 섬겨 왔다. 노라는 잭 부인 가족의 관대함 덕분에 게으름을 피우며 자랐다. 그녀는 아일랜드인다운 애정 어린 헌신과 온정으로 잭 부인의 가족들을 대했다. 그럼에도 불구하고 그녀는 그들이 다른 이교도 민족들과 함께 지옥에 떨어지리라는 것을 한순간도 의심하지 않았다. 그러면서도 그녀는 이 우글거리는 이교도들 가운데에서 나름대로 잘 지내온 셈이었다. 그녀는 이른바 아주 쉽게 돈버는 일을 하고 있는 셈이었다. 그녀는 잭 부인을 비롯해 그녀의 여동생 에디스의 말짱한 옷을 물려 입었으며 그녀에게 구혼하러 일주일에 몇 번씩 찾아오는 경찰에게 음식과 술을 넉넉하게 내놓을 수 있었다. 덕분에 그녀는 그 경찰이 다른 목장을 기웃거리며 먹이를 찾지 않게 붙잡아 놓을 수 있었다. 동시에 그녀는 수천 달러의 돈을 저축하고 있었으며 코크 카운티에 살고 있는 누이동생들과 조카들에게 생활비도 보낼 수 있었다.

그렇다, 그녀의 눈에서 이글거리는 그 공격적인 앙심과 원한은 신분 질서와는 아무 상관이 없었다. 그녀는 이교도들 사이에서 그들의 습관에 익숙해져 잘 지내고 있으면서도 언젠가 자신이 보다 더 개화된 기독교 사회로 돌아가리라는 희망을 잃지 않고 있었다. 그런 점에서 그녀는 오히려 우월감을 느껴야 마땅했다.

또한, 그녀의 이글거리는 눈에 어려 있는 불만은 가난한 자가 부자를 향해 지니기 마련인 그 완강하고 말 없는 분노의 감정, 자신처럼 버젓한 사람이 게으르고 낭비벽이 심한 자들을 위해 평생 부지런히 봉사해야 한다는 부당함에 대한 분노의 감정도 아니었다. 노라는 잭 부인이 그 얼마나 부지런하며 유능한지 잘 알고 있었다. 노라는 잭 부인이 얼굴 해쓱한 직공들보다 바느질 솜씨가 뛰어나다는 사실도 알고 있었고, 불성실한 사람들을 부리며 얼마나 열심히 맡은 일을 완수해 내는지 잘 알고 있었다. 노라는 잭 부인이 날마다 분투하며 이겨나가는 그녀만의 세상에 대해서도 잘 알고 있었다. 그녀는 자신에게 여주인처럼 무한한 지식과 능력이 있다 하더라도 자신의 게으른 몸뚱이에는 여주인과 같은 정력과 힘과 결단성이 없다는 사실, 따라서 결코 여주인처럼 될 수 없다는 사실을 잘 알고 있었다. 그리고 그러한 자각은 그녀에게 열등감을 불러일으키기보다는 오히려 자부심을 불러일으켰다. 노라는 실제로 노동을 하는 것은 자신이 아니라 잭 부인인 것처럼 느꼈다. 그녀는 여주인과 같은 음식, 같은 술을 먹고 마시며 같은 집에서 잠을 자고

심지어 같은 옷을 입고 지냈으며 자신이 지금 하는 일을 이 세상 그 어느 일과도 바꾸고 싶지 않았다.

그렇다, 하녀는 자신이 행운아라는 것, 불평할 구석은 어디에도 없다는 것을 잘 알고 있었다. 그런데도 불온하게 불타오르는 그녀의 눈에는 추하고 비틀린 불만의 빛이 완강하게 번쩍이고 있었다. 그녀 자신도 그 이유를 알 수 없었고 뭐라고 말할 수도 없었지만 그것은 그녀의 살(肉)에 각인되어 있었으며 그녀가 하는 모든 행동에 드러나 있었다.

하녀의 앙심은 잭 부인의 재산, 권위, 지위를 향한 것이 아니었다. 그것은 보다 더 개인적이고 정의 내리기 어려운 것을 향하고 있었다. 바로 자신 앞에 서 있는, 자신과 다른 여인의 삶격조와 질을 향한 것이었다. 그것은 그녀 자신의 안에서 자라고 있던 앙심, 그녀 스스로 키운 앙심이었기에 그 누구에게도 책임을 돌릴 성질의 것이 아니었다. 그녀는 오래전부터 실패와 좌절로 인한 불만감에 시달리고 있었다. 자신의 삶은 뒤틀리고 잘못된 삶이라는 생각, 채 성숙하기도 전에 열매를 맺지도 못하고 헛되이 끝나버렸다는 감정이 그녀 안에 싹트고 있었던 것이다. 그녀는 뭔가 삶의 훌륭하고 멋진 부분을 맛보지 못했다는 생각에, 그것이 어떤 건지도 전혀 모르고 살아왔다는 생각에 괴로웠다. 그것이 무엇이건 자신의 여주인은 그것을 기적적으로 발견하고 그것을 마음껏 즐기고 있었다. 자신의 눈앞에 훤히 보이면서도 뭐라 정의 내리기 어려운 그 분명한 사실이 그녀를 참을 수 없을 만큼 괴롭혔다.

두 여자는 나이가 같았다. 몸매도 비슷해서 하녀는 여주인의 옷을 고치지 않고 그대로 입을 수 있었다. 하지만 두 사람이 서로 다른 행성계에서 왔거나 전혀 다른 원형질로 이루어진 생명체였다고 할지라도 둘이 그렇게 극도로 대조적인 모습을 띠지는 못했을 것이다.

노라는 못생긴 여자는 아니었다. 그녀는 숱이 풍성한 아름다운 검은 머리를 한쪽으로 빗어 넘기고 있었다. 지금은 술을 마신 데다 화가 나서 일그러져 있지만 평시에는 명랑하고 매력적인 얼굴이었다. 아직 몸매도 날씬하다고 할만했고 옷차림도 말쑥했다. 실질적으로 하녀들의 우두머리 역할을 하고 있었으므로 그녀는 하녀 제복을 입지 않아도 되었다. 하지만 세월의 무게를 이기지 못한 듯 메마르고 둔해진 느낌이 드는 것을 어쩔 수 없었으며 그것을 피해 갈 방법은 없었다.

그렇다, 그것은 어쩔 수 없는 일이었다. 하지만 단 한 명 예외가 있었다. 바로 여주인이었다. 노라는 그 생각을 하자 알 수 없는 분노가 치미는 것을 어쩔 수 없었다. 그녀에게는 오로지 승리만이 존재했다. 흐르는 세월은 그녀를 굴복시키기는커녕 오히려 더 큰 성공만을 갖다 줄 뿐이었다. 왜? 도대체 왜?

바로 이 질문 앞에서 그녀는 마치 높이 솟은 단단한 벽에 부딪쳐 어찌할 바 모르는 야수처럼 멈춰 설 수밖에 없었다. 저 여자와 나는 같은 공기를 마시고 같은 음식을 먹고 같은 옷을 입으면서 한 지붕 아래 살지 않았는가? 자신도 여주인 못지않게 모든 것을 누리고 살지 않았는가? 어느 면으로 보면 자신이 여주인보다 나은 삶을 살지 않았는가? 자신은 여주인처럼 아침부터 낮까지 일에 쫓기며 살지는 않았잖은가? 나의 삶이 여주인의 삶에 비해 못할 게 없지 않은가?

그녀는 그곳에 서서 당혹스러운 심정으로 얼굴을 잔뜩 찌푸린 채 성공으로 빛나는 여인의 얼굴을 바라보고 서 있었다. 그는 그런 자신이 주제넘고 부당하다는 것을 알고, 느끼고 있었다. 그러나 자신이 용납할 수 없을 만큼 부당하다는 사실은 별로 중요하지 않았다. 지금 무엇보다 확실한 것은 둘이 함께 보낸 세월이 상대방 여인에게는 아름다움과 풍요로움을 제공했으면서 자신에게는 뻣뻣하고 둔한 몸매를 가져다주었다는 사실, 상대방 여인은 힘과 지배와 건강과 기쁨이 넘치는 멋진 길을 걸고 있는 데 반해 자신은 자신이 파멸했고 패배했음을 알고 괴로워하고 있다는 사실 뿐이었다.

그렇다, 그녀는 그것을 분명히 알고 있었다. 두 여자는 너무나 뚜렷하게 대조를 이루고 있었다. 그 대조가 완화되리라는 희망을 티끌만큼도 품을 수 없을 정도로 뚜렷한 대조였다. 눈에는 불만을 품은 채 억지로 복종과 존경의 말투를 쓰며 하녀는 그곳에 서 있었다. 그녀는 상대방이 자신의 질투와 좌절감의 비밀을 알아차렸음을 알 수 있었으며 그에 대해 동정하고 있음을 알 수 있었다. 그러자 그녀의 마음은 증오심으로 가득 찼다. 그녀가 보기에 동정이란 도저히 참기 어려운 최악의 모욕인 때문이었다.

하녀와 인사를 나눈 뒤에도 잭 부인의 아름다운 얼굴에는 조금도 표정의 변화가 없었지만 그녀의 눈은 하녀의 눈에서 성난 파도처럼 분노의 물결이 출렁이고 있음을 금세 눈치챘다. 그녀는 동정과 경이와 유감에 사로잡혀 이렇게 생각하고 있었다.

'또 마셨구나. 이번 주 들어 벌써 세 번째야. 도대체 알 수 없어. 저 사람들은 왜 저런 짓을 하는지 도무지 알 수 없어.'

잭 부인은 '저 사람들'이라는 말을 무슨 뜻으로 사용했는지 자신도 잘 알지 못했다. 다만 재능을 훌륭하게 발휘해서 성공적인 삶을 살아가고 있는 사람이 삶을 무위도식으로 낭비하고 있는 것 같은 사람을 향해 느낄 수 있는 놀라움과 초연한 듯한 호기심을 문득 느꼈을 뿐이었다. 그녀는 자신과 20년을 함께 생활해온 하녀를 바라보면서 돌연 그런 느낌을 받고 그런 생각을 한 것이다.

'도대체 뭐가 그렇게 못마땅한 걸까? 우리 집에 처음 왔을 때는 정말 예뻤어. 결혼할 기회도 많았는데…… 결혼은 왜 안 하는지 모르겠어. 따라다니는 경찰이 대여섯 명은 됐는데 말이야. 지금은 한 명밖에 없는 것 같아. 모두 저 애한테 반해 있었으니 그중 한 명을 고를 수도 있었는데.'

그녀는 상냥한 마음으로 하녀를 다시 바라보았다. 순간 위스키 냄새가 코를 찔렀다. 그녀는 순간적이나마 하녀가 더럽다는 생각을 했고 아주 짧게 멸시에 찬 표정을 지었다. 순간적이었지만 하녀는 그 표정을 눈치챘다. 하녀는 불같이 화가 나서 생각했다.

'오, 마님, 우리 같은 인간에게 너무 친절했다 이거지요? 하지만 조심하시지. 너무 거만하게 굴 거 없어. 아, 하고 싶은 말을 다 했으면…… 뭐라고? "노라, 내가 없을 때 나를 찾는 전화가 오면 메시지를 내게 직접 전해줘. 그이는 방해받는 걸 싫어하니까"라고? 맙소사, 내가 알기로는 방해받는 걸 좋아하는 사람은 아무도 없어. 사랑은 사랑이고 한가할 때 사랑하는 거야 무슨 문제가 되겠어? 하지만 저녁 시간에 20분이나 늦었다면 도대체 어디 갔던 거야? 가족을 이런 식으로 등한시하면 어떻게 해?'

이 모든 생각이 두 여인이 마음속에 번개처럼 지나갔다. 하녀는 창가로 가서 창문을 내리고 차일을 올린 다음 욕실로 들어가 욕조에 물을 틀었다. 잭 부인은 찻잔에 차를 따라 마시면서 신문을 펼쳐 들었다. 그녀는 오른손에 낀 반지를 벗었다 꼈다 했다. 뭔가 초조할 때, 혹은 결정적인 행동을 앞두고 그녀가 취하는 무의식적인 버릇이었다. 하녀를 향한 동정심, 호기심, 유감 등의 감정이 사라지고 이제는 뭔가 실질적인 조치를 취해야겠다는 생각이 든 것이었다.

'프릿츠(프레더릭의 애칭-옮긴이 주)의 술을 마신 게 분명해.' 그녀는 생각했다. '프릿츠가 눈치채고 화를 냈었어. 이제 더 못 마시게 막아야지. 이런 식으로 나가다가는 한두 달도 못 돼서 아주 쓸모없는 인간이 되어 버릴 거야.'

그녀는 지금 당장 노라에게 엄격하게 따지고 타이르리라 생각했다. 그러자 마음이 편해졌다. 그녀는 무슨 일이든 빨리 결정을 내려야 마음이 놓이는 체질이었다.

하지만 욕실에서 나와 방으로 다시 들어온 노라가 다소곳한 표정으로 분부라도 기다리는 듯 서 있자 그녀는 마음먹고 있던 것과는 달리 별로 시킬 일이 없으니 밖으로 나가라고 손짓을 했다. 노라는 문을 닫고 밖으로 나갔다.

30분 후 프레더릭 잭이 「헤럴드 트리뷴」지를 겨드랑이에 끼고 복도를 걸어오고 있었다. 그는 기분이 매우 좋았다. 그는 한밤중에 전화가 걸려 와 잠을 깨는 바람에 화가 났던 일을 까맣게 잊고 있었다. 그는 아내의 방문을 가볍게 노크하고 기다렸다. 아무 응답이 없었다. 그는 귀를 기울이면서 더욱 약하게 다시 한번 노크를 했다.

"안에 있소?" 그가 물었다.

그는 문을 살며시 열고 소리 없이 안으로 들어갔다.

그녀는 이미 그날 일과 중 첫 번째 일에 몰두해 있었다. 그녀는 방 안쪽 창문들 사이에 놓인 작은 책상 앞에 앉아 있었다. 책상 위에는 서류들과 공적인 업무 편지들이 쌓여 있었고 오른쪽에는 개인적인 편지, 왼쪽에는 펼쳐진 수표책이 놓여 있었다.

그녀는 열심히 뭔가 휘갈겨 쓰고 있었다. 그가 그녀에게 다가가자 그녀는 펜을 놓고 재빨리 압지로 잉크를 찍어낸 다음 종이를 접어 봉투 속에 넣었다. 그가 그녀에게 말했다.

"잘 주무셨는가?"

자신이 곁에 왔다는 것을 눈치채지 못한 사람에게 흔히 건네는 쾌활하면서도 은근히 비꼬는 듯한 말투였다.

그녀는 화들짝 놀란 듯 급히 몸을 돌렸다.

"아, 프릿츠!" 그녀가 명랑한 목소리로 말했다. "잘 잤어요?"

그는 다소 형식적으로 그녀의 뺨에 다정하면서도 간단하고 기계적인 키스를 한 다음 몸을 쭉 펴면서 마치 흠잡을 데 없는 자신의 외모에 손상이 가면 안 되다는 듯 옷소매와 코트 자락을 매만졌다. 아내는 그날 하루를 위한 남편의 차림새—구두, 양말, 바지, 코트, 넥타이를 비롯해 양복 매무새 등을 낱낱이 살핀 뒤에 컵처럼 오므린 손으로 얼굴을 받친 채 앞으로 내밀고 약간 당황한 듯하면서도 상냥한 표정을 짓고 있었다. 그녀의 얼굴은 마치 '당신 뭔가 나를 비웃을 일이 있는 거지요? 내가 어쨌다고 그러는 거예요?'라고 말하는 것 같았다.

잭은 두 발을 벌리고 두 팔을 옆구리에 댄 채 짐짓 엄숙한 티를 내고 있었지만 득의만만하고 기분 좋은 표정을 감추지 못했다.

"아니, 뭔데 그래요?" 그녀가 흥분한 목소리로 외쳤다.

잭은 대답 대신 한 손에 들고 있던 신문을 펼치더니 검지로 가리키며 말했다.

"이 기사 읽었소?"

"아뇨, 누가 쓴 건데요?"

"「헤럴드 트리뷴」지의 엘리엇이 쓴 기사요. 읽어줄까?"

"네, 읽어봐요. 뭐라고 썼는데요?"

잭은 자세를 바로잡더니 부스럭거리며 신문을 펼쳐 들고 양 미간을 찌푸리며 엄숙한 티를 냈다. 이어서 그는 깊은 마음속 기쁨과 만족감을 억누르려는 듯 짐짓 빈정거리는 말투로 목청을 가다듬으며 기사를 읽기 시작했다.

슐버그 씨는 최근 그가 연출한 작품에서 그의 특출한 온 갖 재능을 유감없이 발휘했다. 이번 시즌 들어 처음으로 그는 대사와 배경과 연기 등이 아주 훌륭하게 조화를 이 룬 작품을 우리에게 선사했다. 적절하게 자제되어 있으 면서도 은근히 설득력 있는 배우들의 연기는 관객에게 온갖 미묘한 의미를 맛볼 수 있게 해주었다. 최근의 무 대에서 오로지 큰 소리, 그것도 아무 의미 없는 큰 소리

들이 판을 치는 데 반해 그는 놀랄 만큼 웅변적인—정말
로 웅변적인—침묵을 우리에게 보여주는 놀라운 재능을
발휘했다. 이 모든 사실에 대해 그저 의례적인 칭찬 이상
의 찬사를 보내야 마땅할 것이다. 더욱이 슐버그 씨는 몽
고메리 모티머라고 하는 뛰어난 신인을 발굴했다. 그는
이번 시즌에 발견한 가장 재능있는 젊은 배우이다. 끝으
로……

잭은 근엄하게 목청을 가다듬으며 "에헴, 에헴" 기침을 하더
니 두 팔을 쭉 뻗어 신문 너머로 아내를 익살스럽게 바라본 다
음 계속 신문을 읽어나갔다.

결정적으로 그는 수년 이래 처음으로 완전무결한 무대장
치를 보여주어 브로드웨이의 모든 관객을 흐뭇하게 해
주었다. 그 무대장치는 바로 뛰어난 재능을 지닌 미스 에
스터 잭의 도움으로 가능했다. 이 3막 극에서 미스 잭은
아주 효과적인 무대장치 셋을 선보였는데 그녀가 이제
껏 보여준 작품 중에서 가장 효과적이었다. 그녀는 그 누
구라도 경의를 표하지 않을 수 없는 탁월한 재능을 보여

주었다. 미욱하지만 부지런함에서는 누구에게도 뒤질 것
없는 관찰자의 자격으로 필자는 그녀가 당대 최고의 무
대 감독이라고 단언할 수 있다.

잭은 갑자기 읽기를 멈추더니 장난기 머금은 표정으로, 하지
만 진지하게 신문 너머로 아내를 바라보며 말했다.

"방금 뭐라고 했소?"

"어머!" 그녀가 외쳤다. 기쁨과 흥분으로 붉게 물든 그녀의
얼굴에는 웃음기가 가득했다. "그걸 들었어요? 그냥 나도 모르
게 나온 건데…… 정말 굉장하지요? 자, 그다음엔 뭐라고 썼어
요?" 그녀는 애가 타는 듯 몸을 앞으로 굽히며 물었다.

잭이 계속했다.

미스 잭의 이 뛰어난 재능이 발휘될 기회가 이제껏 주어
지지 않았다는 것은 지극히 유감이라고 할 수밖에 없다.
이제 연극 자체에 대해 말하자면 우리로서는……

거기까지 읽은 잭이 갑자기 신문을 내려놓으며 말했다.

"나머지는 그저 그런 이야기야. 별로 뛰어나지도 않고 나쁘지

도 않다는 얘기지. 평론가가 늘 하는 소리지 뭐. 그런데 말씀이야!" 그는 짐짓 화난 척하며 말했다. "이 친구 정말 대담하군! 이 친구 도대체 어떻게 미스 에스터 잭의 재능을 발견한 거야? 내가 끼어들 자리는 없나? 당신 남편으로서 누릴만한 명성 같은 건 없나? 말단 한구석이라도 내 자리가 좀 있었으면 좋겠군."

이어서 그는 사람들이 흔히 그 무언가를 심하게 비꼴 때 그러듯 감정이 배제된 말투로 이야기를 시작했다. 그는 마치 보이지 않는 청중이라도 있는 듯, 또한 자신은 초연한 관찰자인 듯 허공에 대고 이야기했다.

"어쨌든 그는 그녀의 남편에 불과하다. 그가 도대체 누구인가? 흥!" 그는 경멸하듯 말을 이었다. "그런 뛰어난 여자를 아내로 맞을 만한 자격이 없는 사업가에 불과하도다! 그가 예술에 대해 뭘 아는가? 그가 아내를 이해할 수 있는가? 아내가 하는 일을 이해할 수 있는가? '이 친구들이 하는 소리가 도대체 무슨 뜻이야?'라고 말할 자격이 있는가?"

잭은 신문으로 눈길을 돌리며 짐짓 꾸민 듯한 목소리로 기사의 일부분을 다시 읽었다.

그는 수년 이래 처음으로 완전무결한 무대장치를 보여주

어 브로드웨이의 모든 관객을 흐뭇하게 해주었다. 그 무
대장치는 바로 뛰어난 재능을 지닌 미스 에스터 잭의 도
움으로 가능했다.

"좋아, 아주 좋아. 아주 뛰어나! 그런데 그녀의 남편이란 작
자는 그런 생각을 할 수 있었던가! 어림도 없지."

그는 비웃음과 함께 고개를 젓더니 통통한 둘째손가락을 좌
우로 휘두르며 큰 소리로 말했다.

"그녀의 남편은 머리가 모자란다! 그녀의 남편은 쓸모가 없
다! 그는 사업가일 뿐이다. 그는 아내를 이해하지 못한다."

순간 그의 눈에 눈물이 맺힌 것을 보고 그녀는 깜짝 놀랐다.
그의 안경에 김이 서려 뿌옇게 되었다.

그녀는 놀란 눈으로 그를 바라보았다. 그녀는 놀람과 항의하
는 듯한 표정을 띠고 그를 향해 몸을 기울였다. 그러나 동시에
그녀는 인간의 삶이 지닌 명료하지 않으면서 기이한 그 무언가
를 느꼈다. 그녀는 자주 그런 것을 느꼈지만 그것이 무엇인지
표현할 말을 찾지 못했었다. 그녀는 지금 그녀의 남편이 느닷없
이 무분별하게 드러낸 강한 감정이 신문의 평론과는 아무 상관
이 없다는 것을 깨달았다. 신문의 평자가 그녀를 '미스'라고 호

칭한 것에 대해서 남편이 유감을 표시하는 것이라고 말한다면 그것은 그저 익살맞은 농담에 불과하다. 그녀는 남편이 저렇게 폭발한 것은 바로 자신의 성공 때문이라는 것을 깨달았다.

순간 그녀에게 갑자기 남편이 온종일 일을 하는 거대한 도심지, 그 거대하고 깊은 구렁의 그림이 그려졌다. 그리고 뭐라고 말로 표현하기 힘든 격렬한 동정심을 느꼈다. 누구를 향한 동정심인지, 그 무엇을 향한 동정심인지는 정확히 말하기 어려웠다. 말할 수 없이 소란하고 분주한 가운데 동료들이 남편의 팔을 잡거나 등을 치면서 큰 소리로 말한다.

"이봐, 오늘 날짜 「헤럴드 트리뷴」지 봤나? 자네 부인에 대해서 뭐라고 썼는지 알아? 그녀가 자랑스럽지 않나? 축하하네!"

그녀는 그렇지 않아도 불그레한 남편의 얼굴이 그 같은 찬사를 받고 기뻐서 벌겋게 달아오르는 모습을 그릴 수 있었다. 남편은 빙그레 웃으며 다음과 같이 말한다.

"응, 본 것 같기도 해. 하지만 내가 그 정도 일에 흥분하리라고 생각하면 오산일세. 그건 우리에게는 낡은 이야기야. 너무 자주 들어서 이력이 났거든."

그날 밤 집으로 돌아온 그는 그날 들은 이야기들을 모두 아내에게 들려준다. 말투에 좀 쑥스러운 듯 짐짓 비아냥거리는 투가 숨어 있지만 그녀는 남편이 지극히 흡족해 있다는 것을 안다. 그녀는 또한 대부분 유대인인 남편의 부유한 동료들의 부인들이,—남편들이 사업계에서 이익을 열정적으로 추구하듯 예술계의 유행을 뒤쫓는 그녀들—자신의 성공 기사를 읽고 밤 중에 성장(盛裝)을 한 채 극장에 갈 것이며 에로틱한 방에서 서로 이야기를 나누게 될 것이라는 사실에 남편이 한층 더 자랑스러워하리라는 것을 안다.

몸집이 풍만하고 머리카락이 희끗희끗한 남편의 눈에 무슨 이유에서인지 눈물이 고인 모습, 마치 꾸중을 들은 어린아이처럼 입술을 삐죽 내밀고 있는 모습을 바라보며 그녀는 그 모든 것을 순간적으로 느꼈고 그렸다. 그러자 그녀의 마음은 뭐라고 말할 수도 없고 정의 내릴 수도 없는 연민에 더욱 가득 차서 남편을 다정하게 나무랐다.

"여보, 내가 그런 생각은 한 번도 해본 적이 없다는 걸 알잖아요! 언제 당신에게 그런 이야기를 한 적이 있어요? 당신이 내가 하는 일을 좋아하면 그뿐이에요. 신문쟁이들이 떠드는 것보다는 당신 말에 열 배 더 귀를 기울일 거예요. 그 사람들이 뭘 알겠어요?" 그녀는 아니꼽다는 듯 중얼거렸다.

잭은 안경을 벗더니 헝겊으로 닦았다. 그는 코를 힘차게 푼 다음 다시 안경을 썼다. 그는 엄지손가락으로 관자놀이를 짚고 다른 손가락들로 익살맞게 눈을 가리면서 황급히 사과했다.

"알아, 알아! 다 괜찮아. 그냥 농담한 거야." 그는 어색한 미소를 지으며 말했다. 그는 다시 한번 코를 풀었다. 그의 얼굴에는 언짢은 기색이 사라지고 없었다. 그리고 이제까지의 그의 행동이 모두 정상이었다는 듯 태연한 목소리로 말했다.

"그래 기분이 어떻소? 어젯밤에 다 잘 됐소?"

"네, 다 잘 끝났어요."

"다행이로군. 이걸로 이번 시즌 일은 끝난 거지?"

"네, 그래요. 솔직히 말하자면 시원하기도 해요. 당신은 모르겠지만 연극계에는 유능한 사람도 더러 있지만 대개 쓰레기 같은 사람들이에요. 뭔가 다른 일을 하고 싶기도 해요. 내가 할 수 있는 다른 일이 있다면 말이에요. 정말이에요." 그녀는 정색했다. 그녀는 자리에서 일어나 담뱃불을 붙이면서 말했다. "좀 싫증이 났어요. 하지만 다른 일거리가 있을지 모르겠어요. 아직 내게 그런 이야기를 한 사람이 없거든요."

"그 일이 그렇게 싫증이 났다면 신경 쓸 필요도 없잖소." 그가 약간 비꼬는 듯이 말하더니 덧붙였다. "왜 지레 앞일을 걱정하는 거요?"

그 말과 함께 그는 몸을 굽혀 그녀의 뺨에 다정하면서도 다소 기계적으로 입을 맞추었다. 그는 아내의 어깨를 가볍게 한 번 토닥거려준 후 밖으로 나갔다.

제11장 도심에서

잭은 아내의 불평에 늘 귀를 기울여왔다. 극장에서의 그녀의 일, 골칫거리들, 예사롭지 않은 경험들은 늘 그를 자극했다. 아내의 재능과 성공에 대해 커다란 자부심을 느끼고 있기 때문이기도 했지만 그 때문만은 아니었다. 그는 그와 같은 부류의 부유한 사람들, 특히 그처럼 매일매일 비현실적이고 환상적이며 매혹적인 투기의 세계에서 사는 사람들이 대개 그렇듯이 극장의 화려함에 이끌렸다.

그가 뉴욕에 첫발을 내디딘 이래 40년 동안 이룩한 발전이란, 조용하고 전통적인 생활, 지금 생각하면 따분하기 그지없는 사회생활과 가정생활로부터 보다 밝고 즐거운 세계, 끊임없이 새로운 환희와 흥분으로 가득 찬 새로운 세계, 그러면서도 불

확실성과 위협이 매섭게 상존(常存)하고 있는 세계로 옮겨간 것을 의미했다. 그의 유년기의 생활, 달리 말해 작은 도시에서 백 년 동안 사설 은행업을 해온 그의 가족의 생활이란 지금 생각하면 도저히 견딜 수 없을 정도로 지루한 생활이었다. 매년 시계가 돌아가듯 똑같이 반복되는 생활, 친척들끼리 의례적으로 정기 방문을 주고받는 일상생활은 두말할 필요도 없고 소규모의 조심스러운 상거래로 이루어지는 사업 역시 하찮기 그지없었다.

뉴욕에서 그는 이 맹렬한 도시의 어마어마한 발전 속도에 발 맞추어 가속적으로 성장, 또 성장을 이룩했다. 도시의 맥박은 그의 주변에서 점점 더 강하게 고동쳤으며 그도 그 맥박에 보조를 맞추었다. 그가 폐부 깊숙이 그 열기 띤 공기를 들이마시며 살고 있는 낮의 세계에서는 배우들이 살고 있는 한밤중의 극장 세계에서처럼 반짝이는 불길들이 작열하고 있었다.

매일 아침 아홉 시에 잭은 운전기사가 모는 번쩍이는 승용차에 몸을 싣고 사무실로 돌진했다. 차를 모는 기사의 모습을 바라보며 잭은 흐뭇했다. 기사의 혈관 속에는 도시 전체를 움직이는 강한 전류가 피 대신 흐르는 것 같았다. 눈을 좌우로 굴리며 정확하게 핸들을 다루는 모습, 다른 차들과 살짝 스쳐 지나가고, 급가속하고, 홱 방향을 바꾸고, 미친 듯 질주하는 그의 모습은 도시의 대동맥을 통해 팔딱거리고 있는 강력한 에너지와 조화를 이루고 있었으며 그의 체내에서는 도시와 마찬가지로 그 무언가 불건전한 화학물질이 작용하고 있는 것 같았다.

운전기사의 부자연스럽고 불건전한 에너지는 잭에게 지금 자신이 살고 있는 연극적이고 환상적인 세계의 이미지를 환기했다. 그는 자신이 실용적이고 검소한 빛을 받으며 일터로 가는 무수히 많은 다른 사람들과는 다르다고 느꼈다. 자신, 그리고 뉴욕과 한 몸을 이룬 운전기사는 이 세상과 맞서 싸우는 영리하고 강력한 사람들처럼 여겨졌다. 괴물처럼 거대한 도시의 건물들, 주마등처럼 획획 지나가는 혼잡한 교통, 사람들이 붐비는 거미줄 같은 길들, 이 모든 것이 그에게는 그의 활동의 멋진 배경에 다름 아닌 것처럼 여겨졌다.

이 모든 것, 위협, 투쟁, 책략, 힘, 은밀함, 그리고 승리에 대한 감각, 그리고 무엇보다 남들보다 우월하다는 감각이 잭을 한층 즐겁게 해주었으며 직장으로 향하는 그를 한껏 환희에 취하게 해주었다.

그가 지금 일하고 있는 투기의 세계, 이처럼 극적인 모습과 색깔을 갖추게 된 그 세계는 그 어디에서건 바로 이 특권의식에 의해 지탱되는 세계였다. 그 특권은 자신이 지닌 신비스러운 직관 덕분에 평범한 노선에서 벗어나게 된 특출한 사람들이 지닌 특권이다. 그들은 노동하거나 생산하지 않고 화려하게 살도록 선택되었다. 그들의 이익은 매초 마다 믿을 수 없을 만큼 증가하고 고개를 끄덕이거나 손가락을 한 번 튕기는 것만으로도 그들의 부(富)는 어마어마하게 늘어갔다.

이 행운 계층에 속하지 못한 사람들은 그 계층에 속한 사람들을 부러워한다. 그렇기에 잭은 물론이고 수많은 사람이 그런 현상을 당연시했다. 그리고 사회 구조가 머리부터 발끝까지 특권과 부정직, 혹은 불성실로 벌집 모양을 이루고 있다는 사실이 이치에 맞을 뿐 아니라 자연스러운 것처럼 보였다.

예를 들어 잭은 그의 운전기사 중 한 명이 늘 자기를 속인다는 것을 알고 있었다. 그는 그 기사가 휘발유, 윤활유, 타이어 대금 및 자동차 검사 대금 영수증을 늘 과다 청구한다는 것을 알고 있었다. 그 운전기사가 점포 주인과 결탁하여 가짜 계산서를 만들고 상당액을 주인에게서 받아낸다는 것을 알고 있었다. 하지만 잭은 그 때문에 골치를 썩이지 않았다. 오히려 그런 일에 어느 정도 냉소적인 즐거움을 느끼고 있었다. 그는 무슨 일이 벌어지고 있는지 훤히 알고 있었지만 마찬가지로 자기에게 그 정도는 감당할 여유가 충분하다는 것도 알고 있었다. 그리고 그런 생각은 그에게 자신이 권력자임을 느끼게 해주었고 안정감을 주었다. 그런 일에 대해 그가 어떤 반응을 보였더라도 그것은 대수롭지 않게 어깨를 으쓱하며 이렇게 생각하는 정도일 뿐이었다.

'그래? 그게 어때서? 별도리가 없잖아? 다들 그렇게 하는 판인데. 그놈이 아니면 다른 놈이 해 먹겠지, 뭐.'

마찬가지로 그는 집안 하녀들 몇 명이 물건을 빌린다는 명목으로 가져가서는 돌려주지 않는다는 사실도 알고 있었다. 그는 또한 소방대원과 경찰 몇 명이 쉬는 시간 대부분을 그의 집 부엌이나 하녀들의 방에서 지낸다는 사실도 알고 있었다. 공공의 안녕과 질서를 수호한다는 그들이 매일 밤 자기 집 식탁에서 제일 맛있는 음식을, 그것도 그의 가족들이 손도 대기 전에 먼저 의젓하게 골라 잡수신다는 사실, 제일 맛 좋은 위스키와 진귀한 포도주를 그들이 축낸다는 사실도 알고 있었다.

하지만 정말로 귀한 아일랜드 위스키가 밤새 없어진 것을 보고 화를 냈던 경우를 제외하면 그는 아무 말 없이 그 모든 것을 넘겨 버렸다. 그의 그런 태도에 아내 에스터가 가끔 항의할 때도 있었다.

"여보, 저 애들이 손대면 안 되는 물건에 손을 대는 게 분명해요. 정말 고약한 일 아니에요? 어쩌면 좋아요?"

그의 대답은 고작해야 어깨를 으쓱하며 손바닥을 뒤집어 보이는 것이 전부였다.

가족에게 드는 주거비용, 의복비, 식비, 유흥비는 막대했다. 게다가 상당액은 피고용인들이 낭비하거나 착복하는 데 들어간 비용이었다. 하지만 그는 조금도 개의치 않았다. 매일 매일 그가 벌이는 사업과 벌어들이는 돈에 비하면 극히 미미한 액수였기에 신경 쓸 필요가 없었다.

그가 그런 무심한 태도를 보이는 것은 세상이 극도로 타락한 데 대해 절망하고 오로지 쾌락만 추구하겠다는 결심에서 나온 행위가 아니었다. 오히려 정반대였다. 그런 것들을 용납해줌으로써 그의 마음이 편해지기 때문이었다. 그는 자신이 이룩한 세계가 강철로 만든 실로 짜여 있다고, 피라미드처럼 우뚝 솟은 그의 투자금은 끄떡도 없고 계속 증가해가리라고 확신하고 있었다. 따라서 하인들이 저지르는 부정은 작은 결점일 뿐 아무런 문제도 되지 않았다.

그런 점에서 프레더릭 잭은 그와 비슷한 계급이나 지위에 속한 수만 명의 다른 사람들과 기본적으로 다른 점이 없었다. 그 시대에 그런 신분을 지닌 그가 다른 식으로 생각하고 행동했다면 그는 기이한 사람 취급을 받았을 것이다. 그들은 모두 똑같은 직업병의 제물들이었기 때문이었다. 그들은 자신들에게 감각이 존재한다는 것을 부정하는 일종의 집단 최면에 걸려 있었다. 모든 가치가 거짓이고 연극적인 그런 세계를 바로 자신들이 창조해 놓고서, 자기 자신을 치명적인 환상에 사로잡힌 존재가 아니라 가장 유식하고 실천적이며 냉정한, 살아있는 존재로 생각한다는 사실은 정말 기괴하고 역설적인 일이었다. 그들은 자기 자신을 투기라는 가상 현실에 사로잡힌 노름꾼으로 보지 않고 매일 매 순간 '국가의 맥박에 손가락을 짚고 있는' 존재, 위대한 일을 수행하고 있는 뛰어난 행정관료인 것처럼 생각하고 있었다. 따라서 그들은 온갖 형태의 수많은 특권, 부정, 이기적인 행동만 눈에 띄는 주변을 둘러보며 삶이란 불가피하게 '으레 그런 것'이라고 생각하고 있었다. 가령, 그들 사이에서 어떤 사람의 행동을 두고 토론이 벌어졌다고 치자. 이 실천적이며 냉정하다고 자처하는 사람들 중 한 명이 이해타산에서 벗어난 행동을 했다고 치자. 그는 자신이 사랑하는 사람에게 고통을 주느니 자신이 고통을 겪는 게 나을 것 같아서 그런 행동을 했다고 말한다. 그는 성실성 그 자체를 위해 성실했다고 말한다. 그는 오로지 자기 내면의 성실성에 비추어 팔거나 살 뿐이라고 말한다. 그러면 주변의 이른바 유식한 사람들은 어깨를 으쓱하며 냉소적인 미소를 띠고 이렇게 말할 것이다.

"됐네, 그만하게. 난 자네가 좀 더 현명한 사람인 줄 알았는데. 이제 그런 이야기 그만하고 우리 모두 알아들을 수 있는 이야기를 하세."

그들은 인간성에 대한 그들의 비전이 뒤틀려 있음을 깨닫지 못한다. 그들은 자신들의 '견고함', '불굴의 정신', '지능'을 스스로 자랑스럽게 생각한다. 바로 그 때문에 이 지상의 온갖 어둡고 검은 모습들을 그토록 쉽게 용인해주는 것이다. 그런데 얼마 가지 않아 그들이 그토록 자랑스러워하던 '견고함'과 '지성'의 실체가 그들에게 모습을 드러낸다. 그것이 순전히 거품이었음을 알게 되는 것이다. 그들의 비현실적인 세계의 거품이 갑자기 그들의 눈앞에서 폭발해버리면 대부분은 그 거친 현실과 진실을 직면하기 어려워 정신이상이 되거나 사무실 창문으로부터 저 아래 거리로 몸을 내던진다. 설사 그 거친 현실, 진실과 용감하게 맞서는 사람이 있더라도 풍만하며 빈틈이 없던 그가, 그토록 자신만만하던 그가 이제 미숙하고 조로(早老)한 마비 상태의 인간으로 위축되어 버린다.

하지만 그것은 아직 미래의 일이다. 그런 상황이 임박해 있었지만 그들은 그 사실을 알지 못했다. 그들은 그들의 살아있는 감각이 명백하게 보여주는 것을 부정하는 훈련을 받았기 때문이다. 1929년 10월 중순, 그들은 더할 나위 없는 만족감과 확신에 넘쳐 있었다. 그들은 주변을 둘러보고 모든 것이 잘못되었음을 그들의 눈으로 직접 목격하고 있었다. 하지만 그들은 그릇된 것을 정상적이고 자연스러운 것으로 받아들이도록 훈련된 사람들, 스스로 훈련한 사람들이었기에 그러한 발견은 삶의 즐거움을 한결 고취해줄 뿐이었다.

그들이 주로 화제로 삼는 것은 인간의 속임수, 배반, 부정에 관한 것이었다. 그들은 운전기사, 하녀, 요리사, 주류 밀매업자들의 비행(非行)에 대한 일화들을 늘어놓는 것을 낙으로 삼았다. 그들은 그들의 비행을 괘씸하게 여기거나 그에 대해 분개하지 않고 오히려 즐거워했다. 잭도 자신의 십팔 번 이야기를 하나 가지고 있었고 그가 여러 번 그 이야기를 익살스럽게 소개하곤 했기에 뉴욕시 최고급 만찬 석상에서 인구에 회자하는 이야기가 되었다.

몇 년 전 그가 아직 웨스트사이드의 낡은 벽돌집에 살고 있을 때의 일이다. 그의 아내는 매년 자신이 일하고 있는 극단 단원들을 초대해서 만찬을 열었다. 파티가 한창 절정에 이르러 배우들과 스태프들이 음식과 술을 마음껏 즐기고 있을 때였다. 근처에서 갑자기 경찰차 사이렌 소리가 요란하게 울렸다. 사이렌 소리는 분명히 그의 집 쪽을 향하고 있었다. 이윽고 오토바이를 타고 있는 두 명의 경찰의 호위를 받으며 트럭 한 대가 문 앞에 멈추는 것을 보고 잭을 비롯해 손님들은 모두 깜짝 놀랐다. 그들은 창가로 몰려가 밖을 내다보았다. 두 명의 경찰관이 오토바이에서 뛰어내렸다. 자기 집 하녀들과 가까이 지내던 경찰임을 잭은 알아볼 수 있었다. 그들은 트럭에서 내린 몇 명의 동료들의 도움으로 커다란 맥주 통을 트럭에서 내렸다. 경찰들이 파티에 선물로 가져온 것이었다. 실은 그들도 파티에 초대된 사람들이라고 할 수 있었다. 잭 부부는 집에서 파티가 열릴 때면 하녀들과 요리사들도 부엌에서 경찰들과 소방관들을 초대해 파티를 베풀도록 허용하고 있었다. 잭이 경찰에게 맥줏값을 치르려고 하자 경찰 중 한 명이 말했다.

"됐습니다, 나리. 괜찮습니다." 이어서 경찰은 목청을 낮춰 말했다. "우리도 돈 한 푼 안 들었습니다. 아시잖아요. 자기네 일을 봐준 데 대한 사례로 받은 겁니다."

잭은 금세 말을 알아들었다. 그는 정말로 친절하고 너그러운 사람이었다. 그들은 몇 년 동안 잭의 맥주를 백 통 이상 축낸 자들이었지만 그들의 이런 행동은 그의 마음을 훈훈하고 기쁘게 해주었다.

그가 너그러운 심성의 소유자임을 보여주는 증거는 수두룩하다. 그는 어려운 처지의 사람들, 예컨대 운이 다한 배우들, 무대를 새롭게 빛내겠다는 꿈을 끝내 이루지 못한 노처녀 배우들, 친구, 친척, 늙은 하인들을 돕고 또 도왔다. 그는 또한 자애롭고 너그러운 아버지였다. 그는 외딸의 손에 아낌없이 선물을 안겨 주었다.

그토록 열에 들떠 있는 세계, 끊임없이 변화하는 세계 속에 살면서 그의 종족이 고대로부터 지켜온 전통을 그가 이상하리만치 굳건히 고수하고 있다는 것은 신기한 일이었다. 그 전통이란 바로 신성불가침한 가족의 안정을 지켜야 한다는 신념이었다. 그리고 바로 그 신념이 그와 아내를 강하게 맺어주고 있는 유일한 끈이었다. 그들은 부부간이면서도 각자 자기들만의 개인적인 삶을 살기로 이미 오래전에 합의한 상태였다. 하지만 그들은 가족의 결속을 유지한다는 공통되는 노력 속에서 하나로 결합해 있었다. 그리고 그들은 그것에 성공했다. 그 때문에,

그리고 그것을 바탕으로 잭은 아내를 존중했고 아내를 향한 진정한 애정을 지니고 있었다.

그것이 바로 스피드에 취한 도시에 길이 든 운전기사에 의해 매일 아침 일터로 향하는 깔끔한 한 사내의 모습이었다. 그리고 그가 차에서 내린 곳 100미터 거리 안에서, 그와 비슷한 복장을 하고 비슷한 믿음을 지니고 있으며 아마 그와 비슷하게 친절하고 자애로우며 너그러운 마음씨를 지닌 수천 명의 사람들이 번개 같은 차에서 내려 전설과 연기(煙氣)와 격정의 하루로 들어가고 있었다.

각자의 사무실 빌딩 안으로 들어간 그들은 속도가 빠른 엘리베이터를 타고 구름 위로 치솟은 사무실로 올라간다. 그리고 그들은 격정적인 광기에 사로잡힌 분위기 속에서 사고팔고 거래한다. 광기는 온종일 그들을 감싸고 있었으며 그들도 그것을 의식하고 있다. 그렇다, 분명 그들도 그것을 느끼고 있다. 하지만 그들은 그에 대해 한마디도 하지 않는다. 자기 주변에서 광기를 보고 느끼더라도 그에 대해 한마디도 하지 않는 것, 심지어 그것을 스스로 인정하지 않는 것이 이 시대 특질 중의 하나인 때문이었다.

제12장 출정을 앞두고

잭 부인은 저녁 8시가 지나자 자기 방에서 나와 드넓은 아파트 복도를 걸어서 뒤쪽으로 갔다. 손님들에게는 8시 반까지 와 달라고 했지만 오랜 경험으로 보아 9시가 되어야 파티가 제대로 활기를 띠리라는 것을 그녀는 알고 있었다. 그녀는 종종걸음으로 민첩하게 복도를 걸어가면서 팽팽한 긴장감을 느꼈다. 슬그머니 염려되기는 했지만 그다지 불쾌하지 않은 긴장감이었다.

준비가 다 됐을까? 내가 뭐 잊은 건 없나? 애들은 시키는 대로 다 했을까? 애들이 실수한 건 없을까? 오, 제발 노라가 다시 술을 마시기 시작하지 않았으면 좋겠는데. 그리고 제니, 걔는 더할 나위 없이 착해. 하지만 정말 바보란 말이야. 그리고 쿠

키, 그래, 요리는 잘해. 하지만 영어를 영 못 알아듣는단 말이야. 뭘 좀 일러주려고 하면 당황해서 독일어만 주워섬기고…… 아예 말을 안 하는 게 낫지. 그리고 메이, 개는 그저 일을 제대로 해주기만 기도하는 수밖에 없어. 자기네들이 여기서 얼마나 잘 지내고 있는지 알기나 하는지! 고마움을 표시하기를 기대한다는 건 말도 안 되는 일이지!

하녀들 생각을 하면서 그녀는 약간 화가 났다. 하지만 그와 동시에 그 애들이 불쌍하다는 생각이 들었다. 그녀는 평정심을 되찾고 생각했다.

'그래, 불쌍한 것들! 나름대로 열심히 하고 있잖아. 내가 개들에게 맞춰야지. 그리고 무엇보다 내 손으로 직접 하면 되잖아.'

그런 생각을 하는 동안 그녀는 거실 입구에 이르러 주위를 둘러보았다. 그녀는 순간적으로 만족스러웠다. 거실 안은 파티 준비가 완벽하게 갖춰져 있었다. 거실은 그녀가 원하는 모습을 그대로 보여주고 있었다. 거의 왕실에 가까운 품위를 갖추고 있는 데다 그녀의 흠 잡을 데 없는 기호가 곁들여져 자칫 호사스러움이 줄 수 있는 차가운 느낌도 전혀 들지 않았다. 겉보기에는 화려해 보였지만 조금 자세히 들여다본 사람들은 그 방이 좀 초라하다는 느낌을 받을지도 모른다. 대부분 가구가 조금은 낡은 것들인 때문이었다. 모두 그녀의 취향에 의해 마련된 것들이었다. 벽난로 선반 위에는 지금은 작고한 상당히 유명한 화가가 오래전에 그린 그녀의 초상화가 걸려 있었다. 20세 때의 아름다운 그녀의 모습을 그린 초상화였다.

방안 삼면 벽에는 3분의 1 정도 높이까지 책장이 놓여 있었다. 모두 사람의 따뜻한 손때가 묻은 친근한 책들이었다. 읽고 또 읽은 흔적이 뚜렷했다. 그 책들은 읽지도 않으면서 서재에 장식용으로 진열해 놓은 금박 표지의 화려한 책들과는 달랐다. 또한, 직업적 욕심에 광적으로 수집해 놓은 책도 없었다. 이 실용주의적인 책장에 초판본이 있다면 주인이 어서 읽고 싶다는 욕심에 출간되자마자 사들인 것들이었다.

벽난로에서 탁탁 소리를 내며 타는 소나무들이 이 낡은 책들 표지에 따뜻한 빛을 던져주고 있었다. 잭 부인은 책과 불빛의 아늑한 조화를 바라보며 마음속으로 평화와 위안을 느꼈다. 그녀는 소설, 역사, 희곡, 시, 전기, 그리고 장식과 디자인, 회화, 건축 등에 관한 묵직한 책들을 바라보았다. 그녀가 일과 여행과 생활을 하면서 짬짬이 모은 책들이었다. 그 책들은 그 방을 채우고 있는 가구들과 아주 멋진 조화를 이루고 있었다. 그 멋진 방안을 둘러볼 때마다 잭 부인이 더욱 아름다움으로 빛나는 것은 당연한 일이었다. 그녀는 이 세상에 이 방보다 멋진 방은 없으리라고 자신했다. 그녀는 생각했다.

'그래, 이것들은 내 몸의 일부로 살아있어. 오, 정말 얼마나 아름다운지! 얼마나 따뜻하고 진실한지! 세 들어 사는 집 같지 않아. 이 아파트의 다른 집들과도 달라.' 그녀는 넓고 긴 복도를 흘낏 바라보았다. '엘리베이터만 없다면 근사한 고풍의 저택처럼 보일 거야. 뭔가 웅대하고 호사스러우면서도 소박한 맛을 풍기거든.'

사실이었다. 당시 그런 소박함을 얻기 위해 1년에 1만 5천 달러의 세를 낸다는 것은 보통 일이 아니었다. 그 생각이 마음속에서 반향을 일으킨 듯 그녀는 계속 생각했다.

'요즘 부자들이 사는 굉장한 집에 비해서 그렇다는 말이야. 그런 게 어디 비교가 되나? 그들이 제아무리 부자면 뭐 해! 이곳에는 돈을 아무리 주더라도 결코 살 수 없는 게 있어.'

그녀는 '부자들이 사는 굉장한 집'이라는 문장을 생각하면서 코를 벌름거리며 비웃는 듯한 표정을 지었다. 그녀가 늘 부(富)를 경멸해온 때문이었다. 그녀는 부자의 아내였고 경제 사정 때문에 일을 해야 하는 처지도 아니었지만 그녀와 그녀의 가족을 부자라고 부를 수는 없다는 것이 그녀의 흔들림 없는 신넘이었다. 그녀는 경제 사정이 자기만 못한 1억 3천만 명의 사람들을 염두에 둔 것이 아니라 그들 가족보다 우위에 있는 1만 명의 '진짜 부자'를 염두에 두고 그렇게 확신한 것이다.

게다가 그녀는 '일하는 사람'이었고 늘 '직업여성'이었다. 그 작고 확신에 찬 그녀의 손이 지닌 힘과 맵시, 날렵함을 한 번 보기만 해도 그 손의 주인이 일하는 삶을 살고 있다는 것을 단번에 알아차릴 수 있다. 바로 그 성취로부터 그녀의 깊은 자존심, 영혼의 고결함이 비롯된 것이다. 그녀는 남자의 돈지갑이 베푸는 혜택도, 보호의 손길도 필요로 하지 않았다. 그녀는 스스로 자신의 길을 헤쳐 나갔다. 그녀는 자신의 능력으로 살아갈 수 있었다. 그녀는 아름답고 영속적인 것을 창조했다. 그녀는 게으름이라는 단어의 뜻을 애당초 모르는 여자였다. 따라서 그녀가 자신을 '부자'라고 생각해본 적이 없다고 해서 하등 놀랄 일이 아니다. 그녀는 '일하는 사람'이며 늘 '일을 해온 사람'이지 돈이 주는 여유를 즐기는 '부자'가 절대로 아니었다.

거실을 살펴본 잭 부인은 이번에는 부엌을 살펴보았다. 모든 것이 완벽하게 준비되어 있었다. 식탁 한가운데 아름다운 꽃들이 꽂힌 화병이 놓여 있었고 식탁 네 귀퉁이에 접시들이 쌓여 있었으며 나이프, 스푼, 포크 등이 가지런히 놓여 있었다. 그리고 식탁 위에는 저절로 군침이 도는 갖가지 음식들이 차려져 있었다. 뷔페식 차림이었다. 손님들은 입맛에 맞게 마음대로 음식을 골라 먹을 수 있었으며 입맛이 까다로운 손님들을 위한 음식도 준비되어 있었다.

한쪽 끝의 거대한 은 접시 위에는 먹음직스럽게 구운 커다란 로스트비프 덩어리가 놓여 있었다. 또 다른 접시에는 설탕을 발라 구운 버지니아 햄 덩어리에 향기로운 정향(丁香)이 꽂혀 있었다. 그 접시들 사이에 입안에 저절로 군침이 돌게 할만한 갖가지 음식이 놓여 있었다. 야채샐러드와 치킨 샐러드, 게살, 껍질을 벗겨낸 왕새우, 값비싸고 진귀한 황금빛 연어가 놓인 접시들이 있었고 검고 붉은 철갑상어알이 담긴 접시와 온갖 종류의 전채 요리들이 있었다. 한마디로 말해 사람들이 원하는 음식은 모두 다 동원되었다고 할만했다.

그야말로 거대한 향연이었다. 마치 전설 속에 전해오는 향연을 보는 듯했다. 잭 부인이 진두지휘한 이런 엄청난 만찬을 감히 마련할 수 있는 이른바 '부자'는 거의 없을 것이다. 오직 잭 부인만이 이런 '일'을 할 수 있었다. 그 만찬은 그녀의 작품이었으며 그녀만이 그 작품을 제대로 창작할 수 있었다. 그녀의 파티가 유명한 것도, 일단 초대를 받으면 한 사람도 빠짐없이 참석하는 것도 그 때문이었다. 이상하게 들릴지 모르겠지만 그렇게 풍성하게 차린 식탁 어느 구석에서도 무질서하거나 정도에 넘쳐 보이는 느낌은 들지 않았다. 그 식탁은 잭 부인의 구상과 정확한 '디자인'에 의해 이룩된 하나의 기적이었다. 그 식탁을 보고 뭔가 부족하다고 느끼는 사람도 없을 것이고 그 어느 음식 하나도 지나치게 많다고 느끼는 사람이 없을 것이다.

식당 어느 곳이건 단순성과 힘이 넘쳐흐르고 있었고 흠잡을 데 없는 취향이 느껴졌지만 의도적으로 꾸몄다는 느낌은 전혀 들지 않았다. 그냥 있는 그대로 자연스럽고 우아하며 격에 맞을 뿐이었다.

흡족한 기분으로 식탁을 둘러본 잭 부인은 부엌과 하녀들이 거처하는 방으로 통하는 문을 열고 안으로 들어갔다. 안에서 하녀들의 웃음소리가 들려왔다. 부엌으로 들어간 그녀는 하녀들에 대해 걱정했던 자신을 비웃었다. 노라는 술에 취하지 않은 채 단정한 모습이었고 모두 맡은 일을 부지런히 수행하고 있었다. 만사가 잭 부인이 예상했던 것보다 완전무결했다. 빠뜨린 것은 하나도 없었으며 준비도 완벽했다. 멋지고 화려한 파티가 될 것이 분명했다.

초인종이 날카롭게 울렸다.

"벌써 누가 왔을까? 아직 8시 15분밖에 안 됐는데."

제니가 재빨리 문을 향해 걸어갔고 잭 부인은 흡족한 기분으로 부엌을 다시 한번 둘러본 뒤에 제니의 뒤를 따라 현관으로 갔다.

잭 부인의 짐작대로 피기 로건 씨였다. 그는 묵직한 여행 가방을 두 개 들고 있었다. 땅딸막한 체구에 다소 무뚝뚝해 보이는 30세가량의 청년이었다. 불그스레한 빛을 띠고 있는 짙은 눈썹에 되는대로 면도해 놓은 턱수염 때문에 둥근 얼굴은 지저분한 느낌을 주었다. 낮은 이마에는 주름이 잡혀 있었으며 대머리는 땀으로 번들거렸다. 그는 손수건을 꺼내어 이마와 머리의 땀을 닦았다.

"어이쿠!" 로건이 가방을 내려놓으며 말했다. 사람들이 그의 애칭으로 부를 정도로 그가 자주 발하는 감탄사였다.

"어머, 정말 힘드셨겠네요. 짐이 많다고 미리 말씀해 주셨으면 운전기사를 보냈을 텐데요."

"아닙니다. 늘 제가 할 일은 제가 합니다. 이것들이 제 밑천인 셈인데 남들에게 맡겼다가 잘못되는 일이 있으면 안 되니까요. 제가 보여줄 '쇼'와 관련된 게 이 안에 다 들어있습니다." 그는 소년 같은 미소를 지으며 말했다.

"알겠어요." 잭 부인은 고개를 끄덕이며 이해한다는 표정을 지었다. "다른 사람에게 의지하는 걸 정말 싫어하시지요. 정말 대단한 공연이에요. 한번 본 사람들은 모두 감탄해요. 로건 씨가 오신다는 말을 듣고 모두들 야단이에요. 너무 유명하세요. 요즘 뉴욕에서는 온통……."

"자, 이제……." 로건 씨가 그녀의 말을 잘랐다. 태도는 여전히 정중했지만 그는 이미 잭 부인에 대해서는 신경을 쓰지 않았다. 그의 머릿속은 앞으로 해야 할 일에 대한 생각으로 가득 차 있었다. 그는 거실로 들어가더니 생각에 잠긴 얼굴로 방안을 꼼꼼하게 둘러보았다.

"여기가 공연장소이지요? 그렇지요?" 그가 물었다.

"네, 맞아요. 마음에 드실지 모르겠어요. 마음에 안 드시면 다른 방을 쓰셔도 좋아요. 하지만 이게 제일 큰 방이에요."

"아니, 됐습니다. 이 정도면 훌륭합니다. 저 벽 쪽에서 문을 마주 보고 공연하면 되겠군요. 사람들은 이쪽에서 관람하고…… 가구는 한쪽으로 몰아야겠군요. 자, 이제 옷을 좀 갈아입어야겠습니다. 어디 빈방이 있으시면……." 그는 마지막 말을 거의 명령조로 말했다.

"아, 네." 잭 부인이 황급히 말했다. "저 복도 끝 오른쪽 방에서 갈아입으시면 돼요. 하지만 그 전에 뭐 좀 드시지 않겠어요? 시장하실 텐데……."

"아니, 괜찮습니다. 고맙습니다만 저는 공연 전에는 아무것도 먹지 않습니다." 그는 가방 손잡이를 잡으며 말했다. "저, 그럼 이만……."

"뭐, 도와드릴 일이라도……."

"아뇨, 괜찮습니다."

그는 가방을 들더니 낑낑거리며 잭 부인이 일러준 방을 향해 비틀비틀 걸어갔다. 여주인은 약간 당황한 표정으로 그의 뒷모습을 바라보았다.

그녀는 그의 소문을 익히 들어서 알고 있었다. 그는 뉴욕에서 금년도 화제의 중심인물이었다. 모든 사람이 그의 공연에 대해 이야기했고 그에 관한 기사가 신문을 뒤덮었다. 그는 롱아일랜드와 파크애비뉴의 부자들, 말하자면 첨단 사교계의 인기를 독차지하고 있는 인물이었다. 그의 뒷모습을 바라보며 우리의 재능 있는 숙녀의 콧구멍이 아니꼽다는 듯 약간 벌렁거렸다. 하지만 그를 파티에 불러오는 데 성공했다는 생각에 기분 좋은 승리감이 드는 것은 어쩔 수 없었다.

그렇다, 피기 로건 씨는 금년도 뉴욕에서 폭발적 인기를 누리고 있는 인물이었다. 뉴욕의 상류층 사교계 전체가 그에게 열광했다. 그는 인형극의 창시자였고 이 흥미로운 여흥 거리에 대한 사람들의 갈채는 놀라운 것이었다. 사교계에서 로건 씨나 그의 인형극에 대해 지적(知的)인 토론을 할 줄 모른다는 것은 장 콕토의 이름이나 초현실주의에 대해 한마디도 들어본 적이 없다고 하는 것과 마찬가지였다. 그것은 피카소나 브랑쿠시(루마니아의 조각가-옮긴이 주), 혹은 위트릴로(프랑스의 화가-옮긴이 주)나 거트루드 스타인(미국의 작가-옮긴이 주)의 이름을 듣고 어리둥절해하는 것과 마찬가지였다. 피기 로건이나 그의 작품에 대해 논할 때면 사람들은 위에 언급된 예술가들에 대해 식자들이 보이는 것과 같은 존경심을 드러냈다.

신문 지상에서는 연일 그에 대한 찬사가 쏟아졌으며 찬사의 무게가 날이 갈수록 더해졌다. 처음 그의 작품에 대해 언급한 평론가는 그의 공연을 '놀라울 정도로 흥미롭다'고 표현했다. 하지만 그 표현은 곧 진부하기 짝이 없는 표현이 되어버렸다. 어느 세련된 칼럼니스트가 그의 공연에 대해 '초기 찰리 채플린 이래 무언극을 통해 비극적 유머를 이토록 고급스럽게 표현한 경우는 없었다'라고 찬사를 던진 후에 흥미롭다는 표현은 사라졌다. 이후 거의 모든 평론가가 앞다투어 그의 작품을 찬양하는 새로운 어휘를 창안해 냈으며 그의 작품에 대한 평과 함께 작은 인형 사진들이 신문과 잡지에 실렸다. 이어서 평론가들 사이에서 논쟁이 벌어졌으며 급기야 그의 작품이 피카소의 입체주의의 영향을 받았다고 주장하는 쪽과 브랑쿠시의 기하학적 추상주의의 영향을 받았다고 주장하는 쪽 사이에 열띤 토론이 잇따라 벌어졌다.

그런 논쟁은 사실 로건의 말 한마디면 해결될 일이었다. 하지만 로건은 한마디도 하지 않았다. 실제로 그는 자신이 야기한 소동에 대해 거의 말이 없었다. 이미 여러 평론가가 의미심장하게 지적했듯이 그는 '위대한 예술가로서의 본질적인 단순성, 실재의 핵심을 정곡으로 꿰뚫는 천진난만한 순진성'을 지닌 인물이 되었다. 로건의 예술에 대하여 탁월한 견해를 발표한 학자나 평론가는 일급으로 평가받았으며 그에 대해 전문적인 지식을 지니지 못한 평론가는 평단에서 도태되었다. 로건에 대해 전문적인 지식과 견해를 지녔다는 것은 드높은 지성계의 일원으로 대접받을 수 있다는 면허증을 획득하는 것과 같았다.

미래 세계에서 보자면—분명히 좀 아둔하고 이해력이 부족한 종족들이 살게 될—이 모든 것이 좀 이상하게 보일지도 모른다. 하지만 이 현상이 이상하게 보이는 것은 1929년에 이곳에서 살아간다는 게 어떤 건지 미래 세계가 망각했기 때문일 것이다.

1929년이라는 그 은혜롭고 감미로운 세계에서는, 존 밀턴이 지루한 사람이고 공연히 '허세를 부린 사람'이라고 사람들은 심드렁하게 이야기했다. 실제로 이 시대 비평계는 '허세를 부린 사람들'을 무수히 발견해 냈다. 괴테, 입센, 바이런, 톨스토이, 휘트먼, 디킨스, 발작 등의 속옷이 두려움 모르는 그 시대의 지식인들에 의해 무자비하게 벗겨졌고 그 속이 하찮은 지푸라기로 채워져 있다는 사실이 낱낱이 밝혀졌다. 말하자면 그 어떤 일이건 혹은 그 어떤 인물이건 폭로될 수밖에 없는 운명에 처해 있었다고 보면 된다. 오로지 폭로자 자신과 피기 로건, 그리고 그의 인형들만 그 운명에서 벗어나 있었다.

요즘에는 인생이 너무 짧아져서 전에 사람들이 많은 시간을 들였던 일들에 신경 쓸 겨를이 없다. 200페이지가 넘는 책을 정독하기에는 인생이 너무 짧았다. 톨스토이의 『전쟁과 평화』 같은 소설은—비록 그 책이 대단하다는 사람들의 평가가 사실이라 할지라도—개개인에게는 아무리 읽어보려 해도, 정말이지, 거기 시간을 빼앗기기에는, 정말이지, 인생이 너무 짧았다.

톨스토이, 휘트먼, 드라이저나 딘 스위프트에게 시간을 빼앗기기에는, 그해에 너무 시간이 없었다. 하지만 피기 로건과 그가 보이는 인형 곡예에 열정적인 관심을 보이지 못할 정도로 짧지는 않았다.

그 시대의 가장 고도의 지식인들, 선택된 아주 소수의 명민한 사람들은 많은 일에 염증을 느끼고 있었다. 그들은 황무지만을 파헤쳤고 침식작용은 유행처럼 번져나갔다. 그들은 사랑에도 염증을 느꼈고 증오에도 염증을 느꼈다. 그들은 무언가를 창조하는 사람들에게도 염증을 느꼈고 아무것도 창조하지 않는 사람들에게도 염증을 느꼈다. 그들은 결혼에도 염증을 느꼈고 독신 생활에도 염증을 느꼈다. 그들은 순결에도 염증을 느꼈고 간통에도 염증을 느꼈다. 그들은 해외에 나가는 것에 대해서도, 자기 나라에 머물러 있는 것에 대해서도 염증을 느꼈다. 그들은 세계적인 위대한 시인에게도—실제로는 그들 시를 단 한 편도 읽어보지 않았으면서—염증을 느꼈다. 그들은 길거리의 굶주린 사람, 살해된 사람, 굶어 죽어가는 어린애들에 대해서도, 그들 주변에 만연하고 있는 불의, 잔혹, 억압에 대해서도 염증을 느꼈다. 그들은 살아간다는 것에 대해서도, 죽어간다는 것에 대해서도 염증을 느꼈다. 하지만 그해, 그들은 피기 로건과 그의 인형극에 대해서는 염증을 느끼지 않았다.

도대체 이런 법석이 일게 된 원인은 무엇일까? 예술계에 강력한 센세이션을 불러일으킨 이 현상의 배후에 작동하는 힘은 무엇일까? 한 비평가가 이렇게 지적한 바 있는데 적절한 지적인지는 모르겠지만 상당히 그럴듯한 것만은 사실이다.

'이것은 새로운 재능이 출현해서 새로운 '운동'을 촉발했다는 것 이상의 위대한 의미를 지닌다. 이것은 차라리 새로운 우주의 창조와 같다. 마치 공전(空轉) 중인 행성이 격렬한 변혁을 일으켜 자신이 속한 항성 시스템에서 벗어나는 것과 같은 현상을 기대할 수 있을지도 모른다.'

좋다. 그렇다면 이 모든 소동을 불러일으킨 그 위대한 천재는 지금 무엇을 하고 있는가?

그는 이 세상에서 자신이 일으킨 소동 따위에 대해서는 아무것도 모르는 듯 잭 부인의 아름다운 방에서 프라이버시를 즐기고 있다. 그는 얌전하게 그리고 조용히, 겸손하게, 그리고 평범하게, 아주 담담한 태도로 자신의 바지를 벗고 작업용 바지로 갈아입고 있었다.

로건이 그렇게 평범한 모습으로 바지를 갈아입고 있는 동안 하녀들은 마무리 파티 준비를 하기 위해 분주히 움직였다. 잭 부인은 이곳저곳 둘러보며 점검한 다음 자기 방을 향해 복도를 걸어가고 있었다. 마침 그때 잭이 막 자신의 방에서 나오고 있었다. 그는 파티용 정장 차림이었다. 그는 아내와 달리 침착한 모습이었다. 한 눈에도 세련되고 지혜롭고 지적인 사람으로 보였다.

"여보, 잘 돼 가오?" 그가 달콤한 목소리로 말하더니 고개를 숙여 그녀의 뺨에 가볍게 입을 맞추었다.

아주 짧은 순간이었지만 그녀는 불쾌감을 느꼈다. 하지만 그녀는 곧바로 그가 그 얼마나 완벽한 남편이었던가를, 그가 얼마나 사려 깊은 사람이며 선량하고 헌신적인 사람인가를 상기했다. 그의 그 자상해 보이는 눈 속에 그 어떤 헤아릴 수 없는 함축적인 의미가 숨어 있는지는 몰라도 그가 일언반구 말이 없다는 것, 누구나 능히 짐작할 수 있는 사실에 대해서도 눈을 감고 있다는 사실을 상기하며 그녀는 '이 사람은 친절한 사람이야'라고 생각했다. 그녀는 그에게 "준비가 잘 돼 가는지 당신도 한 번 돌아봐 줘요"라고 말한 후 자신의 방을 향해 복도를 걸어갔다.

자신의 방으로 들어간 잭 부인은 거울 앞에 서서 자신의 몸매를 살펴보았다. 그녀는 먼저 몸을 앞으로 약간 기울이고 어린아이처럼 천진한 표정으로 자신의 얼굴을 열심히 바라보았다. 이어서 그녀는 몸을 이리저리 돌려보며 거울에 비친 자신의 몸매를 여러 각도에서 살펴보았다. 그녀는 관자놀이에 손을 올려 이마를 쓰다듬었다. 그녀의 눈에 황홀한 듯 만족의 기색이 떠오른 것으로 보아 그녀는 자신에게 취한 것이 분명했다. 무딘 듯하면서도 진기한 보석이 박혀 있는 팔찌를 곰곰이 바라보며 취한 듯 생각에 잠겨 있는 그녀의 표정에는 허영심이 훤하게 드러나 있었다. 그녀는 턱을 내밀고 손끝으로 목걸이를 더듬으며 자신의 목을 살펴보았다. 그녀는 자신의 매끈한 팔, 훤히 드러난 등, 윤기 흐르는 두 어깨, 젖가슴과 몸의 윤곽을 감상하면서 멋진 야회용 드레스 자락을 매만졌다.

그녀는 한쪽 팔을 들어 쭉 뻗은 채 다른 손을 자신의 엉덩이에 대고는 한 바퀴 빙 몸을 돌려보았다. 자아도취에서 행한 동작이었다. 그녀는 자신의 육체미에 반해서 몸을 한 바퀴 빙 돌리다가 갑자기 깜짝 놀라 비명을 질렀다. 그녀는 한 손을 자신도 모르게 목 쪽으로 가져갔다. 놀랐을 때 그녀가 흔히 취하는 동작이었다. 그녀는 혼자가 아니었던 것이다. 고개를 들어 바라보니 그녀의 딸이 그곳에 서 있었다.

호리호리한 몸매에 흠잡을 데라곤 없는 앳된 딸이 차가우면서도 아름다운 자태를 뽐내며 그곳에 서 있었다. 그녀는 두 방을 연결하는 욕실을 통해 그 방으로 들어오다가 어머니의 행동을 목격하고 그 자리에 얼어붙은 듯 서 있었던 것이다. 어머니의 얼굴은 홍당무가 되었다. 두 여자는 한동안 말없이 서로를 바라보고 있었다. 어머니는 죄의식으로 극도로 당황한 채 새빨개져 있었고 딸은 약간 비꼬는 듯한 미소를 띤 채 마치 사태를 파악하려는 듯 얌전히 서 있었다. 순간 그 무언가가 그녀들 사이에 휙 하고 지나간 것 같았다.

비밀이 발각되어 더 이상 변명의 여지가 없어진 사람처럼 어머니는 갑자기 고개를 젖히고 웃음을 터뜨렸다. 남성이라는 종족은 알 수가 없는, 여성끼리만 통하는, 자인(自認)의 외침이었다.

"엄마, 몸매가 그렇게 마음에 들어?" 딸이 옅은 미소를 띠며 말했다. 딸은 어머니에게로 걸어와서 입을 맞추었다.

어머니는 다시 몸이 흔들릴 정도로 발작적인 웃음을 터뜨렸다. 더 이상 말을 주고받을 필요가 없어진 두 여자는 다시 잠잠해졌다.

그렇게 여성이라는 존재의 엄청난 희극이 공연되었다. 말이 전혀 필요 없는 공연이었다. 완벽하게 서로를 이해하는 그 순간, 서로를 인정하는 그 순간, 둘 사이에 공모가 이루어지는 그 순간, 모든 이야기가 오간 것이다. 간계가 맺어지는 그 찰나의 순간, 압도적인 유머가 지배하는 그 순간, 성(性)의 전 세계가 적나라하게 노출된 것이다. 그리고 이 거대한 도시는 그 은밀한 방 주변에서 아무것도 모르는 채 포효하고 있었다. 그 도시에 살고 있는 수백만의 남자들 그 누구도 도시들의 힘보다 더 강력한, 지구만큼 오래된 이 원초적 힘에 대해서 제대로 알고 있지 못했다.

제13장 파티

　손님들이 속속 도착하기 시작했다. 사람들이 안으로 들어오자 온 집안이 오랜 지인(知人)들 간의 편안함과 친근감으로 가득 찼다. 복도와 방들에서 많은 목소리로 이루어진 혼성곡들이 들리기 시작했다. 초인종이 울리고 문이 여닫힐 때마다 새로운 음성과 새로운 웃음소리, 새롭게 인사를 나누는 왁자지껄한 소리, 새로운 기쁨, 새로운 환영의 말이 이어졌다. 집안은 온통 다 개방되었고 온 집안이 사람들로 북적거렸다. 복도에서, 침실에서, 거실에서 식당에서 사람들이 오가면서 아름답고 자연스러운 무늬를 이루고 있었다.

　잭 부인은 기쁨에 빛나는 눈으로 곳곳을 돌아다니며 사람들에게 인사하고 잠시 멈춰 서서 이야기를 나누었다. 모두 그녀가 초대한 사람들이었지만 그녀는 마치 오랫동안 못 만났던 친구를 우연히 만난 듯 어쩔 줄 몰라 하며 반가워했다. 손님들은 흥분해 있는 이 행복한 어린아이에게 미소로 응답했다. 일일이 소개하기 어려울 정도로 수많은 사람이 그곳에 있었다. 한마디로 백과 흑, 금과 권력, 부와 사랑스러움, 음식과 음료가 그곳에 있었다.

잭 부인은 사람들이 그득 들어차 있는 방들을 두루 돌아다니며 들여다보았다. 그녀는 행복했다. 그녀는 이 도시가 제공할 수 있는 최상, 최고의 인물들과 가장 아름다운 여인들이 이곳에 모였다는 것을 잘 알고 있었다. 그런데도 사람들은 계속 모여들고 있었다. 실제로 그 순간 릴리 멘델 양이 들어서서 뇌쇄적인 아름다움을 뽐내며 복도를 걸어갔고 은행가 로런스 허쉬 씨가 그 뒤를 따랐다. 다소 피로해 보이는 그의 얼굴에는 막대한 재산이 지닌 권위에서 비롯된 오만함이 은근히 엿보였다.

밀어닥치는 손님들을 실어 나르느라 엘리베이터 맨은 정신이 없었다. 한 무리의 손님들이 미처 인사를 끝내기도 전에 또 다른 무리의 손님들이 들이닥쳤다. 저명한 변호사인 로더릭 헤일 씨가 도착했고 그 뒤를 미스 로버타 헤일프린이 새뮤얼 펫처 씨와 함께 들어섰다. 뒤의 두 사람은 잭 부인과 극장 일로 맺어진 오랜 친구였다. 잭 부인은 다른 사람들을 맞이할 때처럼 상냥하고 애정이 넘치는 모습이 아니라 솔직하고 스스럼없는 태도로 맞았다. 우리의 삶이 우리에게 강요하는 형식적인 탈을 벗어버린 모습이었다. 그녀는 그들에게 "안녕 버티, 안녕 샘!"이라고 간단하게 인사했다. 그 간단한 인사말이 풍기는 여운이 모든 것을 말해주고 있었다. 그들은 '연예인'이었고 무엇보다 그녀와 함께 '일'을 하는 동료들이었다. 그들 말고도 그곳에는 많은 연예인이 참석했다. 잭 부인은 유명 연예인뿐 아니라 극장에서 대역 댄서 역을 맡고 있는 여자, 바느질과 의상을 맡고 있는 여자뿐 아니라 전에 잭 부인의 조수 노릇을 했던 여자도 초대했다. 그녀는 옛 친구를 잊지 않고 있었던 것이다. 그녀는 비록 여류 명사의 반열에 올라 있었지만 이른바 명사들이 누리고 있는 속되고 판에 박힌 삶의 행태는 피하고 싶었다. 그녀는 삶을 너무 사랑했기에 따뜻한 인간미가 넘치는 평범한 삶을 결코 떨쳐버릴 수 없었다. 그녀도 젊은 시절 슬픔과 불안, 고난과 비탄과 환멸을 맛보았고 그 시절을 결코 잊을 수 없었다. 그리고 그녀는 그렇게 살 때 접촉했던 사람들도 잊지 않고 있었다.

손님들은 끊이지 않고 계속 도착했다. 스티븐 훅 씨가 누이동생과 함께 도착해서 잭 부인에게 브뤼겔의 스케치 화첩을 선물했다. 뒷면의 가격표를 보고 잭 부인이 깜짝 놀랄 만큼 비싼 화첩이었다. 그는 많은 단편소설을 써서 잡지에 팔았고 그 돈으로 어머니와 함께 생계를 꾸려가고 있었다. 그는 또 대여섯 권의 장편소설도 출간해서 상당한 명성을 얻었다. 하지만 장편소설은 전혀 팔리지 않았다. 그가 빈정대는 투로 지적했듯이 분명히 많은 사람이 그의 소설을 읽었지만 결코 사지는 않았던 것이다. 잭 부인은 그의 여동생과 몇 마디 한담을 나눈 뒤에 그들 곁을 떠나 미식가의 티를 역력히 풍기는 제이크 애브램슨에게로 갔다. 그는 나이 많은 신사였다. 잭 부인이 가까이 가자 그가 말했다.

"정말 멋지군. 정말 아름다워!" 그는 그 말을 하면서 그녀의 팔을 쓰다듬었다. "마치 한 송이 장미 같아!" 노인은 그 말을 하면서 그녀에게서 한시도 눈길을 떼지 않았다.

"이렇게 찾아주셔서 정말 고마워요. 돌아오신 줄 몰랐어요. 아직 유럽에 계신 줄 알았어요."

"뭐, 가기도 했고 가 있기도 했지." 그가 제법 익살맞게 말했다.

"제이크, 정말 좋아 보이세요. 여행이 건강에 좋으셨나 봐요.

독일 카를스바트에서 치료를 받으셨다지요?"

"치료는 무슨 치료. 그냥 식이요법을 한 거지."

"어머, 힘드셨겠어요. 하지만 카를스바트는 정말 아름다운 곳이지요? 저도 한 번 가본 적이 있어요. 어쨌든 건강한 모습을 뵈니 정말 반가워요"

잭 부인은 아쉬워하는 듯한 노인의 눈길을 뒤로하고 방 한가운데 서 있는 미스 헤일프린에게로 갔다. 그녀는 유명 예술 극장의 주도적 브레인 역할을 하고 있는 여자였다. 사람들은 그녀가 대단히 유능하다는 것을 첫눈에도 알아볼 수 있었다. 겉으로 무척 상냥해 보였지만 온갖 거친 업무를 여느 남자보다 정력적으로 훌륭하게 수행해내리라는 느낌을 주기에 충분했다. 실제로 그녀는 엄청난 추진력과 동력을 지닌 여자였다. 그녀는 그 진흙탕 같은 싸움터에서, 야수들이 뒤엉켜 싸우는 것 같은 일터에서 싸움이 치열해지면 치열해질수록 표정이 더욱 온화해지는 여자였다. 브로드웨이 생활에서 그녀에 대한 배반과 음모가 치열해질수록 그녀의 상냥한 미소는 보다 더 달콤해졌고 나긋나긋해졌다. 그리고 그녀는 바로 그 덕분에 성공을 거두고 있었다. 실제로 그의 동료 한 명이 "로버타는 방울뱀 둥지 주변에서 놀 때처럼 행복해하고, 본연의 자기 모습을 보이는 때가 없어"라고 말했듯 그녀는 말하자면 아주 행복하게 싸움을 즐길 줄 아는 여자였다.

잭 부인은 그렇게 명랑하고 행복한 표정으로 온 집안을 돌아다니며 사람들과 인사하고 이야기를 나누었지만 마음 한구석은 다른 생각에 몰두해 있었다. 아직 한 명이 오지 않았기 때문이었다. 그녀는 줄곧 그 생각을 하고 있었다.

'지금 어디 있을까? 왜 안 오는 거지?' 그녀는 생각했다. '어디서 술이나 마시고 있는 게 아니면 좋겠는데.'

그녀는 불안한 눈으로 모인 사람들을 둘러보며 초조하게 생각했다.

'그 사람이 파티를 조금 더 좋아했으면! 사람들을 만나고 저녁 외출을 즐길 줄 안다면! 아냐, 각자 자신의 길이 있는 거지. 그를 바꿔보려 해도 소용없어. 그리고 지금 그대로 모습이 좋아.'

그런데 바로 그때 그가 도착했다.

'어머, 왔네!' 그녀는 흥분해서 속으로 외쳤다. 그녀는 안도의 눈길로 그를 바라보았다. '멀쩡하네!'

실은 조지 웨버는 다가올 호된 시련에 대비하기 위해서 집을 떠나기 전 독한 술을 두세 잔 마셨다. 그의 입김에서는 값싼 진의 독한 냄새가 풍겼으며 그의 두 눈은 약간 거칠게 번득였고 몸놀림이 평상시보다 빨랐으며 약간 열에 들떠 있는 것 같았다. 하지만 에스터의 표현대로 그는 '멀쩡했다.'

'내 친구들 때문에 그런 게 아니라면 좋을 텐데.' 그녀는 생각했다. '대체 왜 그런 걸까? 어젯밤에 왜 전화를 해서 그런 이상한 소리를 한 걸까? 도무지 무슨 소리를 하는 건지 모르겠어. 무슨 나쁜 일이라도 있는 걸까? 하지만 이제 아무런 상관없어. 그가 지금 여기 와 있잖아. 나는 그를 사랑해!'

그녀의 얼굴에 화기가 돌고 부드러워졌으며 심장은 더욱 빨리 뛰었다. 그녀는 곧장 그에게로 갔다.

"자기, 어서 와." 그녀가 반갑게 말했다. "이렇게 와주다니 정말 기뻐. 안 오면 어떡하나 걱정하던 참이야."

조지는 기쁨 반, 무뚝뚝함 반의 표정으로 그녀에게 인사했다. 그의 표정에는 무관심과 공격성이, 오만함과 겸손이, 자부심과 희망과 의혹이, 열망과 위구심이 뒤섞여 있었다.

그는 정말로 이 파티에 오고 싶지 않았다. 애초 그녀가 초대했을 때부터 그는 갖가지 거절의 구실을 만들었다. 둘은 며칠간 입씨름을 했다. 하지만 결국 그녀가 승리해서 참석하겠다는 약속을 받아낸 것이다. 하지만 정작 파티 날짜가 다가오자 그는 다시 망설이기 시작했다. 그는 지난밤 마음을 정하지 못하고 자책감에 빠져 몇 시간 동안 방안을 서성거렸다. 마침내 새벽 한 시경 그는 단호히 결심하고 수화기를 들었다. 그는 집안 사람들을 모두 다 깨우는 소동이 벌어진 다음에야 그녀와 통화할 수 있었다. 그는 내일 파티에 못 가겠다고 그녀에게 말했다. 그는 다시 한번 구차한 변명들을 늘어놓았다. 그 자신도 자기가 늘어놓은 변명을 반도 이해하지 못했다. 어쨌든 그녀의 세계와 자신의 세계는 양립할 수 없다는 것, 자기 일을 계속하려면 그녀의 세계로부터 독립해야 한다는 것, 자신의 본능적 감정으로, 또한 자신의 의식으로 그 사실을 알고 있다는 것 등이 그 취지였다. 그 모든 것을 그녀에게 설명하려고 애를 쓰면 쓸수록 그는 점점 더 절망했다. 자기가 의도하는 바를 도저히 그녀에게 납득시킬 수 없었기 때문이었다. 그녀는 처음에는 안타까운 목소리로 그런 바보 같은 소리 하지 말라고 그를 달랬다. 하지만 결국 기분이 상하고 화가 나서 이미 한 약속을 그에게 상기시켰다.

"이런 이야기는 열두 번도 더 했잖아!" 그녀는 톡 쏘아붙였다. 그녀의 목소리에는 울음기가 섞여 있었다. "조지, 약속했잖아. 준비도 다 끝났는데! 이제 바꾸기에는 너무 늦었단 말이야.

정말 나를 이렇게 실망시킬 거야!"

그는 그 호소에 꺾였다. 물론 그는 파티가 자기를 위해 준비한 것이 아니라는 것, 그가 나타나지 않는다고 해서 문제될 게 하나도 없다는 것을 잘 알고 있었다. 에스터를 제외하고는 그 누구도 그가 오건 말건 신경 쓸 사람이 없다는 것도 잘 알고 있었다. 하지만 그는 마지못해 가겠다고 약속할 수밖에 없었다. 이제 그에게는 자신이 그녀에게 약속을 지키는 사람이 되느냐 그렇지 않느냐 하는 선택밖에 없었다. 그리하여 그는 어수선한 심정으로 이곳에 온 것이다. 그는 자신이 지금 이곳이 아니라 다른 곳에 있었다면 얼마나 좋을까, 라고 진심으로 원하고 있었다.

"자기, 재미있게 지내게 될 거야." 에스터가 그에게 열심히 말했다. "두고 봐! 그런데 시장하겠네. 우선 뭐 좀 먹는 게 좋겠어. 자기가 좋아하는 음식이 아주 많아. 자기를 위해 내가 특별히 장만한 음식들이야. 식당으로 가서 마음껏 먹어. 나는 여기서 손님들을 좀 더 맞아야 해."

그녀가 늦게 도착하는 사람들을 맞기 위해 자리를 뜨자 조지는 우거지상을 한 채 모여 있는 사람들을 둘러보았다. 그의 그런 태도는 어딘지 우스꽝스러웠다. 짧은 검은 머리카락과 경계를 이루고 있는 그의 낮은 이마, 타는 듯한 눈, 작고 오밀조밀한 얼굴, 무릎까지 늘어져 있는 긴 팔, 굽은 손 등은 그를 평상시보다 더 원숭이처럼 보이게 했다. 게다가 전혀 어울리지 않는 윗도리 때문에 그런 느낌이 더 들었다. 사람들은 그를 향해 눈길을 돌리고 잠시 바라보다가 다시 고개를 돌리고 그들만의 대화에 몰두했다.

'맞아!' 조지는 쓰디쓴 자의식을 느끼며 생각했다. '저들이 바로 그녀의 멋진 친구들이로군! 그걸 알아야 해!' 그는 자신이 뭘 알아야 한다는 것인지도 모르는 채 중얼거렸다. 그들의 윤기 흐르는 얼굴에서 균형, 확신, 세련 등을 보고 그는 그들이 자신을 멸시한다는 착각에 빠졌다. 실은 그 누구도 그를 멸시하지 않았으며 그럴 의도가 없었는데도 말이다.

'뭔가 보여줘야지!'

그는 그 말이 무슨 뜻인지도 모르는 채 들릴락 말락 중얼거렸다.

그는 그런 생각을 하며 화려한 사람들 사이를 뚫고 식당으로 발걸음을 향했다.

"있잖아요……! 저……."

잭 부인의 서두르는 말투에는 뭔가 유혹적인 분위기가 감돌고 있었다. 그녀는 사람들을 향해 미소를 지으며 말했다.

"에이미가 왔어요!"

믿을 수 없을 만큼 풍성한 흑단(黑檀)색 머리카락, 약간 들창코에 주근깨가 있으면서도 요정처럼 아름답게 빛나는 얼굴, 거의 사내처럼 활기와 의욕이 넘치는 모습을 보며 잭 부인은 생각했다.

'정말 아름다워! 그녀에게는 뭔가 달콤하고, 그러니까 뭐랄까, 뭔가 좋은 여자 같아.'

잭 부인은 요정 같은 여자의 출현에 거의 자동으로 그런 찬사를 발했지만 동시에 자신의 찬사가 진심이 아니라는 것을 알고 있었다. 그렇다. 에이미 칼턴은 많은 것을 지닌 여자였지만 결코 좋은 여자는 아니었다. 실제로 그녀가 '악명 높은 여자'가 아닐 수 있었던 것은 모든 것이 허용되어있는 것 같은 뉴욕에서조차 그녀의 '악명'이 극단적 한계를 넘었기 때문이었다. 누구나 그녀를 알았고 누구나 그녀에 대한 모든 것을 알고 있었다. 하지만 어떤 게 진실인지, 젊음과 기쁨으로 치장한 아름다운 그녀의 진짜 이미지가 무엇인지는 아무도 알 수 없었다.

그녀의 약력? 그렇다, 그녀는 금수저 태생이었다. 그녀는 전설적인 부호 집안에서 태어났다. 어린 시절 그녀는 그야말로 공주처럼 애지중지 보살핌을 받았고 금지옥엽처럼 귀하게 자랐다. 하지만 달리 말하면 틀에 박힌 속박의 삶을 살았다고 할 수 있었다. 이후 그녀는 사교계 명사의 영애(令愛)로서 소녀 시절을 보냈다. 부유층 학교에 다녔으며 유럽, 영국의 사우샘프턴, 뉴욕, 팜비치 등을 여행했다. 18살이 되자 그녀는 뛰어난 미인으로 소문났다. 19살에 그녀는 결혼했다. 그녀는 스무 살에 이혼해서 그녀의 이름에 흠집이 생겼다. 상당한 악취를 풍기는 떠들썩한 사건이었다. 이미 그녀의 행실에 대해 좋지 못한 소문이 떠돌고 있었기에 그녀의 남편은 이혼 소송에서 쉽게 승리할 수 있었다.

그 뒤로부터, 그러니까 7년 전부터 그녀의 행적은 쉽게 밝혀내기 어렵게 된다. 그녀는 이제 20대 중반을 겨우 넘긴 나이였지만 그녀의 삶은 온갖 악행으로 얼룩진 영겁의 세월을 겪어온 것과 같았다. 사람들은 그녀의 이름과 연관된 추문을 들을 때마다 자신의 귀를 의심할 수밖에 없었다.

"아니, 그럴 리가! 바로 3년 전에도 그런 일이 있었는데! 그런데 또…… 어떻게 또 그런 짓을……."

사람들은 아연해서 그녀의 요정 같은 머리, 약간 들어 올려진 코, 소년처럼 열정을 간직한 얼굴을 바라볼 수밖에 없었다. 사람들은 마치 무시무시한 괴물 메두사를 바라보듯, 혹은 영원한 삶을 사는, 지옥의 심장을 지닌 교활한 마녀 키르케를 바라보듯 그녀를 바라보았다.

그녀의 모습은 시간을 좌절시켰고 현실을 환상적인 형상으로 바꾸어 버렸다. 사람들은 오늘 밤 이곳 뉴욕에서 행복하고 순결하게 웃고 있는 그녀의 주근깨 박힌 얼굴을 보고 있다. 하지만 채 열흘도 지나기 전에 사람들은 파리의 가장 타락한 아편 중독자들 소굴에서 그녀의 모습을 다시 발견하게 될 것이다. 그녀는 더럽고 추한 몸으로 마치 하수도의 쥐처럼 사람들과 입맞춤하면서 시궁창에서 뒹굴게 될 것이다. 애당초 그런 시궁창에서 태어나 그런 곳에서 자랐을 뿐 다른 삶에 대해서는 전혀 아는 게 없는 것 같은 모습을 보일 것이다.

첫 남편과 이혼 후 그녀는 두 번 재혼했다. 하지만 두 번째 결혼생활은 스무 시간밖에 이어지지 못했다. 세 번째 결혼은 남편이 권총 자살하는 것으로 마무리되었다. 그리고 그 전과 그 이후, 아니, 그 사이에도, 집안에서 그리고 집 밖에서, 국내에서 그리고 해외에서, 7대양에서 그리고 5대륙을 종횡으로 누비며, 어제와 오늘, 그리고 영원히……. 그런 그녀에 대해서 우리는 난잡하다고 말할 수 있을 것인가? 아니, 그녀에 대해 '난잡한'이라는 형용사를 사용할 수는 없다. 그녀는 공기처럼 가벼웠기 때문이다. 그녀를 감싸고도는 전반적인 공기를 '난잡한'이라는 추한 형용사로 규정할 수는 없다. 그녀는 그 누구와도—백인이건 흑인이건, 황색인이건, 홍색인이건, 녹색인이건, 자색인이건 그 누구와도 잠을 잤다. 하지만 그녀는 결코 난잡하지 않았다.

연애소설로 치자면 그녀는 길을 잃은 한 아름다운 여인, 한 번 붙잡은 것은 결코 놓지 않는 녹색 모자를 쓴 한 아름다운 여인의 경하할 만한 시기를 지나고 있었다고 볼 수 있다. 그녀의 이야기는 우리에게 친숙하다. 그녀는 불우한 운명을 타고난 여주인공이었으며 비극적인 불운을 타고난 순교자였다. 그녀의 파멸은 그녀가 통제할 수 없는 비극적 환경에서 비롯된 것이었으며 그녀는 그에 대해 책임이 없었다.

에이미 칼턴이 이런 비극적 여주인공이 된 이유에 대해 그럴듯한 설명을 하며 그녀를 옹호해주는 사람들은 많았다. 예컨대 이런 감동적인 일화를 내세우는 사람도 있다. 사건의 발단은 그녀가 더없이 순결하고 명랑하며 사랑스러웠던 18세 때에 일어났다. 그녀는 사우샘프턴에서 있었던 어떤 디너파티에서 저명한 귀족 미망인들이 보는 앞에서 대담하게 담뱃불을 붙여 물었다. 그 이야기에 의하면 그녀의 타락은 무심코 저지른 이 악의 없는 작은 행동에서 비롯된 것이었다. 이야기는 이어진다. 그때부터 그 미망인들이 에이미에 대해 유죄판결을 내리고 손가락질하기 시작한다. 독설이 날름거리고 추문이 퍼져 나갔으며 그녀의 평판은 갈기갈기 찢어진다. 그러자 그 불행한 처녀는 절망감 때문에 빗나가기 시작한다. 그녀는 술에 손을 대고 이어서 음주에서 연애로, 연애에서 아편으로, 이어서 아편에서 온갖 것으로 옮겨 갔다.

물론 이 이야기는 낭만적으로 각색된 터무니없는 이야기일 뿐이다. 그녀가 비극적 운명의 제물인 것은 사실이었지만 그녀 스스로 그 운명을 만든 것이다. 그녀가 저지른 과오에 대한 책임은 브루투스의 경우와 마찬가지로 그녀의 운명에 있는 것이 아니라 그녀 자신에게 있다. 그녀는 대부분이 사람들이 지니지 못한 것들, 부, 아름다움, 매력, 지성, 그리고 정력적인 에너지를 지니고 있다. 하지만 그녀에게는 저항의 의지와 강인함이 없었다. 모든 것을 가졌지만 바로 그 저항의 의지가 없었기에 그녀는 자신이 지닌 유리한 것들의 노예가 되어버렸다. 그녀의 부는 온갖 변덕을 가능하게 해주는 기능을 수행했다. 그 누구도 그녀에게 '아니야'라고 말하는 법을 가르쳐주지 않았다.

그런 점에서 그녀는 그녀의 시대가 낳은 아이였다. 그녀의 삶은 스피드, 감각적 변화, 격렬한 운동으로 표출되었으며 결코 고갈되거나 멈출 줄 모르는 자체의 에너지, 끊임없이 극단적으로 상승하는 뜨거운 템포의 모습으로 나타났다. 그녀는 어느 곳에나 있었으며 시속 120킬로미터로 달리는 급행열차 안에서 밖을 내다보듯 모든 것을 다 보았다. 그리고 마치 만화경을 들여다보듯 재빠르게 볼만한 것을 다 보고 난 후에 그녀는 보다 야릇하고 음산하며 감추어져 있는 것들을 향해 눈길을 돌렸다. 그리고 그녀가 지닌 부와 힘이 다른 사람들에게는 닫혀 있는 그 문을 쉽게 열 수 있게 해주었다.

그 결과 그녀는 이제 이 세상 거의 모든 대도시 사교계에서 가장 불순하고 퇴폐적인 그룹 사람들과 친교를 맺고 있었다. 그리고 색다르고 비정상적인 것을 숭배하는 그녀의 취향으로 인해 인생의 가장 그늘진 곳을 찾아 헤매게 되었다. 그녀는 뉴욕, 런던, 파리와 베를린 등의 암흑가에 경찰도 부러워할 만큼 아는 사람이 많았다. 그리고 그녀가 지닌 재산은 경찰에 대해서도 위험할 정도로 특권을 누릴 수 있게 해주었다. 한마디로 말해 그녀가 지닌 재산과 권력, 그녀의 열정은 이 세상 어디에서건 자신이 원하는 것을 손에 넣을 수 있게 해주었다.

전에 사람들은 그녀에 대해 "도대체 에이미가 다음에는 무슨 짓을 저지를까?"라고 말하곤 했다. 하지만 사람들은 이제는 "도대체 에이미가 해보지 않은 짓이 있을까?"라고 말하곤 했다. 만일 인생이 오로지 속도와 감각의 언어로만 표현할 수 있는 것이라면 그녀에게 더 이상 할 일은 남지 않은 것 같았다. 끝장을 볼 때까지 더 빨리, 뭔가 다른 것을, 더 난폭하게, 더 자극적인 것을! 그 외에는 남은 것이 아무것도 없었다. 그렇다면 그 끝은? 그 끝은 결국 파멸일 것이고 파멸의 표식은 이미 그녀에게 또렷하게 나타나고 있었다. 그것은 그녀의 눈에, 고통스러워하는 그녀의 시선, 거의 폭발할 것 같은 그녀의 시선에 드러나 있었다. 그녀는 살면서 온갖 것을 다 시도하고 경험해 보았다. 다만 한 가지, 삶만은 경험하지 못했다. 그녀는 결코 삶의 시도를 하지 못할 것이며 경험하지 못할 것이다. 이미 오래전에 길을 잃었기 때문이며 결코 돌이킬 수 없기 때문이다. 따라서 그녀에게는 죽음밖에는 남은 것이 없었다.

"만일……." 사람들은 모두 잭 부인이 그녀의 요정 같은 머리를 보며 생각하듯 생각할 것이다. '만일 그녀에게 전혀 다른 환경이 주어졌더라면……' 그리고 절망적으로 그녀 삶의 미로를 되돌아보고 타락의 실마리를 찾으려 애쓰면서 '여기…… 아니면 여기…… 그래서 그녀에게 그런 일이 벌어진 거야…… 만일 그녀가…….'

만일 인간이 피, 뼈, 척추, 정열, 감정으로 이루어진 것이 아니라 진흙으로 만들어졌다면! 만일 그렇기만 했더라도!

에이미라는 빛나는 중심을 둘러싸고 있는 젊은이들 사이에는 지금 그녀의 애인인 일본인 청년도 있었고 최근까지 그녀의 애인이었던 유대인 청년도 있었다. 그들은 선반 위에 걸린 잭 부인의 초상화 앞으로 걸어가서 그것을 올려다보고 있었다. 초상화는 분명 감탄의 대상이 될 만했다. 그것은 헨리 멀로즈의 초기작 중 하나였다.

에이미가 그 그림을 바라보며 환호하듯 외쳤다.

"이 그림을 한번 봐요! 얼마나 오래된 그림인가요! 그때는 정말 예뻤네요. 그리고 지금도 얼마나 아름다워요!"

그녀 옆에는 스티븐 훅이 서 있었다. 에이미가 스티븐에게 물었다.

"스티브, 얼마나 오래된 그림이에요? 20년은 된 그림 아닌가요?"

"음, 그쯤 됐을 거요." 혹이 귀찮다는 듯 냉담하게 말했다. "혹은 더 됐거나. 아마 30년 가까이 됐을 거요. 1901년도 그림이니까. 에스터, 그렇지 않소?" 그는 그들 곁으로 다가오고 있는 잭 부인에게 물었다.

"아, 저거요? 1906년도 그림이에요." 잭 부인이 혹에게 눈짓을 하며 말했다. 하지만 그는 눈치도 없이 중얼거렸다.

"나는 그렇게 최근에 그린 줄 몰랐네."

사실 그는 그 그림을 언제 그렸는지 자세히 알고 있었다. 그는 그녀의 말을 들으며 생각했다.

'사람이란 참으로 어리석군! 내가 훤히 아는데 말이야. 그렇다면 지금 마흔 살도 안 되었단 말이야?'

그때 그의 눈에 문턱에 어정쩡하게 서 있는 조지의 모습이 보였다. 그는 생각했다.

'아, 저 친구로군! 저 친구에게 해준 말도 있을 테니……'

그때였다. 에이미가 웃으며 충동적으로 말했다.

"아, 에스터, 당신은 정말! 솔직히 당신은 너무…… 그러니까 당신은……." 그녀는 마치 보이지 않는 적에게 대답하듯 검은 머리를 빳빳이 쳐들고 초조하게 외쳤다. "저 그림 속의 그녀는……."

잭 부인이 장난하듯 웃으며 말했다.

"에이미, 당신은 평생 저렇게 예쁜 여자는 못 봤을걸. 정말 복숭아처럼 예뻤고 크림처럼 부드러웠지. 당신 눈알이 나올 정도였을걸."

"하지만, 부인, 부인은 지금도 그래요!" 에이미가 소리쳤다. "그러니까 내 말은…… 당신은 정말…… 스티브, 안 그래요?"

그녀는 종잡을 수 없는 말을 하면서 마치 애원하듯 훅을 바라보았다.

훅은 에이미의 분열하는 듯한 눈에서 파멸과 상실과 절망의 빛을 읽고 공포와 연민으로 괴로웠다. 그리고 그 곁에는 잭 부인의 웃는 얼굴이 있었고 그 위에는 그녀의 과거의 귀여운 모습을 그린 초상화가 걸려 있었다. 나란히 서 있는 에이미와 잭 부인의 모습을 보자 시간이 가져온 번뇌, 시간이 지닌 신비가 그의 폐부를 찔렀다.

'오, 그녀가 여기 있다.' 그는 생각했다. '아직 소녀의 모습을 간직한 채…… 여전히 아름답고 여전히 누군가를 사랑하고 있다! 한 청년을! 저 그림을 그린 멀로즈가 아직 청년이었을 때와 마찬가지로 그녀는 지금도 아름답다!'

1901년이여! 오 세월이여! 얼굴들이 술에 취한 듯 눈앞에서 비틀거렸고 그는 손을 비볐다. 1901년! 그게 도대체 몇 세기 전이지? 얼마나 많은 삶과 죽음과 홍수가 있었던가! 이 지하 묘지와 같은 곳, 고도(孤島)와 같은 곳에서, 그 영겁의 세월 동안 그 얼마나 많은 사랑과 증오와 번뇌와 공포가, 죄악과 희망과 환멸과 패배가 있었던가! 1901년이라! 오, 그것은 바로 인류의 선사시대! 모든 것은 수백만 년 전에 일어났던 일! 그때 이후로 그 얼마나 많은 것이 시작되고 끝을 고했으며 잊혔는가!— 그 얼마나 무수한 진리가, 젊음이, 노년이, 그리고 그 얼마나 많은 피와 땀과 번뇌가 다리 밑으로 흘러갔던가! 그렇다! 그 자신도 최소한 백 번의 삶을 살았으리라. 그 또한 수많은 탄생과 죽음을 거쳐, 노력하고 싸우면서, 어두컴컴한 망각을 거쳐 살고 죽으며 희망하고 파멸하면서 살아온 것이리라. 그리하여 시간의 감각이 쓸려가고 기억마저 사라진 채 그 모든 것이 마치 꿈속에서 벌어진 일처럼 여겨지게 된 것이리라. 1901년! 지금 여기서 돌아보면 그것은 인간의 신경과 뼈와 피와 뇌와 살, 인간의 말과 생각으로 이루어진 그랜드 캐니언 같은 것이다. 그리고 이제 모든 것들이 지질 속에 파묻혀 영원히 변치 않는 지층을 이루며 존재하는 것이다.

그리고 각자 이름을 가진 모든 사람들! 그 이름들! 그것도 마찬가지 아닌가? 아니면 그것은 시간이 보여주는 이 쇼, 이 환상적인 그림자 속에서 보이는 또 다른 형상, 혹은 외관이란 말인가? 배를 띄울 때 그도 그녀 곁에 있지 않았는가? 그들도 트라키아인들 사이에 섞인 포로가 아니었던가? 그녀가 마케도니아 영주에게 너그러운 사면을 구하러 왔을 때 자신은 천막의 불을 켜지 않았는가? 이 모든 사람은 유령들이었다. 그녀만 빼놓고는! 그녀는 세월을 삼키는 아이로서 그 거대한 유령들을 거느린 채 홀로 불멸로 남아 자신이 살아온 이전의 수많은 삶, 그 자아의 번데기들을 마치 낡은 옷인 양 벗어 던지고 여기 이곳에 서 있는 것이다! 바로 이곳에!

순간 에이미가 거의 고함치듯 말했다. 잭 부인은 마치 집중이라도 하면 에이미의 종잡을 수 없는 말을 알아들을 수 있다는 듯 귀를 기울였다.

"내 말은…… 있잖아요…… 에스터 당신은…… 당신은 정말이지…… 그러니까 정말로 제일…… 그러니까…… 당신들 두 사람을 보고 있자면 나는 정말로…… 나는 그럴 수 없어서……."

그녀는 거의 고함치다시피 했고 고개를 흔들더니 담배를 획 집어 던졌다. 그리고는 긴 한숨을 내쉬며 말했다.

"정말이지!"

오 불쌍한 아이! 불쌍한 아이! 혹은 자신의 눈에 비친 번뇌를 숨기기 위해 얼른 고개를 돌렸다. 너무 빨리 성장해서, 너무 빨리 가버렸고 우리 모두처럼 소모되어 죽어갈 여자! 그는 그녀도 자신과 마찬가지로 오로지 한순간만을 위하여 살고 있다고, 재앙과 파멸의 시간에 대비해서 그 무언가 준비하는 일 없이 살고 있다고 느꼈다. 너무 쉽게 모든 것을 써버리고, 모든 것을 줘버리고, 어젯밤 강한 전등불에 부딪쳐 죽은 나방처럼 자신을 태워버리는 여자! 그리고 나!

불쌍한 아이, 오 불쌍한 아이! 너와 나는 둘 다 너무 성급하고 짧고 일시적이야, 라고 혹은 생각했다. 오, 철이 들지 않은 족속들! 그는 주위 사람들을 둘러보았다. 그들은 희희낙락하며 콧구멍을 벌름거리고 있었다. 하지만 그 희희낙락 속에는 경멸감이 깃들어 있었다. 고대 연금술로 빚어진 이 타인들! 나방에서 벗어나 다시 태어나 대담하게 살아가는 이 사람들! 그러면서 슬기롭게 불길을 조심하며 살아가는 이 사람들! 이들도 견디며 살아가리라! 오, 시간이여!

오, 불쌍한 아이여!

제14장 결단의 순간

조지 웨버는 식당에 차려진 군침 도는 진수성찬을 맘껏 먹었다. 허기를 채운 그는 잠시 거실 문 앞에 서서 그 안의 화려한 광경을 살펴보았다. 그는 과감하게 안으로 들어가 말을 걸만한 사람을 찾아볼까, 아니면 음식 주변을 다시 어슬렁거리며 호된 시련을 좀 더 늦춰 볼까 망설이고 있었다. 하긴 아직 맛도 보지 못한 요리들이 남아 있는 게 좀 아쉽기는 했다. 하지만 이미 배를 충분히 채웠기에 음식이 더 들어갈 구석은 없었다. 이제는 용기를 짜내어 상황에 대처하는 수밖에 없었다.

그가 '이제는 어쩔 수 없어'라고 생각하며 그런 결론에 도달했을 때 그는 안에 있던 사람들 중에 스티븐 훅의 모습을 알아볼 수 있었다. 그가 아는 유일한 사람인 데다 별로 싫어하지 않는 사람이었기에 그는 너무 반가워서 그쪽으로 발걸음을 옮겼다. 훅은 벽의 선반에 몸을 기댄 채 매력적인 여성과 이야기를 나누고 있었다. 조지가 다가오는 것을 본 훅은 통통한 손을 내밀며 가볍게 말했다.

"오, 잘 지냈나……?" 그는 따분한 듯 짐짓 심드렁하게 말했다. 하지만 실은 상대방에게 너그러운 마음이 들거나 따뜻한 정을 느낄 때면 그는 늘 그런 식이었다. "자네, 전화 있나? 전에 한 번 걸려고 했어. 언제 한번 찾아오지 않겠나? 점심이나 같이 들지."

사실 그 생각은 방금 떠오른 것이었다. 조지는 훅이 마치 반사작용처럼 순간적으로 자기를 배려하는 마음에서 그런 말을 했다는 것을 알고 있었다. 훅은 조지의 마음을 편하게 해주기 위해, 이 세련되고 호사로운 물결 속에 난파해 있는 것과 같은 그에게 잡을 만한 지푸라기라도 던져주기 위해 그런 말을 한 것이다. 조지는 전에 훅을 처음 보았을 때 그의 눈빛에서 그가 엄청나게 수줍음을 잘 타며 뭔가 두려움에 질려 있다는 느낌을 받았다. 순간 그는 그가 어떤 종류의 사람인지 금세 이해했다. 조지는 누가 짐짓 권태로운 표정을 짓거나 억지로 공손한 말투를 쓰더라도 그런 겉모습에 속는 사람이 아니었다. 그는 그런

가면 밑에 숨어 있는 상대방의 성실성, 아량, 고결함을 읽을 줄 알았고 고통받는 영혼 속에 들어있는 열망을 볼 수 있었다.

조지는 반가운 마음에 훅과 악수했고 그와 악수하면서 소용돌이치는 물결 속에서 무언가 의지가 될 만한 것을 잡은 심정이었다. 그는 인사말을 건네며 언제라도 기회가 되면 함께 식사하고 싶다고 말했다. 그는 마치 훅 곁에서 저녁 내내 보낼 작정을 한 듯 그의 곁에 자리를 잡았다.

하지만 훅이 내민 구원의 손길은 잠시 그에게 안정감을 주었을 뿐 어색하기는 마찬가지였다. 아무에게도 말을 걸 수 없었으며 눈길을 줄 곳도 없었다. 그는 차츰 속이 부글부글 끓어올랐다. 훅이 곁에 있었지만 조금도 위안이 되지 않았다. 그는 몸을 휙 돌려 그 자리를 떠났다.

그렇다, 그는 오고 싶지 않았다! 이건 에스터가 한 짓이다! 그러니 이 모든 것에 대한 책임은 그녀에게 있다! 이건 그녀의 잘못이다! 마음이 산란해진 그는 눈에 보이는 모든 것, 모든 사람에 대하여 화가 치밀었다. 그는 방 맞은편 벽에 기대어 선 채 주먹을 쥐락펴락하면서 주변을 둘러보았다. 그러자 마음이 약간 가라앉았다.

그는 자신이 이곳에 오지 않으려 한 이유를 다시 한번 되씹

어보았다. 그는 소설가로서 자신이 해야 할 일이 있다고 에스터에게 우겼다. 그리고 그 일을 하기 위해서는 그녀의 세계에서 깨끗이 벗어나야 한다고 주장했다. 하지만 그것은 혹시 자신이 사회적으로 적응력이 없다는 것을 합리화하기 위한 것이 아니었을까? 남들은 저렇게 스스럼없이 즐기고 있건만 자신에게 그럴 능력이 없다는 것을 호도하기 위해서가 아니었을까? 이곳에서 웃음거리가 될 수밖에 없는 자신을 보호하기 위해서가 아니었을까?

아니다, 그것은 답이 아니다. 거기에는 그 이상의 무엇이 있다. 그는 이제 자신을 객관적으로 바라볼 수 있을 만큼 냉정을 되찾았다. 그러자 그는 자신이 에스터에게 그녀의 일과 자신의 일에 대해 말했을 때 자신이 무슨 의도로 그런 말을 했는지 마음속으로 그 뜻을 명백히 밝힌 적이 없었다는 사실을 홀연 깨달았다. 그는 그 말을 그 무언가 현실적인 것, 그가 본능적으로 느끼고는 있지만 결코 말로 표현해본 적이 없는 그 무언가의 상징으로 사용했다. 그렇기에 그는 에스터를 납득시킬 수 없었던 것이다. 그렇다면 과연 그것이 도대체 무엇일까? 그가 과연 무엇을 두려워한 것일까? 그가 큰 파티를 싫어하고 그런 파티에서 요구되는 사교술을 배우지 않았다는 것을 스스로 잘 알고 있기 때문이었다고 말하는 것만으로는 충분하지 않다. 물론 부분적으로는 그것도 이유가 될 수 있다. 하지만 그건 어디까지나 부분적일 뿐이다. 그것도 아주 작은 개인적인 부분일 뿐이다. 거기에는 뭔가 다른 게 있다. 뭔가 비개인적이며 그 자신보다 훨씬 큰 그 무엇이, 그에게 아주 중요한 그 무언가가, 도저히 부정할 수 없는 그 무언가가 있다. 그렇다면 그것이 무엇이란 말인가? 그것을 똑바로 보고 제대로 확인해야만 하리라.

이제 완전히 냉정을 되찾은 조지는 방 안의 사람들을 둘러보았다. 그는 그들의 얼굴을 자세히 살펴보았다. 그는 자신이 품고 있는 수수께끼의 답을 찾으려는 듯 그들이 쓰고 있는 사회적 가면의 뒤를 꿰뚫어 보려고 애쓰면서 그들을 샅샅이 살피고 탐색해 보았다. 그가 알고 있다시피 그 모임은 저명한 인사들의 모임이었다. 뛰어난 성공을 거둔 남자들과 아름다운 여성들의 모임이었다. 그들은 이 도시가 제공할 수 있는 최상, 최고의 인물들이었다. 그러나 무심코 보아 넘겼던 조금 전과는 달리 예리한 눈으로 그들을 살펴보니 이곳에 모인 사람들은 그런 최고, 최상의 인물들로만 구성되어 있지 않음을 그는 알 수 있었다. 광대처럼 남들에게 아양이나 떠는 사람도 눈에 띄었고, 아무리 보아도 색에 들뜬 것 같은 여자들도 볼 수 있었다. 그리고 무엇보다 에이미 칼턴의 모습! 조지는 물론 그녀의 신분에 대해서도, 그녀를 둘러싸고 있는 스캔들에 대해서도 들어서 알고 있었다. 하지만 직접 그녀의 모습을 보니 그녀는 이곳 파티에 어울리는 것 같으면서도 이곳에 모인 사람들과는 전혀 달랐다. 순진성이라고는 찾아볼 수 없는 무언가 비탄에 잠긴 듯한 얼굴은 분명 쾌활을 겉으로 드러내고 있는 다른 사람들과 달랐다. 그리고 무엇보다 그녀의 뒤를 졸졸 따라다니는 한 떼의 사나이들—일본인 청년과 유대인 청년을 비롯해서—은 결코 조지가 이런 파티에 어울린다고 생각했던 자들이 아니었다. 그러고 보면 이곳에서 안면이 있는 유일한 인물인 훅도 결코 이런 파티의 인물은 아니었다.

그렇다면 그들은 조지의 관념 속에서처럼 그들의 신분, 그들의 가치관으로 한데 묶일 수 있는 사람들이 아니었다. 그렇다면 이곳에 모인 사람들의 공통점은 무엇일까? 지금 이곳에 와 있는 나, 이들을 경멸하고 이들에 대해 우월감을 갖는 나란 존재는 과연 누구인가? 그들은 내가 누구인지도 모르는데 나는 왜 여기에 와 있단 말인가?

그렇다, 이들은 아무것도 말하지 않는 눈길을 서로 주고받는다. 어쩌다 말을 하더라도 건성일 뿐이고 빠르게 주워 넘길 뿐이다. 그들은 그들이 알고 있는 것을 결코 입 밖에 내지 않는다. 그렇지만 그들은 모든 것을 알고 있다. 그들은 모든 것을 다 보았다. 그들은 모든 것을 다 허용했다. 그들은 아무것도 말하지 않는 그들의 눈에 냉소적인 비웃음을 띠고 온갖 새로운 지식을 받아들였다. 그 어떤 것도 더 이상 그들에게는 충격적이지 않다. 그냥 그러려니 할 뿐이다. 그들이 삶에서 기대하는 것은 오로지 그뿐이다. 겉으로 그토록 화려하고 즐겁지만 이곳에는 오로지 차가운 무관심이 흐르고 있을 뿐이다.

그래, 이제야 알았다. 그것이 바로 해답의 일부이다. 그들이 무엇을 하느냐가 중요한 것이 아니다. 그런 점에서는 그들과 그 사이에 눈에 띨만한 차이가 없기 때문이다. 중요한 것은 그들의 수락의 태도에 있었다. 그들이 하는 행동에 대해 그들 자신이 생각하고 느끼는 것들에 그들의 공통점이 있었고 조지와의 차이가 있었다. 그들은 그들 자신에 대하여, 그들의 삶에 대하여 너그럽고 친절했다. 그리고 보다 나은 삶에 대한 믿음을 상실한 자족적인 삶을 살아가고 있었다. 조지는 아직 그런 상태에 도달하지 못했고 그렇게 되기를 원치 않았다. 그것이 그가 에스터가 속한 세계에 함께 갇히기를 원치 않는 중요한 이유 중의 하나라는 것을 그는 이제 깨달았다.

그렇지만 여기 모인 사람들이 명예로운 사람들이라는 것은 의심의 여지가 없다. 그들은 남의 소나 당나귀를 훔친 적이 없다. 그들의 재능은 귀중하고 수없이 다양하며 그들은 그 덕분에 세상으로부터 갈채를 받고 있다.

로런스 허쉬를 예로 들어보자. 그는 금융계와 산업계의 태두이면서 동시에 예술의 후원자이고 진보적 견해의 지도자가 아닌가? 그렇다. 미성년 노동이나 소작농 문제 등 여러 문제에 있어서 그는 지성계의 분노를 불러일으킬 정도로 계몽적이고 자유주의적인 견해를 내놓는 것으로 유명하다. 그러나 그 은행가가 남부의 직조 공장에서 미성년자의 노동으로부터 일부 수입을 충당하고 담배 농장에서 소작농의 노동으로 한몫 본다고 해서 그에게 트집을 잡을 자가 누구란 말인가? 그가 중서부에서 철강 공장을 경영하면서 줄지어 서 있는 파업노동자들에게 총격을 가하라고 명령한들 누가 시비를 걸 수 있단 말인가? 은행가가 할 일은 최고의 수입을 올릴 수 있는 곳에 투자하는 것이 아닌가? 사업은 어디까지나 사업이다. 한 사람의 사회적 견해를 그 사람의 인격, 그가 얻는 이익과 비교하며 그를 비난하는 것은 정말로 공연한 트집이다. 허쉬 씨는 그런 이론적인 비판은 유치하다고 재빨리 말하는 좌익 진영에도 헌신적인 동지들이 많다. 허쉬 씨의 부와 권력의 근원이 무엇인가 하는 문제는, 그 근원이 어떤 것이건 간에 부차적인 문제이다. 그에 대해 질문한다는 것 자체가 핵심에서 벗어나 있다. 자유주의자이며 러시아의 벗, 진보적 여론의 지도자, 자기 자신이 속해 있는 자본주의에 대한 날카로운 비판 정신의 소유자로서의 그의 지위는 확고하며 널리 알려져 있다. 그는 가히 진보적 계몽사상의 두뇌이며 전초기지라고 할만한 사람이었다.

지금 조지 웨버가 눈앞에서 보고 있는 이 뛰어난 사람들 중 그 누구 한 명도 "그들에게 먹을 것을 주라!"라고 직접 말한 사람은 없다. 그러나 가난한 사람이 굶주림에 허덕이면 이 사람들도 고통을 받았다. 최소한 고통 받는 척은 했다. 미성년자가 땀 흘려 일하면 이들은 가슴 아파했고 가슴 아픈 척했다. 억압 받은 자, 약자, 배반당한 자들이 부당하게 고소를 당해 사형판결을 받으면 이들은 분주하게 혀를 놀려 항의했다. 하지만 그들의 항의가 세인의 주목을 끌 수 있을 때에 한해서였을 뿐이다! 이들은 신문에 편지를 보내고, 플래카드를 들고 언덕으로 올라가며 시위에 참가하고 기부금을 내며 옹호자 명단에 자신의 이름을 올리기도 한다. 그리고 그것이 바로 그들의 특권을 강화해준다.

이 모든 것은 추호도 의심의 여지 없는 사실이었다. 이 방안에서 떠돌고 있는 이들의 호화로운 온갖 삶, 이들의 온갖 난잡한 동성애와 남색, 간통 등은 인간의 땀방울이 섞인 진흙으로부터 뽑아 올린 것이며 인간의 고통이라는 내장으로부터 풀어낸 것이다.

그렇다, 바로 이것이다! 이것이 답이다! 핵심은 바로 여기에 있다. 그가 과연 소설가로서, 또한 예술가로서 이런 특권을 지닌 상류층에 속할 수 있단 말인가? 특권이라는 그 무의미한 짐을 등에 짊어지지 않은 채 이들에게 속할 수 있단 말인가? 그의 눈에 보이는 삶을 진실하게 쓰고 해야 할 말을 하면서 동시에 자신이 묘사해야 하는 그 세계에 속할 수가 있단 말인가? 그 둘이 공존하는 것이 가능하단 말인가? 예술과 진실의 진정한 적은 바로 이 유행과 특권의 세계가 아닐까? 예술의 세계를 버리지 않고 이 세계에 속할 수 있단 말인가? 이 도시의 가장 거대한 특권층인 이들로부터 얻게 될 특권이 그와 진실 사이를 가로막고, 진실을 호도하고, 타협하고, 종국에는 진실을 배반하지 않을까? 만일 그렇게 된다면, 진영(陣營)에 휩쓸린 채 부와 안락함이라는 허상에 사로잡힌 사람들, 체면 따위에 목매달고 있는 사람들, 인간의 존엄성이라는 진짜 화폐가 아니라 일시 유행 중인 번쩍이는 위조품에 현혹된 수많은 다른 사람들과 다를 바가 무엇이란 말인가?

그것이 바로 위험이며, 충분히 현실적인 위험이다. 조지는 자신과 이 세계에 대해 자기가 그어놓은 경계선이 병적인 회의심이 만들어 놓은 환상에 불과한 것이 아님을 알았다. 이런 일은 수도 없이 되풀이해서 일어나는 것이 아닐까? 그 수많은 젊은 작가들을 생각해보라. 천부적 재능을 부여받아 장래가 촉망되던 젊은 작가가 그들의 그 생득권(生得權)을 이 세상에서 얻어낼 수 있는 하찮은 국물 따위와 맞바꿔버림으로써 재능을 성취하지 못하고 끝나는 일이 얼마나 많은가? 그들도 애초에는 진리 탐구자로 출발했다. 하지만 그들은 자신의 비전을 상실하면서 특수하고 제한된 범위의 진리를 옹호하는 자로 끝나버린다. 그들은 있는 그대로의 현실에 대한 특별 옹호자가 되고 그들의 이름이 「선데이 이브닝 포스트」지(紙)나 여성지를 장식하게 된다. 혹은 현실 도피자가 되어 자신을 할리우드에 팔아버린 채 흔적도 없이 침몰하거나 사라져버린다. 혹은―방향은 다르지만 똑같이 맹목적인 원칙에 입각해―이런저런 단체, 파벌, 분파에 속해버리거나 예술적 혹은 정치적 이해관계와 손을 잡고 하찮은 주의 주장을 선봉에 나서서 주장하기도 한다. 이들은 수

많은 작은 치어(稚魚)들처럼 문학적 공산주의자가 되거나 엥겔스가 주장한 단일세(單一稅)주의자가 되기도 하며 전투적인 채식주의자가 되기도 하고 나체주의를 부르짖으며 세상의 구원자가 된 것처럼 나서기도 한다. 그들은 그야말로 전방위로 뻗어 나간다. 하지만 그들은 소경 코끼리 만지듯 세상을 볼 뿐이다. 그들 각자는 삶의 일부를 전부로 착각하고 진리의 조각을 진리 자체인 양 받아들인다. 또한 순전히 개인적인 흥미에 불과한 것을 온갖 것을 다 품고 있는 인류적 흥미로 착각한다. 만일 조지에게 그런 일이 벌어진다면 그가 어찌 미국 전체를 노래할 수 있단 말인가?

이제 문제가 명확해졌다. 흥분한 상태에서 예리한 비전이 번득이며 자신의 질문에 대한 답이 차츰 명료하게 모습을 보인 것이다. 그것은 자신이 무엇을 해야 하는지 깨닫기 시작한 것과 같았다. 그에게는 에스터와 함께 걸어온 길, 그가 기꺼이 희망에 차서, 심지어 즐겁게 걸어온 길의 끝이 보였다. 그리고 자신이 그녀와 헤어져야 한다는 것, 그녀가 속한 이 황홀하고 매력적인 세계로부터 등을 돌려야 한다는 것을 깨달았다. 그렇지 않으면 예술가로서의 영혼을 잃게 되리라는 것을 깨달았다. 그것이 바로 그가 도달한 결론이었다.

그러나 그런 결론에 도달한 순간, 그 모든 것을 알고 그것을 받아들인 순간에도 그는 갑자기 상실감에 사로잡혀 고통과 사랑의 고함이라도 지르고 싶은 심정이었다. 그렇다면 그 어디에서도 가장 단순한 진실이나 확신도 발견할 수 없단 말인가? 언제까지고 고문대 위에 팔을 뻗고 누워 있어야 한단 말인가? 젊은 시절에는 늘 별이 총총한 밤하늘을 바라보면서 가슴을 두근거리며 위대한 꿈을 꾸기를, 이 세상 가장 위대하고 숭고한 사람들 틈에서 함께 위대한 사상을 생각해내기를 꿈꾸지 않았는가? 그런데 바로 이 순간, 꿈이 실현된 바로 이 순간, 그가 멀리서 그리던 것들이 그를 사방에서 둘러싸고 있는 바로 이 순간, 사심(私心) 없는 위대함이 티끌로 화하고 위대한 밤이 삶의 심장부에 똬리를 틀고 기다리고 있는 한 마리의 뱀에 불과하게 될 줄이야! 청춘기의 확신이 불타버리고 좌절을 겪게 되고, 귀를 기울일 사람, 말을 해줄 사람을 그 어디에서도 찾을 수 없게 될 줄이야! 인간의 믿음이 배반당하고 그 배반자가 영광의 왕좌에 앉아 그들이 팔아버린 믿음의 우상 행세를 하는 꼴을 보게 될 줄이야! 진리가 거짓이며 거짓이 진실이고, 선이 악이며 악이 선인 꼴을 보게 될 줄이야! 거미줄 같은 인생이 이토록 덧없고 경박한 것임을 알게 될 줄이야!

그 모든 것은 그가 기대하고 예상했던 것과는 너무나 달랐다. 그는 주위의 모든 것을 까맣게 잊은 채 갑자기 발작적으로 번뇌와 상실의 본능적 몸짓으로 팔을 길게 뻗고 기지개를 켰다.

제15장 피기 로건의 곡예

드디어 피기 로건의 그 유명한 와이어 인형극 곡예가 막을 올릴 때가 되었다. 그때까지 로건은 객실에 몸을 숨기고 있었다. 그가 거실에 입장하자 장내는 온통 흥분의 도가니에 휩싸였다. 식당에 있던 사람들도 손에 잔이나 음식 접시를 들고 거실 문가로 왔으며 심지어 요리사 노인까지 닭 다리를 뜯으며 나타났다.

피기의 공연 복장은 간단하면서도 아주 특이했다. 그는 30년 전에 대학생들이 즐겨 입었을 법한 짙은 하늘색의 목이 긴 스웨터를 입고 있었다. 스웨터 앞가슴에는 무슨 이유에서인지 커다란 Y자가 수 놓여 있었다. 그는 하얀 면바지를 입고 있었고 테니스화를 신었으며 마치 프로레슬링 선수처럼 무릎에 보호대 비슷한 것을 차고 있었다. 머리에는 옛날식 미식축구 헬멧을 쓰고 끈으로 턱 밑에 단단히 고정해 놓았다. 피기는 그런 차림으로 무거운 두 개의 가방을 들고 비틀거리며 거실로 들어선 것이다.

사람들이 그에게 길을 내주며 경외감을 지닌 눈길로 그를 바라보았다. 낑낑거리며 무거운 가방을 들고 안으로 들어온 그는 가방을 내려놓은 후 '휴'하고 안도의 한숨을 내쉬었다. 그는 곧 소파와 의자들, 탁자들, 가구들을 밀어내기 시작했고 얼마 뒤 방 한복판이 말끔하게 치워졌다. 그는 선반에서 책을 꺼내더니 마루 위에 아무렇게나 쌓아 올렸다. 그는 선반을 대여섯 개 비우더니 빈 곳에 커다란 공연 광고 포스터를 붙였다. 낡아서 누렇게 퇴색한 광고지에는 호랑이, 사자, 코끼리, 광대, 그네 타는 곡예사들의 그림이 그려져 있었고 전설적인 서커스 공연단의 문구가 적혀 있었다.

그곳에 모인 사람들은 그의 기계적인 해체 작업을 신기한 듯 바라보았다. 준비가 끝나자 그는 가방에서 물건들을 꺼내기 시작했다. 그는 우선 양철과 구리로 된 띠들을 맵시 있게 엮어서 만든 둥그런 서커스용 고리를 꺼냈다. 인형극을 위해 만든 축소형 고리였다. 공중 곡예용 그네도 있었다. 이어서 그는 줄로

엮인 온갖 종류의 동물 형상들을 꺼냈다. 그 밖에 광대, 그네 타는 곡예사를 비롯해 기타 여러 형태의 곡예사들, 말을 탄 여자 기수들 모형도 있었다. 그의 가방 안에는 완벽한 서커스 공연을 위한 모든 모형이 다 들어있었고 그것들은 모두 쇠줄과 연결되어 있었다.

로건 씨는 마치 방안에 자기 혼자 있는 듯 무릎을 꿇고 일에 몰입해 있었다. 그는 공중 곡예를 위한 그네를 맨 다음 조심스럽게 작은 코끼리들, 사자들, 호랑이들, 말들, 낙타들 등, 모든 출연자를 그곳에 매달았다. 그는 분명 끈기 있고 침착한 사람이었다. 모든 준비를 마치는 데 30분 이상이나 걸렸다. 그가 작업을 마치고 '입구'라는 간판을 내걸 때쯤 해서는 처음에 호기심으로 그를 바라보던 손님들도 각자 자신들의 이야기, 식사, 음주로 돌아간 뒤였다. 모두 기다리기 지루했기 때문이었다.

마침내 로건의 준비가 끝났다. 그는 시작해도 좋겠냐고 여주인에게 손짓했다. 그녀는 힘껏 손뼉을 친 다음, 모두 정숙하게 주목해 달라고 요청했다.

바로 그때였다. 초인종이 울리더니 노라의 안내로 한 떼의 사람들이 몰려들었다. 잭 부인은 당황한 표정으로 그들을 바라보았다. 생소한 사람들이었기 때문이었다. 새롭게 몰려든 사람들은 대부분 젊은이들이었다. 젊은이들은 남자건 여자건 예일, 하버드, 프린스턴 대학을 나온 라켓 클럽의 회원들처럼 보였다. 그중에는 어딘가 타락해 보이는 중년의 귀부인이 있었고 풍채좋은 중늙은이 신사도 있었다. 한창때는 아름다웠을 수도 있을그 귀부인의 모습은 에이미 칼턴이 30년 후쯤에는 저런 모습이아닐까, 하는 인상을 풍기고 있었다. 중늙은이 신사에게서도 퇴폐적인 냄새가 물씬 풍기고 있었다.

새로운 방문객들은 한 청년을 앞세우고 왁자지껄 소란스럽게 떠들며 안으로 들어왔다. 흰 넥타이에 연미복을 입은 그 청년은 분명 로건의 친구인 듯했다. 그렇다, 그들은 분명 로건의친구들이었다. 그들은 얼떨떨한 가운데 인사를 건네는 잭 부인을 완전히 무시하고 곧장 로건에게로 다가가면서 농담을 지껄였다. 무릎을 꿇은 채 작업을 하고 있던 로건은 몸을 일으키지도 않고 씩 웃으며 반점투성이 손을 들어 그들에게 벽 쪽의 자리를 가리켰다. 그들은 로건이 손짓한 곳으로 몰려가 자리를잡았다. 그 때문에 일부 초대받은 손님들은 구석으로 밀려날수밖에 없었다. 하지만 로건의 친구들은 전혀 아랑곳하지 않았다. 그들은 다른 사람들은 조금도 신경 쓰지 않았다.

이제 로건이 준비를 완전히 끝냈다. 새로 온 축들은 벽을 따라 자리를 잡았고 다른 사람들은 약간 뒤로 물러나 그들과 거리를 두었다. 이제 관중은 두 패로 완전히 갈라졌다. 한쪽은 부유하고 재주와 능력이 있는 부류들이었고 다른 쪽은 역시 부유층이면서 유행을 따르고, 혹은 '사교계'의 멋을 따르는 사람들로서 후자는 대부분 젊은이들이었다.

로건의 신호로 월터즈가—앞장을 섰던 젊은이의 이름이었다—자리에서 일어나더니 코트 깃을 가다듬으며 친구 옆에 무릎을 꿇고 앉았다. 그는 로건이 넘겨준 타이핑된 종이쪽지의 글을 큰 소리로 읽었다. 관객들의 분위기를 사로잡기 위해서 쓴 묘한 글이었다. 서커스를 제대로 즐기고 이해하기 위해서는 잃어버린 젊음을 되찾으려는 노력을 해야 하고 어린아이의 심리상태로 되돌아가야 한다는 내용이었다. 월터즈는 행복한 웃음을 띤 채 그 글을 세련된 음성으로 활기차게 읽었다. 그는 읽기를 마치자 자리에서 일어나 친구들 사이에 가서 앉았다. 이윽고 로건의 퍼포먼스가 시작되었다.

모든 서커스가 그렇듯이 우선 광대들과 온갖 동물들의 장엄한 행진부터 시작되었다. 로건은 두툼한 손으로 쇠줄을 조종해 인형들을 고리 주변을 돌게 만들더니 장엄하게 퇴장시켰다. 동물들과 등장인물들의 수가 엄청나게 많았기에 시간이 상당히 걸렸다. 하지만 행진이 끝나자 우레와 같은 박수갈채가 터졌다.

이어서 안장 없는 말의 등에 탄 기수가 등장했다. 로건은 능숙하게 말들과 기수들이 재주를 부리고 퇴장하게 했다. 이어서 광대가 나와서 재주를 넘었고 코끼리 행렬이 뒤따랐다. 로건은 줄을 조종해 코끼리가 뒤뚱거리며 걷게 만들어 갈채를 받았다. 사람들은 각각의 퍼포먼스가 무슨 의미를 지니고 있는지 몰랐지만 자신이 이해했음을 과시하기 위해 더욱 열렬히 박수갈채를 날렸다.

그 뒤에도 여러 곡예가 이어졌고 마침내 공중그네 순서가 되었다. 그러나 이것이 문제였다. 우선 밑에 그물을 치는 데 시간이 제법 걸렸다. 이어서 인형들을 그네에 대롱대롱 매달리게 했다. 여기까지는 그런대로 괜찮았다. 하지만 그네 타는 광대가 공중으로 뛰어올라 팔을 내밀고 있는 다른 광대의 손을 잡게 하는 데는 번번이 실패했다. 그 곡예가 실패할 때마다 사람들은 애간장을 태웠다. 그만큼 괴로운 광경이었다. 하지만 로건은 여유 만만했다. 그는 실수할 때마다 낄낄거리며 재차 시도했다. 그 곡예에만 줄잡아 20분이 걸렸다. 하지만 단 한 번도 성공하지 못했다. 로건은 결국 그네로부터 건너뛰는 인형 줄을 단단히 잡고 자기 손으로 다른 인형의 팔을 잡게 함으로써 난국을 해결(?)했다. 사람들은 어리둥절해하면서도 마지못해 박수를 쳤다.

이어서 이 프로그램의 백미가 공연될 차례였다. 저 유명한 칼 삼키기 종목이었다. 로건은 한 손으로 험상궂은 얼굴을 한 헝겊 인형을 하나 집어 들더니 다른 한 손에 머리핀을 잡고 솜씨 있게 펴더니 줄을 조정해 그 머리핀을 인형의 입속으로 들어가게 했다. 사람들은 멍한 표정으로 그 광경을 바라보고 있었다. 하지만 그 퍼포먼스도 번번이 실패했다. 핀은 계속 인형 입속에서 무언가 장애물에 걸렸고 그럴 때마다 로건은 낄낄거렸다. 퍼포먼스는 지루할 정도로 오래 계속되었고 사람들은 멍한 표정으로 그 광경을 바라보며 무의미한 기다림을 계속하고 있었다.

정말 기묘한 광경이었다. 이 황금시대의 생활과 풍습을 연구하는 사려 깊은 역사학자에게 아주 흥미로운 성찰 자료가 될 만한 광경이었다. 그곳은 수많은 지성인이 모여 있는 곳이었다. 그들은 드높은 수준의 진귀한 여행, 독서, 음악, 미적 교양을 누리고 있는 사람들이었다. 그들은 지루하고 따분한 것, 사소한 것을 참아내지 못하는 사람들이었다. 그런 그들이 이곳에 모여 존경 어린 시선으로 피기 로건의 퍼포먼스에 주의를 기울이고 있었다.

그러나 로건의 퍼포먼스가 지리멸렬 이어지자 이 유행에 대한 사람들의 존경심도 시들해지기 시작했다. 몇몇 관객들이 관람을 포기하기 시작했다. 그들은 눈썹을 찌푸리고 서로 시선을 교환한 다음 쌍쌍이, 혹은 무리 지어, 복도로, 식당으로 빠져나가기 시작했다.

하지만 대부분 사람은 여전히 자리에 눌러앉아 있었다. 특히 젊은 '사교계' 인사들은 자리를 뜨지 않고 관람했으며 때로는 더없이 깔끔하게 생긴 여자가 머리핀을 배 속에 쑤셔 넣으려는 로건의 노력을 바라보며 옆에 앉은 친구에게 "정말 재미있지? 저분, 정말 재주가 좋아. 그렇지?"라고 속삭이곤 했다.

로건이 계속 머리핀을 인형 속에 쑤셔 박고 있을 때였다. 불룩하던 인형 옆구리가 갑자기 터지면서 그 안에 채워 넣었던 것이 꾸역꾸역 밖으로 나오기 시작했다. 그때까지 끔찍하다는 표정으로 자리를 지키고 있던 릴리 멘델 양이 인형의 내장이 쏟아지자 구역질이 난다는 듯 두 손으로 입을 막으며 '억!' 소리를 지르더니 밖으로 뛰쳐나갔다. 그러자 다른 사람들도 일제히 그녀의 뒤를 따랐다. 서커스가 시작될 때부터 줄곧 얌전한 어린아이처럼 공연장 바로 코앞에 똑바로 앉아 있던 잭 부인도 마침내 자리에서 일어나 대부분 손님이 모여 있는 홀로 갔다.

이제 불청객인 로건의 친구들을 제외하면 피기 로건 공연의 클라이맥스를 구경하기 위해 남아 있는 사람은 거의 없었다.

홀에서 잭 부인은 릴리 멘델 양과 이야기를 나누고 있는 조지 웨버의 모습을 발견했다. 그녀는 가볍게 밝은 미소를 띤 채 그들 곁으로 다가가며 물었다.

"릴리, 재미있었어?" 이어서 그는 조지를 향해 물었다. "그리고 자기는? 어땠어? 재미있었어?"

릴리는 아직도 속이 울렁거린다는 듯 대답했다.

"그 긴 핀을 인형한테 쑤셔 넣다가 결국 속이 터져 나오는 걸 보니!" 그녀는 메스껍다는 표정을 지었다. "더 이상 참고 볼 수 없었어요. 정말 끔찍해! 도저히 그 자리에 있을 수 없었어요! 속이 뒤집히는 줄 알았다니까!"

잭 부인의 얼굴이 붉어지더니 몸을 부르르 떨었다. 그리고 약간 신경질적으로 속삭였다.

"정말이야! 너무 끔찍했어!"

"아니, 도대체 저게 뭐야?" 변호사 로더릭 헤일이 그들 곁으로 다가오면서 말했다.

"오, 로드, 어서 와요." 잭 부인이 말했다. "저 공연이 무슨 뜻인지 아시겠어요?"

"모르겠습니다." 아직 피기 로건이 끈질기게 공연을 계속하고 있는 거실을 바라보며 그가 말했다. "아니, 저자는 도대체 무슨 뜻으로 저런 걸 하는 거요? 도대체 저 작자가 누구요?"

그의 음성에는 노기가 묻어 있었다. 마치 법률과 사실을 좇는 그의 정신이 추측할 수도 없는 어떤 현상 때문에 괴롭힘을 당했다고 말하고 있는 듯했다. "저건 그냥 보잘것없는 퇴폐주의의 한 끄나풀에 불과해." 그가 중얼거렸다.

바로 그 순간 잭이 아내에게 다가와서 당황한 듯 어깨를 으쓱하며 말했다.

"대체 저게 뭐야? 제길, 내가 미친 건가!"

잭 부인과 멘델 양은 동시에 허리를 굽히고 킥킥거렸다.

"불쌍한 프릿츠!" 잭 부인이 희미하게 중얼거렸다.

잭은 마지막으로 거실을 향해 당황한 눈길을 던졌다. 그리고 그곳에 널브러져 있는 잡동사니가 눈에 띄자 눈길을 돌리더니 짧게 웃으며 말했다.

"내 방으로 가야겠어." 그는 결심한 듯 말했다. "저 친구가 도구들을 치우면 알려줘."

제16장 예정에 없던 클라이맥스

로건의 공연이 끝난 모양이었다. 거실에서 박수 소리가 들리더니 이어서 사람들 말소리가 들렸다. 유행을 따르는 젊은 친구들이 로건 주변에 모여서 축하의 말을 건네고 있었다. 그런 후 그들은 아무에게도, 심지어 여주인에게까지 한마디 인사말도 없이 가버렸다.

이제 다른 사람들이 잭 부인 곁에서 작별 인사를 나누었다. 그들이 모두 가버리고 이제 가까운 사람들만 남았다. 잭 부인과 그녀의 가족, 조지 웨버, 맨델 양, 스티븐 훅, 에이미 칼턴이 그들이었다. 그 사이 로건은 두 개의 커다란 가방 안에 도구들을 모두 챙겨 넣었다.

이제 그곳의 전체 분위기가 돌변해 있었다. 부재와 완결의 분위기였다. 모두 크리스마스 다음 날 집안 분위기, 혹은 결혼식이 끝났을 때의 느낌, 아니면 어느 항구에 정박한 큰 배에서 승객들이 모두 내리고 승무원들만 뒷정리를 위해 남아 있을 때의 뭔가 서글픈 느낌 비슷한 것을 느꼈다.

잭 부인은 피기 로건과 그가 엉망으로 만들어 놓은 거실을 바라보며 릴리 멘델을 바라보았다. 마치 눈으로 '이게 뭔지 이해할 수 있겠어? 도대체 무슨 일이 벌어진 거지?'라고 묻고 있는 것 같았다. 멘델 양과 조지 웨버는 불쾌감을 노골적으로 드러내며 로건을 흘겨보았다. 스티븐 훅은 따분하다는 표정으로 멀찌감치 떨어져 있었다. 손님들에게 작별 인사를 하려고 마지막까지 엘리베이터 곁에 머물러 있던 잭이 들어오더니 무릎을 꿇고 물건을 정리하고 있는 로건을 바라보았다. 그는 두 손을 코믹하게 쳐들며 "이게 뭐지?"라고 말해서 모든 사람을 웃게 만들었다. 하지만 로건은 아무것도 보지 못하고 듣지도 못한 듯 말없이 열심히 물건들을 챙겼다. 하녀 메이와 제니가 볼이 발그레해진 채 분주히 잔과 병, 얼음 그릇들을 치우고 있었고 노라는 책을 제자리에 꽂고 있었다. 잭 부인은 얼마간 맥이 빠진 듯했고 에이미 칼턴은 아예 바닥에 팔베개하고 누워 눈을 감았다. 마치 그대로 잠을 자려는 것 같았다. 나머지 사람들은 어찌할 바를 모른 채 로건이 어서 짐을 챙겨 이곳을 떠나기를 기다리며 여기저기 서거나 앉아 있었다.

이제 그곳에는 평상시의 정적이 흐르고 있었다. 파티가 열리는 동안에는 차단되고 잊혔던 끊임없는 도시의 소음이 거대한 빌딩 벽을 뚫고 침투해 들어와 그들의 삶과 다시 가까워졌다. 거리의 소음이 다시 들리기 시작했다.

그때였다. 바깥쪽 저 아래서 소방차 사이렌 소리가 들렸다. 소방차는 파크애비뉴 모퉁이를 돌고 있었으며 우렁찬 자동차 엔진 소리가 멀리서 울리는 천둥소리처럼 들려왔다. 잭 부인은 창가로 가서 내려다보았다. 다른 소방차들 네 대가 앞선 소방차 뒤를 따라 모퉁이를 돌더니 시야에서 사라졌다.

"어디서 불이 난 걸까?" 그녀는 치솟는 호기심을 억누르며 말했다. 또 다른 소방차가 길을 따라 내려오더니 파크애비뉴로 번개처럼 달려들었다.

"소방차가 여섯 대나 동원된 걸 보면 꽤 큰 불인가 봐. 우리 이웃인 게 분명해."

에이미 칼턴이 몸을 일으키더니 눈을 깜빡였다. 모두 잠시 어디서 불이 났을까 궁금해하며 한가한 생각에 잠겨 있었다.

그들은 다시 로건을 바라보았다. 그의 일도 거의 끝나가는 것 같았다. 그는 큰 가방을 닫고 끈을 조이기 시작하고 있었다.

그 순간 릴리 멘델이 고개를 복도 쪽으로 향하더니 킁킁 냄새를 맡으며 느닷없이 말했다.

"무슨 냄새가 나는 것 같지 않아요?"

"뭐, 뭐라고?" 잭 부인이 말했다. 그녀는 복도로 뛰쳐나가더니 흥분해서 외쳤다. "정말이야! 온통 연기 냄새야! 당장 밖으로 나가서 어떻게 된 일인지 알아봐야겠어!"

그녀의 얼굴은 흥분으로 달아올라 있었다. 이어서 그녀는 로건을 향해 큰 소리로 외쳤다,

"로건 씨! 불이 어디서 났는지 알 때까지 모두 밖으로 나가 있는 게 낫겠어요. 준비되셨나요?"

"아, 네, 물론입니다." 로건은 쾌활하게 말했다. "그런데 불이라고요? 그게 무슨 소립니까? 불이 났습니까?"

"이 건물에 불이 난 모양이요." 잭이 말했다. 평온한 말투였지만 어딘가 빈정거리는 투가 숨어 있었다.

"아, 네, 옷만 갈아입으면 됩니다."

"나중에 갈아입어도 될 것 같은데요." 잭이 여전히 빈정거리는 투로 말했다.

"아, 참 애들이 있었지!" 잭 부인이 갑자기 외쳤다. 그녀는 손가락의 반지를 뺐다 꼈다 하면서―그녀가 초조하거나 당황했을 때 하는 버릇이었다―종종걸음으로 식당 쪽으로 향했다.

"노라, 제니, 메이! 어서 다들 빨리 내려가자! 이 건물 어디선가 불이 난 모양이야. 어서 다 같이 내려가서 어디 불이 났는지 알아보자!"

"마님, 불이라고요?" 노라가 여주인을 멍하니 바라보며 물었다.

잭 부인은 그녀의 풀린 눈과 붉어진 뺨을 보고 생각했다.

'또 술을 마셨군! 그럴 줄 알았어야 하는 건데!'

그녀가 조급하게 말했다.

"그래, 노라! 불이란 말이야! 가서 다들 데려와. 함께 내려가야 해! 요리사도 빼놓지 말고!"

노라가 여전히 멍한 눈으로 물었다.

"짐을 다 가져가야 하나요?"

"이런 답답할 노릇이! 아니, 그럴 시간이 어딨어? 지금 이사 가는 줄 알아? 그냥 밑으로 내려가서 어디서 불이 났는지 알아보려는 거야! 코트들만 걸치고 나오라고 해."

"알았어요."

노라는 거의 비틀거리다시피 부엌 쪽으로 걸어갔다.

그 사이 잭은 복도로 나가서 엘리베이터 벨을 누르고 있었다. 잠시 후 그의 가족과 손님들, 하녀들과 하인들이 합류했다. 잭은 찬찬히 그들의 모습을 살펴보았다.

에스터의 얼굴은 흥분으로 빨갛게 달아올라 있었다. 하지만 그녀의 여동생 에디스는 평시와 마찬가지로 창백한 얼굴에 차분한 표정이었다. 그녀는 파티 내내 거의 입을 열지 않았고 남들 눈에도 띄지 않았다. 에디스는 정말 좋은 여자야, 라고 잭은 생각했다. 잭이 이번에는 만족스러운 표정으로 딸 알마를 바라보았다. 알마 역시 이 작은 사건에 잘 대응하고 있었다. 그녀는 침착했고 아름다웠으며 이런 소란에 대해 약간 따분해하는 것 같기도 했다. 잭이 보기에 손님들은 이 일을 즐기고 있는 것 같았다. 사실 당연한 일이었다. 그들로서는 잃을 게 아무것도 없었다. 하지만 조지인가 뭔가 하는 저 얼빠진 이방인은 예외였다. 그는 긴장한 눈길을 사방으로 던지며 이리저리 뛰어다니고 있었다. 마치 지금 연기로 화해가는 것이 마치 자기 재산이라도 되는 듯!

그런데 피기 로건은 어디 있는 거야? 객실로 사라지는 건 보았는데……. 그 천치가 기어이 옷을 갈아입으려는 모양이군. 아, 저기 오는군.

객실에서 나오는 로건의 모습이 너무 특이해서 모두 그를 바라보았다. 그는 공연할 때 입었던 옷을 그대로 입은 채 양손에 무거운 가방을 들고 어깨에 코트와 조끼, 바지 등을 둘러맨 채 낑낑거리며 걸어오고 있었다. 끈으로 잡아 묶은 구두를 목에 걸고 있었으며 머리에는 여전히 미식축구 헬멧을 쓰고 있었다. 엘리베이터 가까이 오자 그는 가방을 내려놓고 허리를 쭉 펴면서 싱긋이 웃었다.

잭은 계속 엘리베이터 호출 벨을 눌렀다. 그러자 엘리베이터 맨이 한두 층 아래서 크게 외치는 소리가 엘리베이터 통로를 통해 들려왔다.

"예! 갑니다! 이 짐을 저 밑에 내려놓는 즉시 올라가겠습니다!"

엘리베이터 맨의 목소리와 함께 흥분한 사람들의 목소리가 왁자지껄 들렸다. 이어서 엘리베이터 문이 닫히고 엘리베이터가 아래로 내려가는 소리가 들렸다.

기다리는 수밖에 없었다. 복도의 연기 냄새는 점점 더 짙어졌다. 심각하게 불안에 떠는 사람은 없었지만 침착하기 짝이 없는 로건까지도 약간은 긴장된 표정이었다.

이윽고 엘리베이터 올라오는 소리가 들렸다. 그런데 천천히 올라오던 엘리베이터가 그들 밑 어디에선가 덜컹 멈춰 섰다. 엘리베이터 맨인 허버트가 지렛대를 이용해 문을 열려고 애쓰는 소리가 들렸다. 잭은 조급하게 벨을 계속 눌렀다. 아무런 응답이 없었다. 그는 문을 쾅쾅 두드렸다. 그때 허버트의 고함이 들렸다. 가까운 곳에서 들리는 소리였기에 모두 또렷이 알아들을 수 있었다.

"사장님, 업무용 엘리베이터를 이용해 주시겠습니까? 이 엘리베이터는 고장입니다. 더 이상 올라가지를 않습니다."

"내, 그럴 줄 알았지." 잭이 말했다.

그는 모자를 눌러쓰고 업무용 엘리베이터 쪽을 향해 걸어가기 시작했고 모두 말없이 그의 뒤를 따랐다.

순간 갑자기 전등불이 꺼져버렸다. 사방은 칠흑같이 깜깜했다. 순간적으로 공포가 밀려왔고 여자들은 숨을 죽였다. 어둠 속에서 연기 냄새는 더 짙어진 것 같았고 더 칼칼해진 것 같았다. 모두 갑자기 눈이 매워지기 시작했다. 노라는 신음을 내뱉었고 하인들은 놀란 소처럼 안절부절못했다. 그들은 어둠 속에서 잭의 침착한 목소리가 들리자 겨우 마음을 가라앉혔다.

"에스터," 그가 차분하게 말했다. "촛불을 켜야겠어. 초가 어디 있는지 알려 줘."

그녀가 일러주자 그는 더듬더듬 어느 탁자 서랍을 열더니 전지를 꺼냈다. 그는 전짓불을 밝히고 부엌으로 통하는 문을 열고 안으로 들어갔다. 얼마 뒤 그는 초를 한 상자 가지고 나와서 사람들에게 한 자루씩 나누어준 뒤 불을 붙여주었다.

그들은 흡사 유령 집단 같았다. 여자들은 촛불을 든 채 어리둥절한 표정으로 서로를 바라보았다. 눈앞에 들고 있는 촛불에 비친 하녀들과 요리사의 얼굴은 놀라움에 사로잡혀 있었다. 에스터도 흥분해 있었다. 그녀가 곁에 있는 조지에게 속삭이듯 물었다.

"정말 신기하지? 정말 이상한 일 아니야? 내 말은…… 파티와…… 그 많은 사람들…… 그리고 이런 일…….."

그녀는 촛불을 높이 쳐들고 주변의 유령 같은 사람들을 둘러보았다.

순간 조지의 마음은 그녀를 향한 참기 어려운 사랑과 다정함으로 부풀어 올랐다. 그녀도 자신과 마찬가지로 삶의 신비와 기이함을 느끼고 있음을 알았기 때문이었다. 그는 가슴이 더욱 쓰라렸다. 바로 그 순간 그는 자신의 결심을 고통스럽게 떠올렸던 것이다. 그들이 이제 헤어져야 할 순간에 이르렀음을 그는 알고 있었다.

업무용 엘리베이터 앞에 이르자 잭은 열심히 벨을 눌렀다. 하지만 아무리 눌러도 반응이 없었다. 그는 뒤를 돌아보며 사람들에게 말했다.

"이제 할 수 없어. 계단으로 내려가는 수밖에……."

그는 곧바로 엘리베이터 옆에 나 있는 비상계단 쪽으로 발걸음을 옮겼다. 바닥까지 내려가려면 모두 9층에 해당하는 계단을 걸어 내려가야만 했다.

비상계단에 이르렀을 때 다행히 그곳에는 전등이 희미하게 켜져 있었다. 하지만 아무도 촛불을 끄지 않았다. 그들은 마치 이 원시적인 도구가 과학의 기적보다 더 믿음직스럽다는 듯 본능적으로 촛불에 집착했다. 연기는 점점 더 짙어졌다. 실제로 공기 중에 가느다란 그을음이 떠다니고 있어 숨을 쉬기조차 어려울 지경이었다.

꼭대기부터 아래층 바닥까지 비상계단에는 볼만한 진풍경이 벌어지고 있었다. 모든 층의 아파트 문들이 활짝 열려 있었고 모든 주민이 마치 난민 물결처럼 쏟아져 나왔다. 뉴욕의 이런 아파트가 아니고는 다른 어느 곳에서도 볼 수 없는 계급과 유형과 성격으로 이루어진 사람들의 무리였다. 그중에는 화사한 이브닝드레스를 입은 사람들도 있었고, 값비싼 외투를 걸치고 번쩍이는 보석으로 치장한 여인들도 있었다. 또 잠을 자다가 갑자기 깨어나 잠옷 바람에 허둥지둥 슬리퍼를 신고 나온 사람도 있었다. 젊은이, 늙은이, 주인과 하인이 뒤섞여 있는가 하면 수많은 인종이 섞여 있었고 온갖 언어가 흥분한 어조로 시끄럽게 난무하고 있었다. 독일계 식모들이 있었고, 프랑스계 하녀, 영국계 집사, 아일랜드계 여급들도 있었다. 스웨덴인, 덴마크인, 이탈리아인, 노르웨이인들도 있었으며 간간이 백계 러시아인도 눈에 띄었다. 또 폴란드인, 체코슬로바키아인, 오스트리아인, 흑인, 헝가리인도 섞여 있었다. 그들은 허둥지둥 무질서하게 계단을 뛰어 내려가고 있었지만 모두 '안전'을 추구한다는 공동의 목표를 갖고 있었다.

그들이 맨 아래층 가까이 왔을 때 헬멧을 쓴 소방관들이 물밀듯 내려오는 사람들을 헤치며 위로 올라가고 있었다. 그들을 뒤따라온 몇 명의 경관들이 흥분해 있는 사람들을 안심시키기 위해 고함을 지르고 있었다.

"자, 여러분 안심하십시오. 괜찮습니다. 불은 이제 다 잡혔습니다!"

그러나 사람들을 안심시키고 질서정연하게 내려오게 만들기 위해 한 그 말이 역효과를 내고 말았다. 행렬 맨 뒤에 따라오던 조지 웨버는 그 말을 곧이곧대로 믿었다. 그는 그 자리에 멈춰서더니 앞에 가던 사람들을 소리쳐 부르고는 몸을 돌려 다시 위로 올라가려 했다. 그 모습을 본 경관이 마치 발작이라도 일으키듯 조지를 향해 두 팔을 맹렬히 휘둘렀다. 계단 중간쯤까지 올라가 있던 그 경관은 말없이, 하지만 필사적인 손짓과 표정으로 제발 발걸음을 돌리지 말고 그냥 내려가라고, 다른 사람들에게 그런 말 하지 말라고 애원하고 있었다. 앞서가던 사람들은 조지가 부르는 소리에 뒤를 돌아다보고는 이 무언극을 목격하고 말았다. 그 모습을 본 사람들은 걸음아 날 살려라! 하고 계단을 뛰어 내려갔다. 넘어져 다친 사람이 없는 것이 다행이었다.

조지도 놀라서 허둥지둥 그들의 뒤를 따랐다.

그들이 빌딩 한가운데 널따란 안뜰로 내려오자 그들이 느꼈던 공포는 그것이 찾아올 때와 마찬가지로 순간적으로 사라졌다. 그들은 허파 가득 신선하고 서늘한 공기를 흠뻑 들이마셨다. 이제는 살았구나 하는 안도감이 급격히 그들을 사로잡았고 모두 새롭게 생명의 에너지를 느꼈으며, 살아있다는 느낌이 거의 초자연적으로 샘솟는 것 같았다. 온통 땀으로 범벅이 된 로 건은 밑으로 내려오자마자 주위 사람들의 정강이를 가방으로 마구 치면서 어디론가 급히 사라졌다. 잭을 비롯한 나머지 일 행은 한군데 모여 마치 흥미진진한 광경이라도 구경하듯 주변 에서 벌어지고 있는 일들을 바라보고 있었다.

그들 일행이 일부분을 이루고 있는 그곳의 광경은 정말 볼만 했다. 마치 조합의 천재인 셰익스피어나 브뤼헐(르네상스 시대 네덜 란드 화가-옮긴이 주)의 작품이라도 되는 듯 인생극장의 모든 모습 이 그곳에 들어있었다. 그 장면은 하도 실재적이면서도 놀라울 정도로 압축적이어서 오히려 환상적이었다. 사방이 빌딩 벽으 로 둘러싸인 그 넓은 공간에 상상할 수도 없을 정도의 온갖 사 람들이 정장 혹은 통상복을 입은 채 모여 있었으며 사방 스무 군데 정도 되는 입구로부터 사람들이 계속해서 꾸역꾸역 밖으 로 나오고 있었다.

복도와 계단 여기저기서 연기가 나는 것을 제외하고는 불이 난 흔적을 찾을 수 없었다. 그러나 한밤중에 보금자리에서 쫓 겨난 사태의 심각성을 진지하게 의식하고 있는 사람은 별로 없 는 것 같았다. 대부분은 그냥 당황해서 혼란에 빠져 있거나, 아 니면 흥미를 느끼며 흥분해 있었다. 자신의 생명과 재산을 건드리게 될 위험에 대해 진지하게 불안해하는 사람은 그저 간간이 눈에 띌 뿐이었다.

그러나 무엇보다 놀라운 것은 각양각색의 사람들이 이런 예기치 못한 상황, 스트레스에 사로잡힌 상황에서 보여주는 태도였다. 집에 귀중한 것을 두고 나왔다고 경찰관과 승강이하면서 자신의 신분을 과시하는 눈꼴사나운 광경을 연출하는 사람도 있었지만 대부분 사람의 태도는 훌륭했다. 눈앞에서 실제로 불이 타오르는 광경이 보이지 않자 사람들은 이리저리 옮겨 다니며 평상시에 모르고 지내던 사람들을 곁눈질로 훔쳐보곤 했다. 전에는 이웃과 안면을 트지 않고 지냈기에 처음으로 서로를 평가해볼 기회를 맞은 것이다. 그러자 얼마 되지 않아 그들의 흥분과 서로 알고 지내고 싶다는 욕구가 자제(自制)의 벽을 허물었다. 그들은 그토록 어마어마한 벌집 안에서는 구경조차 할 수 없었던 우애(友愛)의 정신을 보여주기 시작했다. 다른 때 같으면 서로 고개도 까딱하지 않았을 그들이 마치 오래전부터 사귀어오던 사이인 양 웃으며 이야기를 나누었다.

나이 먹고 부유한 정부(情夫)에게서 받은 고급 친칠라 코트를 입고 있던 유명한 고급 창녀가 그 멋진 코트를 벗더니 섬세하고 품위 있는 얼굴의 한 노부인에게 다가갔다. 그녀는 얇은 옷이 걸쳐져 있는 노부인의 어깨에 외투를 둘러주면서 상냥하게 말했다.

"아주머니, 이걸 입으세요. 추워 보이시네요."

노부인의 오만한 얼굴에 놀람의 기색이 잠시 보이더니 우아하게 웃으며 부드러운 말투로 그 타락한 여자에게 고맙다고 말했다. 이어서 두 여자는 마치 오랜 친구처럼 이야기를 나누었다.

어느 완고한 보수주의자 노인이 부패로 악명이 높은 태머니파 정치인과 다정하게 이야기를 나누는 모습도 보였다. 아마 한 시간 전이었다면 친교는커녕 그의 엉덩이를 걷어차고 싶어 못 견딜 지경이었을 것이다.

늘 가문의 혈통을 내세우던 콧대 높은 귀족들이 최근에 벼락부자가 되어 부와 명성을 획득한 평민 출신들과 친근하게 잡담을 나누고 있었다.

어느 곳을 둘러보아도 같은 모습이었다. 민족적 자긍심이 강한 이교도들이 부유한 유대인과 어울려 있었으며 당당한 귀부인이 뮤지컬 여배우들과 이야기를 나누고 있었고 자선으로 유명한 부인이 이름난 작부와 환하게 웃음을 교환하고 있었다.

그러는 사이 사람들은 소방관들의 행동을 계속 지켜보고 있었다. 불길은 여전히 보이지 않았지만 몇몇 홀과 복도는 연기에 꽉 차 있었다. 소방관들은 굵은 호스를 끌어내어 마당에 사방으로 거미줄처럼 펼쳐놓았다. 때로는 헬멧을 쓴 소방관들이 연기가 나는 곳을 향해 위로 올라가기도 했다. 또 다른 소방관들은 지하실에서 나와서 상관들과 열심히 이야기를 나누기도 했다.

순간 군중 가운데 누군가가 갑자기 그 무언가를 발견하고 그곳을 손가락으로 가리켰다. 사람들이 웅성거리기 시작했으며 그들의 눈길이 일제히 한 아파트의 꼭대기 층으로 향했다. 잭의 아파트 네 층 위의 아파트 창문이 활짝 열려 있었고 그 창문을 통해 가느다란 연기가 모락모락 위로 오르는 것이 보였다.

얼마 지나지 않아 그 몇 줄기 연기 가닥이 뭉게뭉게 피어오르기 시작했다. 이어서 갑자기 열린 창문을 통해 시커먼 연기가 펑 하고 터져 나오더니 불꽃이 날름거리기 시작했다. 그 광경을 보고 군중들은 모두 흥분에 사로잡혀 숨을 몰아쉬었다. 불을 보면 언제나 느끼기 마련인 야릇한 환희, 그 거센 환희에 군중들이 사로잡힌 것이다. 연기의 양이 급속히 불어났다. 화를 입은 곳은 분명 맨 꼭대기 층의 방 한 군데였다. 하지만 시간이 흐를수록 마치 기름을 머금은 듯한 검은 연기가 점점 거세게

피어오르고 있었고 방 안의 연기는 이글거리며 타오르는 불길 때문에 붉게 물들어 있었다.

잭 부인은 그 무언가에 사로잡힌 듯 황홀한 표정으로 위를 올려다보았다. 그녀는 곁에 있던 훅을 향해 몸을 돌리더니 한 손을 들어 가볍게 가슴에 얹으며 천천히 속삭였다.

"스티브……, 정말 신기한 일이지요? 그 어떤 것보다도……?"

그녀는 말을 맺지 못했다. 그녀는 두 눈에 그에게 전하고 싶은 경이감을 잔뜩 품은 채 느슨하게 주먹을 쥐고 그를 바라보았다.

훅은 그녀를 완벽하게 이해했다. 훅은 너무나 잘 이해했다. 그의 마음은 공포에 질려 있었고 기아에 허덕이고 있었으며 황홀한 경이에 사로잡혀 있었다. 그 모든 광경이 참아내기 어려울 정도로 너무 강력했으며 공포로, 압도적인 아름다움으로 충만해 있었다. 그는 그 광경으로 앓고 있었고, 정신을 잃을 정도였다. 그는 어디론가 멀리 가고 싶었다. 그는 어디엔가 은자처럼 묻히고 싶었다. 자신의 육신에 고문을 가하는 이 강렬한 공포로부터 영구히 벗어나 무감각하고 태평한 공기 속으로 가고 싶었다. 하지만 동시에 그는 그곳에 사로잡혀 있었다. 그는 그곳에서 벗어날 수 없었다. 그는 아픈 눈으로, 하지만 동시에 매혹에 잠긴 눈으로 모든 것을 바라보았다. 그는 미친 듯한 갈증에 바닷물을 마시는 사람과 같았다. 마시는 방울마다 속이 더 타올랐지만 입술에 감도는 촉촉함과 시원함 때문에 계속 바닷물을 들이킬 수밖에 없는 사람과 같았다. 그는 공포에 대한 필사적인 열망을 느꼈고, 바로 그 열망으로 모든 것을 보고 모든 것을 사랑했다. 공포를 버리는 것은 열망을 버리는 것이었고 사랑을 버리는 것이었다. 아니, 그가 진정으로 살아있는 한 공포를 버린다는 것은 애당초 불가능했다. 공포를 향한 열망이 바로 그의 삶에 대한 사랑이었다. 그는 그것의 경이를 보았고 그것의 낯섦을 보았으며 그것의 아름다움을 보았고, 그것의 마법을 보았다. 그리고 무엇보다 그것이 가까이 있음을 보았다. 그것은 그 어떤 상상력으로 빚어내는 것보다 더 사실적이고 생생했기에 그 영향력은 가히 압도적이었다. 그것 전체에는 '도저히 믿을 수 없음'이라는 아우라가 감돌고 있었다.

'저건 사실일 수가 없어'라고 그는 생각했다. '저건 믿을 수가 없어. 하지만 저건 바로 여기 있어!'

그렇다, 그것은 그곳에 있었다. 그는 단 하나도 놓치지 않았다. 하지만 그와 동시에 그는 마치 모든 것을 멸시하는 듯한 태도로, 모든 것이 무관심하다는 듯한 표정을 눈에 담고 그것들을 바라보며 마치 이렇게 생각하고 있는 것 같았다.

'도대체 이 이상한 집단은 뭐란 말인가? 내 주변을 떠도는 이 이상한 존재들이란 누구란 말인가? 도대체 무엇 때문에 모두 모든 일에 대해 이토록 놀랍도록 열성적이며, 그 무언가를 놀라울 정도로 갈망한단 말인가?'

일군의 소방관들이 호스를 들고 그의 곁을 지나갔다. 그들의 구두 발걸음 소리가 들렸고 그들의 거친 얼굴에서 투박한 힘과 단순하기 짝이 없는 목표를 읽을 수 있었다. 그의 마음이 다시 움츠러들었다. 그는 삶 자체가 지닌 그 무의식적인 힘과 환희와 에너지와 폭력에 대한 공포, 경이, 배고픔으로, 그리고 사랑으로 마음속 깊이 앓고 있었다.

훅은 잭 부인을 향해 약간 몸을 돌리며 그녀의 속삭이는 듯한 질문에 권태로운 어조로 중얼거렸다.

"신기하다고요……? 음…… 맞아요. 인간이 타고난 관습이 재미있는 모습으로 드러난 거지요."

불이 가장 강력하게 영향을 미친 것은 에이미 칼턴이었다. 그녀는 정말로 행복해 보였다. 마치 그날 저녁 처음으로 자신이 찾던 것을 발견한 것 같았다. 그녀의 태도나 겉모습은 변함이 없었다. 빠르고 충동적인 말, 토막토막 잘려서 아귀가 전혀 맞지 않는 어구들, 거친 웃음, 너무나도 자주 발하는 감탄사도 똑같았고 표정도 똑같았다. 하지만 그녀에게는 뭔가 달라진 것이 있었다. 마치 그녀라는 인격체 내에서 조각조각 흩어져 있던 요소들이 불이 발휘하는 강력하고 경이로운 화학작용에 의해 하나로 결합해 결정체를 이룬 것 같았다. 그녀는 전과 똑같았다. 그러나 그녀 내부에 똬리를 틀고 있던 고통이 밖으로 나가버리고 총체적인 그 무엇이 그녀의 안으로 들어왔다.

오, 불쌍한 아이! 하지만 이제 이 사실 하나만은 분명했다. 수없이 많은 다른 사람들이 그러했듯 그녀에게 불이 있기만 하면 그녀는 이제 길을 잃지 않으리라는 것! 그녀는 아침에 자리에서 일어난다거나 밤에 잠을 자야 한다는 사실을 받아들일 수 없었다. 그녀는 인습적인 질서를, 그 질서에 따른 인습적인 일들을 받아들일 수 없었다. 하지만 그녀는 불은 받아들일 수 있었고 받아들였다. 불은 그녀에게 경이로워 보였다. 그녀는 불로 인해 일어난 모든 일이 즐거웠다. 그녀는 그 속으로 자신을 던졌다. 구경꾼으로서가 아니라 영감을 받은 참여자로서! 어디를 가나 아는 사람 같았다. 그녀는 이 그룹 저 그룹으로, 그녀의 흑단 머리를 번쩍이며 돌아다녔다. 목소리에 활기가 있었고 거칠면서도 한껏 의기양양해 있었다. 그녀가 사람들 사이를 돌아다니고 다시 돌아왔을 때 그녀는 그 모든 것으로 충만해 있었다.

그녀는 여전히 종잡을 수 없는 어조로 웃으며 짧게 말했다.

"있잖아요…… 내 말은…… 그러니까…… 저기 모든 게 다 있어요!"

제17장 통제 불능

갑자기 건물 전체의 불이 꺼졌다. 아파트 꼭대기 층의 불꽃에서 뿜어 나오는 무시무시한 불빛을 제외하고는 마당은 암흑 속에 잠겨 있었다. 동요한 사람들이 웅성거리기 시작했다.

경찰들이 군중들에게 다가와 친절하게, 하지만 단호하게 그들을 마당으로부터 길 건너로 쫓아내기 시작했다. 그 건물 입주자들은 쫓기는 소 떼처럼 거리로 내몰려 웅성거리는 구경꾼들 사이에 섞여야 했다. 몇몇 숙녀들은 차가운 밤공기를 견디기에는 너무 옷을 얇게 입은 자신을 그제야 발견하고 이웃에 살고 있는 친구 아파트로 찾아가 은신처를 구했다. 서 있는데 지쳐서 호텔을 찾아가는 사람들도 있었다. 하지만 대부분 사람은 그곳에 남아 결과를 궁금해하며 서성이고 있었다. 잭은 처제 에디스와 딸 알마, 그리고 에이미를 비롯해 두세 명의 에이미의 지인들을 가까운 호텔로 데려가서 음료를 마시게 해주었다. 잭 부인과 조지 웨버, 맨델 양, 스티브 훅은 인근의 약방으로 갔다. 그들은 약방 카운터에 앉아 커피와 샌드위치를 주문한 후 그곳을 가득 메우고 있는 사람들과 잡담을 나누었다.

이곳에 모인 사람들의 대화는 모두 정겨웠고 스스럼이 없었다. 심지어 즐거워하는 사람들도 있었다. 그러나 그들의 말투에는 어딘가 동요의 기미, 뭔가 걱정스럽고 당황스러워하는 기미가 섞여 있었다. 부와 권력을 지닌 남자들이 갑자기 아내, 가족, 하인들과 함께 아늑한 보금자리에서 쫓겨나 마치 노숙자처럼 떼를 지어 약방이나 호텔 로비에 모여, 혹은 길모퉁이에서 마냥 기다리는 수밖에 없는 처지가 된 것이었다. 그들은 무력한 눈길로 서로를 쳐다보기만 할 뿐, 할 수 있는 것은 아무것도 없었다. 그들 중 몇 사람은 자신들이 뭔가 신비스럽고 무자비한 힘에 좌지우지되고 있음을 어렴풋이나마 느꼈다. 그들은 마치 빙글빙글 돌아가는 바퀴에 묶인 눈먼 파리처럼 자신을 지배하는 그 어떤 알지 못할 힘에 의해 어딘지 모를 곳으로 끌려가고 있다고 느꼈다. 어떤 사람들은 거대한 거미줄의 이미지를 떠올리며 자신들이 거미줄에 걸린 곤충 같다고 느꼈다. 그 거대한 거미줄은 너무 복잡하게 얽혀 있고 광대하게 뻗어있어서 어디서 그 거미줄이 시작되는지, 그 모양이 어떤 것인지 짐작조차 할 수 없었다.

이들이 살고 있는 질서정연한 사회에 갑자기 그 무언가가 어긋났다. 사태는 통제 불능의 상태에 빠졌다. 그들은 이 땅의 주인이고 지배자였다. 그들은 권위를 지니고 있었고 명령을 내리는 데 익숙했다. 그런데 그들은 통제력을 박탈당했다. 그들은 이상할 정도로 무기력함을 느꼈다. 더 이상 상황에 대해 명령을 내릴 수도 없었고, 심지어 무슨 일이 벌어지고 있는지 알아낼 수조차 없었다.

그런데 그들이 그렇게 막막하게 기다리고 있는 가운데 상황은 냉혹한 결론을 향해 움직이고 있었다.

그 거대한 벌통 속 어느 연기 자욱한 복도에서 장화를 신고 헬멧을 쓴 두 사람이 만나 열심히 이야기를 나누고 있었다.

"그래, 발견했나?"

"네."

"어디야?"

"지하실입니다, 대장님. 지붕이 아니었습니다. 연기가 위에서 났지만 저 아래였습니다." 그가 손가락으로 아래쪽을 가리켰다.

"좋아, 그렇다면 어서 가서 불을 꺼. 어떻게 해야 하는지 알잖아."

"하지만 어렵겠습니다, 대장님. 불을 끄기가 어렵습니다."

"뭐가 문제야?"

"우리가 지하실에 물을 부어 넣으면 그 아래 선로 두 개가 물에 잠기게 됩니다. 그러면 어떻게 될지 아시잖습니까."

그들은 잠시 서로를 응시하며 그대로 있었다. 이윽고 대장이 고개를 번쩍 들더니 계단 쪽으로 발걸음을 옮겼다.

"자, 따라와! 내려가자고!"

언제나 한밤중인 지하 내장(內臟) 안의 어느 불 켜진 방. 전화벨이 울렸다. 녹색 챙이 달린 모자를 쓴 남자가 책상 앞에 앉아 있다가 전화를 받았다.

"여보세요……, 아, 마이크야?"

그는 잠시 귀를 기울였다. 이어서 그는 재미있다는 듯 몸을 벌떡 일으키더니 입에 물고 있던 담배를 빼냈다.

"아니, 그게 무슨 소리야……! 어디? 32호 선로 위……? 물에 잠기게 할 거라고……? 이런 젠장!"

얼마 뒤, 역 구내로 들어오던 기차가 노란 불꽃이 깜빡이는 것을 보고 급정거했다. 어리둥절한 승객들을 태운 채 기차는 오랫동안 기다리고 있었고 조금 떨어진 곳에서는 물이 쏟아져 내려 강물처럼 선로 위로 흘렀다.

그 사이, 텅 빈 건물 7층 비상계단 층계참에서 소방관들이 도끼를 들고 열심히 작업을 하고 있었다. 그곳에는 연기가 자욱했다. 마스크를 쓴 소방관들이 땀을 흘리고 있었으며 손에 들고 있는 횃불만이 유일한 불빛이었다.

그들은 엘리베이터 문을 부수어 열었다. 그리고 그중 한 명이 층간에 멈춰 서 있는 엘리베이터 지붕으로 내려갔다. 그는 예리한 도끼로 지붕을 내리쳤다.

"에드, 됐나?"

"응, 거의 다 됐어…… 조금만 더 하면…… 한 번만 더 내리치면 될 것 같아."

그는 다시 도끼를 내리쳤다. 무언가 쪼개지는 소리가 났다. 이어서 소방관이 외쳤다.

"됐어…… 잠깐만…… 플래시 좀 이리 주게나, 톰!"

"뭐가 보이나?"

잠시 후에 조용한 목소리.

"응…… 내가 들어가 보겠어…… 짐, 자네도 내려와 보겠나? 자네 도움이 필요하겠어."

잠시 침묵이 흐른 후 다시 사내의 조용한 목소리가 들렸다.

"오케이…… 여기 있어…… 여기야, 짐, 팔을 뻗어 이 팔 아래를 좀 잡아 줘…… 잡았나……? 오케이…… 톰, 자네도 내려와서 짐을 도와주는 게 좋겠어…… 그래, 됐어."

그들은 힘을 합해 그 함정에서 누군가를 꺼낸 뒤 플래시 불빛으로 비추었다. 그들은 조심스럽게 그를 바닥에 내려놓았다. 가련한 모습의 늙고 지친 사내의 시신이었다.

잭 부인은 약방 창문을 통해 길 건너편의 거대한 건물을 바라보고 있었다.

"저기서 도대체 무슨 일이 일어나고 있는 걸까?" 그녀는 당혹스러운 눈길로 친구들을 향해 말했다. "다 끝났을까? 불은 껐을까?"

거대한 건물의 어두운 벽은 아무 말도 없었다. 하지만 불이 거의 다 진화되었음을 알려주는 신호가 여기저기 보였다. 길거리의 소방 호스가 거의 다 치워졌으며 호스를 잡아당겨 소방차에 싣고 있는 소방관들의 모습이 보였다. 건물에서 나온 소방관들은 들고 있던 연장을 소방차에 싣고 있었다. 경찰을 아직 군중들을 뒤로 밀어내며 건물로 들어가지 못하도록 통제하고 있었다.

사건 현장에는 신문 기자들이 몰려와 있었다. 현장을 돌아보고 사람을 만나본 기자들은 약방으로 몰려와 전화로 본사에 기사 내용을 전했다. 곁에 있던 조지는 어느 기자의 통화 내용을 들을 수 있었다.

"……맞아, 그게 바로 내가 지금 하는 말이라니까. 자, 받아 적어…… 경찰이 도착했다. 경찰은 건물 주변에 차단선을 설치했다. ……아파트 거주자들 가운데는 많은 사회 명사가 있었다." 이어서 그는 자신이 직접 목격한 장면을 실감 나게 설명했다. 이윽고 기사가 클라이맥스에 도달한 모양이었다. 기자가 숨 가쁜 목소리로 말했다.

"내가 상황을 설명할 테니 자네가 기사로 작성해. 뭐라고? 구출했느냐고?" 그는 엘리베이터에 갇혀 있던 엘리베이터 맨 이야기를 하는 모양이었다. "……아니, 둘 다 구출하지 못했어. 둘 다 엘리베이터 안에 있었어. 입주자들을 나르려고 올라가던 중이었다고…… 그런데 웬 멍청한 놈이 흥분한 끝에 전등 스위치를 잘못 건드린 거야. 그래서 전기가 끊겨 버렸다고…… 맞아, 바로 그거야. 두 명이 층간에 갇힌 채 꼼짝도 못 하게 된 거지…….” 그의 목소리가 낮아졌다. 마치 비밀을 속삭이는 것 같았다.

“도끼를 사용했어…… 맞아, 맞아. 그거야. 바로 연기 때문이지…… 끌어냈을 때는 이미 늦었어…… 아니, 그게 다야. 그 두 사람뿐이야…… 아니, 아직 아무도 모르고 있어. 아파트 관리소에서는 될 수 있으면 비밀로 하고 싶어 해. 뭐라고? 잘 안 들려. 좀 크게 말하라니까!”

그는 화가 난 듯 큰 소리로 외치더니 잠시 수화기에 귀를 기울였다. 잠시 후 그가 다시 입을 열었다.

“그래, 거의 다 껐어. 하지만 만만치 않았어. 좀 곤란한 문제가 있었거든. 화재가 지하실에서 발생한 거야. 그리고는 굴뚝을 타고 꼭대기까지 올라간 거지…… 물론 알고 있어. 그래서 불 끄기가 어려웠던 거야. 바로 그 밑에 선로가 있었거든. 아마 바니행 급행열차가 멈춰서야 했을걸…… 물론 물을 빼내고 있지. 그것도 거의 다 끝났을 거야…… 하지만 쉽지 않은 일이지…… 오케이, 맥. 어디 여기 현장에 좀 더 있을까……? 오케이.”

그는 말을 마친 후 수화기를 놓았다.

제18장 사랑으로는 충분하지 않다

불은 꺼졌다.

잭 부인을 비롯해 그녀와 함께 있던 사람들은 소방차 떠나는 소리를 듣자 거리로 나왔다. 보도에는 잭과 에디스와 알마가 있었다. 에이미는 호텔에서 만난 친구들과 함께 그곳을 떠났다.

소방차는 이미 거의 다 철수했고 남은 소방차들도 시동을 걸고 떠날 준비를 하고 있었다. 이윽고 경찰관이 아파트 주민들에게 집으로 돌아가도 좋다는 신호를 했다.

스티븐 훅은 사람들에게 작별 인사를 한 후 돌아갔으며 다른 사람들은 거리를 건너 아파트로 향했다. 하녀, 식모, 운전기사들을 찾은 뒤 함께 아파트로 돌아가는 그들에게는 다시 권위와 질서의 분위기가 조성되었다.

군중들의 정신 상태는 두세 시간 전의 상태와는 완전히 달랐다. 사람들은 모두 평상시의 안정과 확신과 균형을 되찾았다. 흥분된 상태에서 보여주었던 격의 없는 모습과 친근함은 사라지고 없었다. 심지어 조금 전에 이웃에게 보여주었던 친근하고 상냥한 태도와 감정을 부끄러워하는 것 같았다. 마치 분별없는 짓을 저지른 것 같았다. 좀 전에 가깝게 밀착되었던 그들은 다시 분열되어 각자의 보금자리로 돌아갔다.

전기가 회복되어 엘리베이터가 정상적으로 가동되고 있었다. 잭 부인은 수위인 헨리가 엘리베이터 맨 역할을 하는 것을 보고 약간 놀라서 허버트는 집으로 돌아갔느냐고 물었다. 헨리는 잠시 멈칫하더니 맥없이 대답했다.

"그렇습니다, 부인."

"모두 너무 피곤할 거야." 그녀는 동정심을 담아 따뜻하게 말했다. "당신도 피곤하지요, 헨리?"

하지만 헨리는 아무 대답도 하지 않은 채 그들을 내려놓고 바로 내려갔다. 잭 부인은 헨리의 퉁명한 태도에 약간 화가 났지만 이내 기분을 풀었다.

모든 것이 조금도 변하지 않은 것 같았다. 이상한 일이었다.

정말로 이상한 일이었다. 흥분해서 이곳을 떠난 뒤에 그토록 많은 일이 일어나지 않았는가? 집안에는 여전히 매캐한 냄새가 풍기고 있었고 연기가 약간 서려 있었다. 잭 부인은 노라를 시켜 창문을 모두 열게 했다. 세 하녀는 부지런히 집안을 치우기 시작했다.

잭 부인은 잠시 양해를 구하고 자기 방으로 갔다. 그녀는 화장대 앞에 앉아 정성스레 머리를 빗고 매만졌다.

그런 후 그녀는 창가로 가서 창문을 활짝 열고 신선한 공기를 마음껏 들이마셨다. 그러자 기분이 상쾌해졌다. 그녀의 정신에 평화가 깃들었다. 더할 나위 없이 강한 안락함과 확신이 그녀의 존재 전체를 촉촉하게 적셨다. 삶이란 그토록 견고하며 화려하며 멋진 것이라고 그녀는 느꼈다.

그때 갑자기 아주 가볍고 순간적인 전율이 그녀의 발을 흔들었다. 그녀는 놀라서 숨을 죽인 채 귀를 기울이며 기다려보았다…… 조지와 전에 겪었던 불화가 마치 틈새처럼 그녀의 완전무결한 영혼을 뒤흔드는 것일까? 그는 오늘 밤 이상하게도 말이 없었다. 저녁 내내 한두 마디 한 것이 고작이었다. 무슨 일이 있는 걸까……? 아니면 오늘 밤 들은 소문 때문일까? 주식이 폭락하리라는 게 무슨 말일까? 파티가 절정에 이르렀을 때 로

런스 허쉬 씨가 그 비슷한 이야기를 하는 걸 얼핏 들은 것 같았
다. 그때는 조금도 귀담아듣지 않았지만 지금 다시 그 말이 생
각났다. 시장의 미진(微震)이라고 그는 말했다. 시장에서 지진이
일어난다는 게 무슨 뜻일까?

하지만 그녀는 그 모든 것을 단번에 떨쳐버렸다. 그녀의 얼
굴에 다시 미소가 찾아왔다. 그녀의 표정은 산뜻하고 귀여웠다.
하루 사이에 큰 모험을 겪은 착한 어린아이 표정 바로 그것이
었다.

에디스와 알마는 집으로 돌아오는 즉시 잠자리에 들었고 릴
리 멘델은 침실로 가서 외투를 걸친 후 작별 인사를 했다. 조지
도 가려고 했다. 그러자 잭 부인이 그의 팔을 잡았다.

"가지 마. 잠깐 나랑 이야기 좀 해."

잭은 아내의 볼에 입을 맞춘 후 조지에게 건성으로 인사한
후 자신의 방으로 갔다.

잭의 거실에는 이제 조지와 에스터 단둘만 남아 있었다. 이
제 모든 것의 결말이 다가온 것 같았다. 파티가 끝났고 화재도
꺼졌으며 모두 가버렸다.

에스터는 가볍게 한숨을 내쉬며 조지 곁에 앉았다. 그녀는

뭔가 평가하려는 듯 주변을 둘러보았다. 모든 것이 이전과 똑같았다. 지금 누군가가 이 방에 들어온다면 그 무슨 일인가 일어났으리라고는 꿈에도 상상할 수 없었을 것이다.

"정말 모든 게 이상하지 않아?" 그녀가 생각에 잠긴 듯 말했다. "파티…… 이어서 화재…… 그러니까, 그런 일들이 일어난 방식이……." 그녀는 표현할 말을 찾지 못하겠다는 듯 말끝을 흐렸다. "모르겠어. 하지만 로건의 서커스가 끝나고 여기 앉아 있던 것도…… 그리고 갑자기 소방차 사이렌이 울렸고…… 우리는 영문을 알 수 없었지…… 어디 다른 곳으로 간다고 생각했지. 거기엔 뭔가 있어. 뭔가 섬뜩한 게…… 뭔가 불가사의한 게……."

그녀는 자신이 느낀 감정을 제대로 표현하기 어려웠던지 이마에 주름을 잡았다. 그녀는 다시 말을 이었다.

"자기도 놀라지 않았어? 아니, 화재 이야기가 아니야! 그건 별 게 아니야. 아무도 다치지 않았으니까. 정말이지 엄청나게 흥미진진했어, 정말로…… 내 말은……." 그녀는 다시 더듬거렸다. "얼마나 큰지…… 얼마나 많은 걸…… 내 말은 요즘 사람들 생활 방식이…… 이렇게 거대한 빌딩에서…… 그리고 우리가 살고 있는 바로 그 집에 불이 나다니…… 그런데도 그것에 대해 아무것도 모르다니…… 뭔가 으스스한 게 있는 것 같지 않아……? 오, 맙소사!" 그녀는 갑자기 열을 띠며 말했다. "자기, 살아오면서 이런 것 본 적 있어? 여기 살고 있는 사람들 말이야. 마당으로 쏟아져 나가던 그 모습 말이야."

그녀는 웃으며 말을 멈추었다. 그리고 그의 손을 잡더니 황홀한 표정을 지으며 다정하게 속삭였다.

"하지만 그게 무슨 상관있어……? 이제 모두 가버렸는데…… 온 세상이 모두 가버렸는데…… 이제 자기와 나만 남았어…… 자기 알아?" 그녀가 나지막이 말했다. "내가 온통 자기 생각뿐이라는 걸? 아침에 일어나면 제일 먼저 자기 생각부터 떠올라. 그리고 온종일 자기를 내 안, 여기에 품고 다녀." 그녀는 가슴에 손을 얹으며 명랑한 목소리로 말을 이었다. "자기는 내 삶을 채워주고 내 가슴, 내 영혼을, 내 존재 전체를 채워줘. 자기, 이 세상이 시작된 이래 우리의 사랑 같은 게 있었을 것 같아? 내가 연주를 할 줄 알았으면 우리의 사랑을 위대한 음악으로 만들었을 거야. 내가 노래를 할 줄 알았다면 위대한 사랑의 노래를 했을 거야. 내가 글을 쓸 수 있다면 위대한 이야기를 지었을 거야. 하지만 연주하거나 노래하거나 글을 쓰려고 해도 자기 생각밖에는 안 났을 거야. 그런데 자기, 내가…… 내가…… 소설을 쓰려고 했던 건 알아? 내가 얘기해준 적 없어?"

그는 고개를 가로저었다. 그러자 그녀가 다시 입을 열었다.

"나는 멋진 소설을 쓸 수 있으리라고 믿었어. 온통 가슴에 꽉 차서 터져 나올 준비가 된 것 같았거든. 하지만 정작 쓰려니까 이 말 밖에 생각이 안 났어. '밤이 깊어져 가고 깊어져 갈수록 나는 그 사람 생각만 하며 누워 있었다.'"

그녀가 갑자기 웃음을 터뜨렸다.

"그걸로 끝이었어. 더 이상 쓸 수가 없었지. 하지만 멋진 서두 아니야? 요즘도 밤에 자리에 누우면 그 구절만 떠올라. 그 게 바로 소설이니까."

그녀는 그에게 바싹 다가와 그녀의 입술을 그의 입술을 향하여 내밀었다.

"오, 자기, 그게 바로 소설이야. 이 세상에 그 이상은 아무것도 없어. 사랑만으로 충분하니까."

조지는 대답할 수 없었다. 결코 그런 것이 소설이 아니라는 것, 적어도 자신에게만은 그렇지 않다는 것을 알고 있었기 때문이었다. 그는 쓸쓸했고 피곤했다. 그녀와 사랑을 나누었던 수 년간의 온갖 기억들, 그녀의 아름다움, 그녀의 헌신, 고통과 싸움, 그리고 그녀의 성실함과 다정함과 고결한 지조, 온통 그의 것이었던 그 사랑의 세계, 작은 육신이 누릴 수 있던 모든 것들이 되살아나 바로 이 순간 그를 쥐어뜯었다.

그는 바로 오늘 밤, 사랑만으로는 충분하지 않다는 것을 깨달았다. 달콤한 사랑에 갇혀 그에 헌신하는 것보다는 더 드높은 헌신이 있어야만 했다. 부와 특권으로 이루어진 이 단편적인 반짝이는 세계보다 더 넓은 세계가 있어야만 했다. 바로 이 미와 안락과 사치와 권력과 영광과 안전의 세계가 인간의 야망이 지향해야 할 궁극적 목표이며 인간이 열망이 가 닿을 수 있는 극점이라고 소년기와 청년기에 그는 생각했었다. 하지만 바로 오늘 밤, 응축된 실재의 세계가 수백 가지 모습으로 분화되어 나타났던 오늘 밤 그에게 이제까지 감춰져 있던 세상의 핵심이 온전히 드러났다. 그는 그것이 보호막을 걷어버린 채 알몸으로 나타난 모습을 보았다. 그는 그릇된 사회 구조의 그 공허한 피라미드가 평범한 사람들의 피와 땀과 고통 위에 세워지고 지탱된다는 것을 깨달았다. 그는 이제 자신이 마음속으로 느끼고 있는 작품을 제대로 써내려면 몸을 돌려 더 높은 곳을 향해 고개를 쳐들어야 함을 깨달았다.

그는 자기가 하고자 하는 일에 대해 생각했다. 그가 오늘 밤 이곳에서 목격한 사건들이 그의 내면적 혼돈과 혼란을 해결하는 데 도움이 되었다. 이제껏 복잡했던 문제들이 이제 단순해졌다. 그것은 다음과 같이 요약할 수 있었다. 정직하고 진실한 것, 그리고 진리를 양보하거나 타협하지 말 것, 바로 그것이었다. 그것이 모든 예술의 본질이었다. 그리고 작가가—그 어떤 다른 것, 부나 명예를 비롯해 뛰어난 재능을 지니고 있다 하더라도 그가 그것을 지켜내지 않는다면 글 장사꾼에 지나지 않게 될 것이다.

그런데 에스터, 그녀가 몸을 담고 있는 세계란 바로 그런 곳이었다. 미국에서건 그 어느 곳에서건 정직(正直)을 버리거나 배반하지 않고 특권을 누릴 수는 없다. 특권과 정직은 나란히 누워 있을 수 없다. 그는 눈앞에서 은화가 번쩍이면 태양조차도 가려버릴 수 있다고 생각했다. 미국에는 오늘 밤 목격한 이 매력적인 삶들, 이 겉으로 화려한 삶들보다 훨씬 강한 흐름이 저 깊은 곳에서 흐르고 있다. 오늘 밤의 이 삶들은 그 흐름을 재본 적도 없으며 그런 흐름을 꿈꾸어 본 적도 없다. 조지가 두드려 보고 싶은 것, 그것은 바로 그 깊은 곳이었다.

그런 생각을 하자 오늘 저녁 내내 그의 머리를 떠나지 않고 맴돌던 한 문장이 문득 떠올랐다.

유행에 몸을 파는 자는 시간에 몸을 팔게 되리라.

에스터가 말을 마치고 황홀한 눈으로 그를 올려다보고 있었을 때, 그리고 그가 그녀를 내려다보았을 때 그는 그런 생각을 하고 있었다. 순간 사랑과 연민이 그의 가슴을 날카롭게 찔렀다. 그래, 그래야만 한다. 그는 그의 세계에, 그녀는 그녀의 세계에 속해야 한다.

하지만 오늘은 안 된다. 오늘은 그 말을 할 수 없다.

내일…….

그래, 내일 말하리라. 그러는 것이 나으리라. 지금 이해한 대로 솔직하게 말하리라. 그녀가 이해할 수 있게 말하리라. 하지만 내일로, 내일로 미루자.

그리고 그 일을 손쉽게 하기 위해서, 자신뿐 아니라 그녀를 위하여 절대로 해주지 말아야 할 말이 있다. 자신이 그녀를 아직 사랑하고 있다는 것, 영원히 그녀를 사랑할 것이며 아무도 그녀를 대신할 수 없다는 사실을 말하지 않아야 한다. 그것이 보다 더 확실하고 친절한 일이 될 것이다. 자신의 그 어떤 눈길에서도 자기가 이 세상에서 가장 힘든 일을 하고 있다는 기미를 눈치채지 못하게 해야만 하리라. 그녀가 그런 사실을 모르는 것이 훨씬 나으리라. 만일 그 사실을 안다면 그녀는 그가 왜 이런 짓을 하는지 전혀 이해할 수가 없을 테니까…….

'내일 그녀는 결코 이해하지 못 하리라.'

'남자들의 마음속에 조류가 흐르고 있다는 것을.'

'그리고 그가 떠나야 한다는 것을.'

그날 밤 두 사람은 더 이상 아무 말도 하지 않았다. 몇 분 뒤 그는 몸을 일으켰고 괴롭고 지친 마음으로 그곳을 떠났다.

그대 다시는 고향에 가지 못하리 I

생각하는 힘: 진형준 교수의 세계문학컬렉션 94

펴낸날	초판 1쇄 2023년 11월 17일

지은이	토머스 울프
옮긴이	진형준
펴낸이	심만수
펴낸곳	(주)살림출판사
출판등록	1989년 11월 1일 제9-210호

주소	경기도 파주시 광인사길 30
전화	031-955-1350 팩스 031-624-1356
홈페이지	http://www.sallimbooks.com
이메일	book@sallimbooks.com

ISBN	978-89-522-4733-9 04800
	978-89-522-3984-6 04800 (세트)